달을 먹다

제13회 문학동네소설상 수상작

달을 먹다

김진규 장편소설

문학동네

| 차례 |

이른 아침, 겨울

빛은 열을 동반했다. 단단히 얼어붙었던 대양이 녹으면서 찌이익 햇살에

금이 갔다. 가라앉은 말소리가 발에 채어 구들을 굴렀다.

솜 누빈 무명저고리 섶을 단단히 여미고 들어앉아 사람들이 나오지 않았다.

이른 아침이었고, 겨울이었다. 뭐든 감추기에 좋았다.

*

떠살문 가장자리를 꼼꼼하게 둘러바른 문풍지가 밤새 울면서 떨었다. 언 땅을 피해 마구간으로 잠자리를 옮긴 청삽사리가 마른 풀냄새에 취해 선잠을 자다가 꿈이라도 꾸는 듯 끼깅거리며 보챘고, 그 꼴을 본 말이 버드러진 앞니를 드러내며 웃었다. 삽사리는 언제나 지나치게 잘 짖어 탈이었지만, 말 앞에서만은 제 성질을 다독일 줄 알았다. 출타했던 말이 귀가하면서 내는 워낭 소리만 듣고도 이내 순순해졌다. 삽사리가 생각날 적마다 한 번씩 파헤치다 그만둔 뒤란에선 땅속 동치미가 서걱거리며 천천히 익고 있었다. 시간이 묘시에서 진시로 월경했고, 메마른 푸른빛은 그즈음에서 비어져나오기 시작했다.

빛은 열을 동반했다. 단단히 얼어붙었던 태양이 녹으면서 쩌어억 햇살에 금이 갔다. 가닥가닥 쪼개져 처마 끝으로 미끄러지는 햇살을 붙잡아 동이면 반나절치 땔감을 아낄 수 있겠지만 사람들은 나오지 않았다. 가라앉은 말소리가 발에 채어 구들을 굴렀다. 솜 누빈 무명저고리 섶을 단단히 여미고 들어앉아 사람들이 나오지 않았다.

이른 아침이었고, 겨울이었다. 뭐든 감추기에 좋았다.

묘연의 첫번째 이야기

—흘레이니라.

시집도 안 간 딸을 앞에 두고 실언이다 싶었는지 어머니 발끝으로 따라붙던 공기가 멈칫, 했다. 그 바람에 나 역시 흠칫했으나 그 뜻을 알아들었다고 주억거릴 수도, 그렇다고 되물을 수도 없어 조신한 딸의 낯빛으로 못 들은 척 수틀에 코를 디밀었다. 모란 열두 송이를 줄 따라 배치하여 글자 '壽수'를 수놓는데 아무래도 쪽빛 반푼사가 모자랄 듯 싶었다. 명주실을 가늘게 꼰 반푼사는 무게가 적게 나가 그런 이름을 얻었다 했다. 신통한 그 단어를 응용하자면 우리집은 반푼가家였다.

가벼운 게 지천이었다. 한줄기 바람에도 부양이 가능하리만치 몸이 가벼운 아버지가 그 중심이었다. 아버지의 가벼움을 누구보다 독하게 비웃는 어머니도 별반 다를 건 없었다.

—이 집안에 네 아버지 같은 천하의 망종이 또 없느니라.

어머니는 여간해서는 자식들 앞이라고 말을 가리는 법이 없었다. 어머니의 말이 진중함을 잃고 턱없이 가벼워져서는 북쪽 꼭대기 별당과 남쪽 끄트머리 행랑채 사이를 방정맞게 떠다녔다. 다행히 사랑채는 넘지 않았다.

아버지와 할아버지 앞에서 어머니의 처신은 흠잡을 데가 없었다. 게다가 할아버지는 며느리에 대한 측은지심으로 얼마간 눈과 귀가 멀어 있기도 했다. 그런 시아버지에게서 면죄부라도 챙겨놓은 것처럼 어머니의 고의적인 비틀기는 횟수를 거듭할수록 점점 더 상대를 가리지 않게 되었고, 거기엔 이미 세상을 떠난 지 오래인 할머니도 예외가 아니었다.

—저런 별종을 낳아놓고도 미역국을 자시고, 그것도 아들이라고 금줄에 고추까지 끼웠을 테지.

어머니가 비아냥거리며 뱉어내는 말들은 잔인했다. 동의하는 바가 없진 않았지만 적어도 공개적이어서는 안 되는 것이었다. 나는 단 하루만이라도 어머니가 입을 참아주길 바랐다.

그 경박함이 안채에서 더이상 새어나가지 못하도록 어머니 방문에 걸 침장寢帳을 꾸미는 중이었다. 물론 겉으로 그런 기색을 비칠 건 아니었다. 다른 눈들은 침장을 순전히 보온의 기능으로만 평가할 것이었다. 어머니는 침장이 시집갈 딸아이의 신방에 걸릴 거라고 지레 짐작했다. 굳이 부정하지 않았다. 넘치는 우려와 감사의 인사가 쏟아지는 걸 조금이라도 미루고 싶었다.

박산로博山爐는 보기에도 무척 오래된 물건이었다. 향로라기보다는 등잔 뚜껑같이 생겼는데 습기 탓인지 군데군데가 슬어 있었다. 끓는 물에 향료를 넣으면 방 안이 은근슬쩍 향내로 물들며 서서히 탁해졌다. 향기가 습기와 밀착되면 보다 진해지더라는 원리였다. 아버진 향로 곁에서 참을성 있게 기다렸다. 차려입은 옷이 향내로 절 때까지, 결국엔 그 향내가 몸속으로 기어들어가 온전히 자리잡을 때까지. 감색으로 선을 댄 민무늬 안석에 들러붙듯 기대 있던 아버지가 시간이 흐르면서 열받은 쌀엿가락처럼 늘어져내렸다. 눈앞에서 비스듬히 누워 물컹대는 아버지가 징그러웠다. 장식 하나 없이 단출하기만 한 방이 그렇게 퇴폐적일 수가 없었다.

그런 동안의 자잘한 심부름을 위해 내가 동원되었다. 아랫것들은 지저분하다는 이유에서였다. 도대체 아버지가 이 세상 누구더러 불결하다고 타박할 수 있다는 얘긴가 싶었다. 아버지는 까다로웠다. 향이 약하다, 목이 마르다, 불이 강하다, 다리가 저리다, 베개가 높다, 맘 풀려를도 없게 말이 떨어졌다. 그럴 적마다 나는 쪼그려앉은 채 치맛자락으로 방바닥을 쓸며 종종거렸다.

어머니는 내가 수시로 아버지 방을 드나드는 것에 대해 반색을 했다. 그러곤 나를 세작으로 부렸다. 아버지의 일거수일투족을 빠짐없이 옮겨야 했다. 아버지로 인해 몸이 고단했다면, 어머니 때문에는 정신이 피곤했다.

아버진 한량이었다. 외양만 따지자면 사내다운 데라곤 약에 쓰려도 찾을 길 없고, 가채 얹고 치마 둘러 기방에 들여보내도 될 만큼 교태가 흘렀다. 춤꾼이 되었다면 더없이 좋을 몸이기도 했다. 이리 꺾고 저리 뒤집어도 아프다 하지 않을 유연함이었다. 게다가 타고난 미색이었다. 어머니도 오목조목 곱다면 고운 축에 들었지만 아버지 곁에선 아무것도 아니었다. 그리고 그 아름다움이 미치는 영향력은 범위도 넓었다.

아버지의 지인 중에 조필준이라는 이가 있었다. 유유상종이라고 그 또한 대단한 문벌의 자손으로, 아버지와는 여러 해 동안 별탈 없이 어울려다니면서 서로의 탕심을 지지하고 공유하는 사이였다. 그가 아버지를 찾아오기라도 한 날이면 어머니는 예민해졌다.

— 마음을 나눠야만 벗이겠느냐? 욕을 나눠도 벗이니라.

에둘러 조롱하고는, 아버지 몰래 사랑채 마루 아래에 한 움큼씩 소금을 뿌려놓곤 했다. 그래도 조필준은 주사가 없다 하여 그 무리에서는 선비로 통하는 모양이지만 그도 과음 끝에 이성을 잃고 눈물바람까지 하며 주정을 부린 일이 있었다. 아버지 앞에서였다.

—자네의 기다란 속눈썹이 한 번씩 바르르 떨릴 적마다 내 심장이 오르락내리락하이. 나 자네를 더이상 볼 자신이 없구만. 내 심지가, 내 마음자리가 그것밖에 안 되는 모양일세. 하니 내가 피할밖에. 아니 그렇겠나? 이보게, 호! 뭐라고 말 좀 해보게, 호!

우정이 파탄나는 소리였다. 기방에서 새어나온 말이 장안을 구석구석 휘저으면서 몇몇 사내들이 공감대를 형성했다. 그때부터 아버지는 홀로 움직였다.

그래도 아버지는 목소리만큼은 대장부였다. 사이사이 기름기가 낀 굵은 저음이었다. 유난히 큰 울대가 목에서 오르내리며 진동했다. 그때야 사람들은 성 정체성에 대한 헷갈림을 멈추고 안심했지만, 첨첨지말尖尖之襪이라고 아주 뾰족하니 날렵한 버선을 신고 소리없이 흐느적거리는 아버지를 보고 있자면 나는 저절로 속이 메슥거렸다.

아버지가 묻히고 들어오는 바깥 밤바람은 비릿했다. 쇠북이 서른세 번 울어 파루가 끝나면 어김없이 귀가하던 아버지의 냄새였다. 비 오는 날 꼭꼭 숨겨둔 달거리포처럼 역했다. 같은 밤외출이어도 그런 날과 안 그런 날의 차이는 미혼의 자식인 나도 구별할 수 있었다.

그런 날의 아버지를 어머닌 더럽다고 했다. 실제로도 더러워했다. 돌림병 성한 동네를 거쳐오기라도 한 듯 아버지의 모든 걸 갈았다. 제일 죽어나는 이는 아무래도 침모였다. 반나절이든 만 이틀이든 옷을 얼마 전에 갈아입었는지 같은 것은 전혀 개의치 않는 어머니 탓이었다.

빨래는 힘든 일이었다. 잿물을 내리는 것부터가 활짝 열린 고생문이었다. 주로 기장이나 조의 줄기를 때서 재를 구했다. 그게 때가 가장 잘 빠진다고들 했다. 불 앞에 앉은 침모의 얼굴이 더워 보였다. 그렇게 해서 재가 나오면 꼼꼼하게 긁어내서 시루에 넣었다. 그리고 쳇다리에 걸쳐놓고는 찬물과 더운물을 번갈아 부어 잿물을 받는데, 처음 나오는 붉은빛 잿물을 만져보아 미끈거리면 적당했다. 잿물이 맘에 맞게 나온 날이면 침모는 평소와 달리 적잖이 호들갑을 떨기도 했다.

—옳거니, 옳거니……

주변 일에 관심이라고는 도통 없이 조용하기만 하던 아낙이었다. 그녀의 급작스런 수선이 주변을 안심시켰다. 무슨 일이든 그 진행과정이 순조롭다는 건 흐뭇한 일이었다.

잿물이 장만되면 바느질 자리를 다 뜯은 옷가지를 담가 더러움을 뺐다. 옷감이 명주나 비단일 땐 잿물 대신 곡물가루를 준비했고, 얼룩이라도 있으면 그에 맞게 또다른 방법을 동원했으며, 그렇게 때를 불린 후에는 빨랫방망이에서 다듬잇방망이로 두들김이 이어졌다. 젖은 옷은 맞으면서 철퍼덕거렸고 다듬잇돌 위에선 꾸역꾸역 풀을 먹었다. 그러고 나면 원래대로 맞추어 꿰매는 작업이 주로 밤에 이루어졌다. 침모는 늘 잠이 부족했다. 그나마 어머니는 아버지가 벗어놓은 옷의 뒷일에 대해선 일절 참견하지 않는 것으로, 그러잖아도 피곤한 침모의 신경만은 긁지 않았다.

그래도 좀 수월한 축에 드는 것이 아버지의 식기였다. 아버지만 따로 사용하는 놋그릇들을 모조리 끄집어내서는 팔팔 삶아 볕에 말리게 했다. 넓적한 대바구니 위에 크기대로 노랗게 엎드린 유기들은 눈이 부셨다. 평소 지푸라기에 기왓가루를 묻혀 빠득빠득 닦아둔 표가 여실히 드러났다. 난 참지 못하고 시큼한 눈물을 흘렸다. 하지만 어머닌 눈 한 번 깜빡이지 않고 증발과정을 지켜보곤 했다. 어머니의 뒷모습에서 발작적인 신경질이 차갑게 흘렀다. 그리고 영락없는 웃음. 얼굴의 미미한 근육만 조심스레 조종해내는 웃음이 소리없이도 시끄러웠다. 나는 네가 정녕 우습다, 그런 웃음이었다. 아버지가 그 웃음을 보았다면 아마도 어머니를 가만두지 않았을 것이다. 면전에서 욕은 먹어도, 자신을 비웃거나 업수이 보는 건 결코 참지 못하는 아버지였다. 그리고 그 차이를 판단하는 건 순전히 아버지 맘이었다.

—그깟 년들 내 알 바 없느니라.

어머닌 단 한 번도 아버지의 여자들에게 관심을 두지 않았다. 아버지의 오입질을 흘레라고 단언했으니 어차피 상대 여자도 짐승일 뿐이었다. 눈을 씻고 귀를 닦을 일이었다. 적실이라는 부동의 자리를 두고 투기한다는 오해를 빚어 당신의 신상에 화를 부르지 않겠다는 계산 또한 없지 않았을 터였다.

대 이을 후사가 없으면 요령껏 측실을 들이는 것이 대개 한다 하는 집안의 당연한 행보였다. 어차피 포기한 아들이었다. 오래 전 가출한 아들에 대한 미련은 더이상 대외적으로 변변한 힘을 쓰지 못하고 있었다. 하지만 아버지는 그예 축첩만은 하려 들지 않았다. 스스로에게 요구된 결벽일 리도 없었고, 집 나간 아들을 염두에 둔 암중모색일 리도 없었으며, 어머니에 대한 예의는 더더욱 아니었다. 속이 오리무중이었다.

결국 아버지는 셋째숙부의 작은아들 제현을 입양하는 것으로 걱정에서 면박으로 옮겨가던 문중 어른들의 입을 막아버렸다. 일사천리로 진행된 입양이었다. 그 일을 두고 말 짓기 좋아하는 이들은 조강지처에 대한 살뜰함 어쩌고 운운했다. 그 소문을 들은 어머니의 입꼬리가 날카롭게 들려올라갔다. 말아쥔 손이 잠시 떨리기도 했다. 하지만 소문의 진위 여부를 떠나 존중받는 아내라는 평가는 나쁘지 않았다. 묻어가는 것이 어머니의 자존심에 이로웠다. 어쨌든 그 일이 어머니에겐 약점이었다. 아버지가 여자를 주무르든 굴리든, 그 운 나쁜 계집이 절밥 먹는 비구니든 작두 타는 무당이든, 무어라 말할 입장이 아니었다.

단 한 번의 예외가 선이였다. 어머니보다 두 살 아래였으니, 내가 지금 부르는 선이란 이름이 아무리 집에서 부리는 종을 가리킨다 해도 무례하기 짝이 없겠다. 하나 달리 부를 만한 호칭이 내겐 없었다. 하연을 낳고도 어머니에겐 여전히 선이였으니 내게도 그저 선이일 따름이었다. 이웃들도 하연네란 호칭 대신 대놓고 이름을 불렀다. 선이는 어머니의 몸종이었지만 동무에 가까웠다. 백일도 되기 전에 부모님이 삼일 간격으로 돌아가시고 작은아버지 슬하에서 자란 어머니에겐 차라리 가족이었다. 그래서인지 선이에게서 태기를 확인하고도 어머니는 가여운 여종을 탓하지 않았다. 단지 아버지의 속옷을 여러 벌 태웠을 뿐이었다. 하연이 태어나던 날에도 어머니는 지극정성으로 선이를 돌보았다. 하지만 산욕열은 무서웠다. 배꼽 아래가 퉁퉁 부어오른 선이가 헛소리를 하며 계속 토했다. 검붉은 오로와 누런 땀에 전 홑청이 썩은 냄새를 풍기며 연신 선이 방에서 나왔다.

—내 생전 열이 저레 오르는 건 처음 본다. 산모가 아예 익는다. 어찌 살 길이 있겠나. 애기도 가망없다. 탯줄을 목에 꽁꽁 감고 나왔으니……

산파가 진저리를 치며 물러갔다. 어머니가 목놓아 울었다.

성적으로 거칠 게 없는 아버지의 성정에 내내 시달린 어머니는 내 혼사를 위해 품을 많이 들였다. 패물로 매파를 구슬려 정보를 빼내기도 하고 사람을 시켜 뒤를 캔 곳도 부지기수였다. 소실을 들였거나 기방에 아끼는 기생이 있다거나 하는 말이 실려오면 그것으로 끝이었다. 아비가 그러면 자식도 마땅히 그러할 거라고 단정했다. 아무리 그 집안이 대단한 문벌이라 해도, 또 그 소문이 때지도 않은 굴뚝의 연기처럼 풍설에 불과하다 해도 어머니는 미련없이 털어버렸다. 붉은 줄이 그어진 종이첩은 능히 살생부가 되었다. 신중한 붓놀림은 난잡한 영혼을 베어가르는 칼의 동선이었고, 선명한 붉은색은 그 사내들이 죽어가며 흘리는 피였다. 처형은 순전히 가상의 외진 공간에서 이루어졌지만 어머니의 집중력은 대단했다.

어머니의 촘촘한 그물에 유일하게 걸러진 가문이 좌의정 집안이었다. 아무리 뒤지고 털어도 먼지 하나 날리지 않았다. 완벽한 결벽이었다. 하지만 쉽지 않은 혼사였다. 할아버지가 존경받는 학자이긴 했지만 내 아버지가 너무 별볼일 없었다. 그래도 어머니는 집요했다. 상처 많은 며느리의 지위를 이용해 할아버지가 현기증을 낼 정도로 흔들어댔다. 결국 할아버지, 예문관 대제학 류진원은 스스로를 외월하다고 자책하면서 우정을 움직이고야 말았다.

좌의정과 할아버지는 지기였다. 연세도 할아버지가 십 년이나 위인데다 성정 또한 확연하게 갈라져 있었지만 두 분 사이의 의리는 굳건했다. 서로가 서로를 인정하고 존경했다. 그렇다고 해도 좌의정의 문중에서 흔쾌히 허혼할 리 없었다. 하지만 좌의정 김익루는 자신의 유일한 벗을 빈틈없이 믿었고 과감히 밀고 나갔다. 그 믿음에 대한 답례로 할아버지는 손수 제작한 열두 폭 병풍을 좌의정에게 선물했다. 성격대로 대竹를 좋아해 묵죽 그리기를 즐겼던 할아버지는 "대는 맑아서 누累가 없고 굳어서 변하지 않고 비어서 용납한다"는 고려 말기 문신 안축安軸의 말을 자주 인용했다. 그 맑고 굳고 빈 대를 명주 두 필에다 마음을 다해 그려 만든 병풍이었다. 그 병풍을 두고 어머니는 간단하게 뇌물, 이라고 했다. 진정에 대한 왜곡이자 할아버지에 대한 모욕이었다.

신랑의 사주를 적은 납채를 받으면서 혼인의 육례가 본격적으로 시작되었다. 어머닌 대단히 흡족했고 외동딸의 인생이 정갈하고 훈훈할 거라 믿어 의심치 않았다. 그런데 웬일인지 어머니보다 더 안심한 기색을 보인 쪽은 아버지였다. 평소 당신에 대한 외동딸의 혐오감을 예의 그 예리한 눈치로 다 꿰고 있던 아버지는, 겉으로야 초연하고 당당했지만 한 번도 제대로 눈을 맞춰준 적이 없었다. 가장으로서 먹여주고 재워주는 부양의 의무는 충실히 이행했으나 그것 말고는 거의 방치였고 심지어 유기였던 지난 세월에 대한 뒤늦은 죄책감 때문인지, 단순히 혼주로서의 책임감 때문인지, 단지 면피의 기회를 잡은 것뿐인지 몰라도, 아무튼 아버지는 내 혼사 문제에 대한 어머니의 극성을 암암리에 지지했다. 어머니가 작성한 일차 명단에서 제외된 상당수 이름들은 아버지의 입김으로 지워졌다 해도 과언이 아니었다.

—딸자식 여의려니 애비 노릇이 절로 되는 모양이니라.

아버지는 아주 세세하게 공들여 좌의정 집안에 대한 온갖 진실과 소문을 물어왔다. 그런 아버지를 어머니는 모처럼 신뢰하고 의지했다.

묘연의 두번째 이야기

친정에서 들은 바에 의하면 시아버지 좌의정 김익루는 현재진행형의 전설이었다.

아버님은 성균관 유생 시절 재생들의 자치기구인 재회齋會의 장의掌議였다. 사학인 서원이 발달한데다가 왜란과 호란으로 국가 재정이 궁핍하고, 극심한 당쟁의 틈바구니에서 유생들이 권신에게 휘둘리는 등, 부진을 면치 못하던 성균관이 모처럼 임금에 의해 진흥을 꾀하던 때였다. 청년 김익루의 학문이 임금의 눈에 들 정도로 군계일학이기도 했지만, 당시의 아버님이 성균관 출신의 관리들에게 그리고 지금의 유생들에게 우상으로 남은 이유는 무엇보다도 시위에 임하는 열기와 투지 때문이었다. 일단 아버님의 의지로 상정된 안건이라면 무조건 가결이라고 봐야 했다. 반발은 없었다. 그의 논리를 능가하는 논리가 나오기 어렵다는 것이 원인이라면 원인이었다. 그리고 아버님은 일단 시위에 들어가면 주장이 관철될 때까지 집단휴학인 권당도 불사했다.

—명한다. 유생들은 지금 즉시로 권당을 풀고 관으로 돌아가라. 그것이 마땅하다.

하나마나 한 명이었고,

—응당 해야 할 일을 하는 것이야말로 진실로 마땅하다 할 것입니다. 상上께서 세우신 근거가 참으로 조략하나 나라의 원로와 중신들조차도 전하의 세염이 무서워 제대로 간하지 못하니 그 통분함을 충심으로 고할 뿐이옵니다. 전하께서 협박하고 억지로 얽매려 하신다면 저희들에겐 오로지 죽음만이 있을 뿐이옵니다. 결단코 관으로 돌아갈 수 없습니다. 부디 군덕을 바르게 세우소서.

들으나마나 한 답이었다.

역사상 유생들의 연명상소나 시위가 한두 번 있던 일은 아니었다. 하지만 나라의 원로들조차도 당돌하지만 너무도 치밀하여 반박할 여지가 없는 아버님의 상소를 거북해했다. 그들은 엉뚱한 점을 걸고넘어졌다.

—유생 김익루가 충심으로 할말을 다 하였으니 임금을 사랑하는 정성이 있다 하겠습니다. 하오나, 군왕의 뜻을 감히 조략하다고 입에 올렸으니 이는 유례가 없는 일입니다. 어찌 신하로서의 예라 하겠습니까? 그에 합당한 벌을 내리심이 가할 줄 압니다.

결국 아버님은 사흘을 의금부에 감금되었다가 풀려났다. 훗날 선왕은 아버님의 출사 후 그 일에 대한 미안함의 의미로 중국에서 들여온 귀한 서책을 하사했다.

아버님은 불덩이 같은 성정으로도 이름이 높았다. 나라님도 그 불길을 감당하지 못했다.

—전하! 신, 좌의정 김익루 아뢰옵나이다.

그렇게 시작되는 그의 뜨거운 말들에, 대전 양쪽에 시립한 당상관들은 물론이거니와 임금조차 무참히 양심을 데었다. 문반은 동쪽에서 무반은 서쪽에서 따로 편을 갈라 모여 눈치껏 서로의 상처를 달랬다. 사헌부와 사간원의 잔소리도 늘 아버님보다 한 발짝씩 늦었다.

—설사 좌의정 대감의 말씀이 다 옳다고는 해도 그 표현이 격해 성심을 불편케 하니, 이는 불충입니다.

불충. 위험한 단어였다. 하지만 그 말은 그들의 근거지인 대청臺廳을 벗어나지 못했다. 간원에도 아버님은 부담스런 존재였다. 더군다나 임금은 언로에 집착한 지성이었다. 자신의 마음을 거스른다 해도 할말은 해야 한다는 게 그의 지론이었다.

—꼴꾼과 나무꾼의 말도 가려들으면 야언野言이 상달되는데, 할 만한 말이 있으면 무슨 말을 한들 불가하겠으며, 간해야 할 말이 있다면 어떤 사람이 해도 마땅하지 않을 것이 있겠는가?

그러면서 마음을 바로잡는 의논을 재촉했다. 게다가 임금은 감정적으로 철인이었다. 내심을 드러내지 않았고, 기분에 휘둘리지 않았으며, 이성이 아닌 감성에 호소하려는 시도를 자르는 데 가차없었다. 포장이 부드럽지 못하다 해서 옳은 말, 바른 행동을 내치는 건 군왕의 도리가 아니라고 확신했다. 하지만 사리분별이 확실한 지혜로운 임금도 놓치는 게 있었으니, 직언 혹은 고언을 빙자한 무례가 과연 바른 행동의 범주에 속하는가 하는 문제였다. 수두룩한 신하 중 누군가 하나쯤은 그 모순을 파악하고 있었을지도 모르겠다. 하나 해결할 능력이 없다면 아예 건드리질 않겠다고 작정한 것이 분명했다. 그래야 아버님에게 최소한의 자중을 요구한 이가 전혀 나타나지 않았다는 게 설명이 되었다. 혹자는 대제학인 할아버지에게 기대를 걸기도 했다. 그러나 할아버지는 유일한 지기 앞에서 마음을 몰아붙이지 못했다. 더군다나 좌의정의 말이 심하기는 해도 틀린 데가 없으니, 그를 거스를 만한 당신만의 명분을 찾아내지 못했다.

그런 아버님을 곁에서 지켜보면서 놀란 것은 아버님에게 경의를 표하는 후학들이 너무나도 많다는 사실이었다. 아마도 시류에 휩쓸리거나 현실과 타협하는 법이 없는 올곧음에 대한 찬양일 것이었다. 그들은 연서에 가까우리만치 흠모를 표현한 서신을 전해오기도 하고, 정성이 담긴 선물을 놓고 가기도 했다. 분에 넘치는 것은 없었다. 그들은 마음을 제대로 전할 줄 알았다.

형편은 집 안이라고 해서 다를 리 없었다. 아버님에게서 한번 불이 일었다 하면, 저절로 꺼진 후에도 적어도 닷새는 집 안 곳곳에서 잔불이 일었다. 그때만큼은 시어머니 은씨도 변덕을 삼갔다. 남편 태겸은 불길을 피할 줄 알았다. 잔불도 요령껏 넘어다녔다. 하지만 나는 아무래도 그 불에 적응하지 못했고, 끝내 이골이 나지도 않았다. 대책없이 쏟아지는 불길 아래 서 있다보면, 제가 다 잘못했으니 부디 죽여주소서, 빌고 싶어졌다. 명치에 열이 올랐다. 보는 눈이 없는 별채 담현당에선 버선을 자주 벗었다. 마루를 서성이다 맨발로 댓돌에 내려서면 발밑의 찬 기운이 정수리를 향해 달음질쳤다. 들솟는 소름을 느끼며 몸을 떨었다. 친정어머니가 자신했던 정갈함과 훈훈함이 지나치고 있었다. 각각 넘침과 부족함으로. 모든 것이 너무했다. 나도 한 식구이니 만큼 나에게도 뭔가 너무하는 게 있어야 했다. 나는 말이 너무 없기로 했다.

가차없이 불벼락을 내리는 쪽과 속절없이 불벼락을 맞는 쪽이라면 상극일 수밖에 없었다. 철천지원수도 가능했다. 그런데 바로 그러한 관계에 해당하는 시아버지와 내가 어울리지 않게도 공유하는 것이 하나 있었으니, 가맛멀미였다.

—내 그 고충을 알고도 남는다. 견딘다고 견뎌지는 일이 아니니.

하나밖에 없는 며느리라고 해서 관용이 당연한 게 아닌 벼락같은 아버님이었지만 그 부분에 대해서만큼은 전적으로 완전한 이해심을 보여주었다.

아버님은 늘 걸어서 등청을 했다. 임금의 독촉이 있거나 화급을 다투는 현안이 있을 때는 말을 타기도 했지만 그런 일은 드물었다. 꿋꿋하게 걸어가는 늙은 정승의 뒤를 유사시에 대비해 빈 평교자가 따랐다. 함께 등청하는 일이 잦은 남편 또한 한가지로 걸을 수밖에 없었다. 길에서 누군가를 만나는 경우도 빈번했다. 노인인데다 좌의정이었고 군왕도 인정한 성정이었다. 상대방도 교자에서 내려 걸을 수밖에 없었다. 그들에겐 운없는 날일 것이었다.

가마는 내게도 고통이었다. 당상관의 아내로 입궐할 때나 집안 행사가 있는 날이면 미리부터 굶어 위를 비웠다. 친정에 갈 때는 아버님의 배려로 말을 타고 가기도 했지만 그 외의 모임은 달랐다. 교렴을 젖히고 비단신부터 살포시 등장하는 대갓집 마님들 틈바구니에서 혼자 말을 타고 나타난다는 건 무례라고까지 할 건 없어도 눈총받기에 충분한 일이었다. 입방아에 오르내리고 싶지 않았다. 게다가 말이라고 해서 그저 끌어내 타기만 하면 되는 것도 아니었다.

말 한 필은 종 두세 명의 몸값과 맞먹을 만큼 비쌌다. 왜란 때는 무려 노비 열 명 정도의 값을 치러야 할 정도로 귀한 짐승이었다. 게다가

드는 먹이도 만만치 않았다. 소 한 필이 일 년 동안 콩 한 섬 정도를 먹는다면, 말은 거기에 콩 한 섬과 좁쌀 열 말을 더 얹고도 모자랄 때가 있었다. 그런 말을 일개 며느리인 내가 무시로 타고 돌아다닐 수는 없는 노릇이었다.

시집올 적에도 멀미는 새색시의 체면을 제대로 구겨놓았다. 대개 혼례가마 안에는 신부를 위해 요강을 넣어주게 마련이다. 볼일 볼 때 소리나지 말라고 요강 안에 팥을 넣기도 하고 목화를 깔아주기도 하는데, 내가 탄 가마 안에는 공들여 만든 지승요강이 들어 있었다. 지승은 종이를 비벼 꼬아 만든 끈이다. 그 끈을 엮은 틀에 겹으로 옻칠을 해 표면을 단단하게 하고, 둘레에는 마름모꼴의 문양을 넣었으며 뚜껑에도 굴곡을 주어 멋을 부린 물건이었다. 험히 쓰기엔 아까웠다. 그래도 어쩔 수 없었다. 그리 먼 길이 아니었음에도 내내 그 요강을 붙들고 토하느라 얼굴색이 쌀뜨물처럼 변했다. 먹은 것이 거의 없다고 해서 나오는 것까지 없는 건 아니었다. 가관이었다. 차마 가마에서 내릴 수 없었다.

친정에서 따라온 여종 수월이에게 자초지종을 들은 남편은 그다지 놀라지 않았다. 시끄럽게 굴지도 않았다. 가마 옆을 지키고 서서 따뜻하게 적신 수건을 여러 장 넣어주고 나서는 나지막이 알은체만 했다.

—견딜 만하시오? 진정이 될 때까지 기다릴 터이니 무리해 서두르지 마시오.

과장된 위로도 은근한 생색도 아니게 조화된 그의 덤덤한 문장이 내 가슴속에서 따뜻한 물이 되어 한참을 흘렀다. 그 물은 얼마 안 가 곧 식었지만 그래도 완전히 말라 없어지지는 않아서 지금까지 남편을 견딜 수 있게 해주었다.

꽃을 처음 키우기 시작하면서 물 때를 놓친 적이 몇 번 있었다. 끝내 말라 죽어 뽑혀나가기도 했지만 용케 다시 꽃을 피운 것도 있었는데, 같은 상황이었음에도 생사를 가른 것은 물관이었다. 뿌리에서 잎까지 한두 가닥의 줄기만 성해도 결과가 달라졌다. 제대로 물들지 못한 누런 잎이 나고 떨어지기를 여러 번 반복하다가 어느새 돌변하여 맹렬하게 푸르러졌다. 그렇다고 바로 꽃이 풍성하게 피는 것은 아니었다. 처음에는 꽃잎의 수와 크기가 채 반도 안 되었다. 하지만 점점 나아졌다. 어정거리는 속도가 불안했지만 어쨌든 살아났다. 부부도 마찬가지였다. 둘 사이의 간격이 멀어 시들시들하더라도, 어떻게든 더운 기운이 순환하고 있는 거라면 그 관계는 충분히 희망적이었다. 그러니 바로 그날, 가마 안에서 들은 남편의 차분한 목소리가 험난한 내 시집살이를 인내할 수 있게 한 단서인 셈이었다.

묘연의 세번째 이야기

담박할 담淡과 빛날 현炫의 담현당淡炫堂은 안채 북쪽에 위치한 별채다. 단순하고 소박한 공간을 예우하여 가리킴이다. 쉴 소蘇와 엄숙할 숙肅의 소숙헌蘇肅軒은 사랑채 동쪽의 바깥 별채다. 쉴 때조차 맘을 완전히 풀어놓아서는 안 된다는 경계의 의미다. 배울 학學과 먼저 선先의 학선재學先齋는 사랑채와 담 하나를 사이에 둔 서재다. 기록된 전날의 역사에서, 먼저 있던 선조들에게서, 그리고 범인들보다 앞선 현자들에게서 배워야 한다는 자기 암시다. 모두 남편 태겸이 의미를 부여해 지은 이름들이다. 향나무틀에 일필휘지로 적어 현판도 걸어놓았다. 드나드는 이들 모두 글씨가 보기에 좋다고 칭찬했다.

남편은 매사에 급했다. 채근하고 지적하고, 시시때때로 몸이 달아 부아를 내곤 했다. 선천적이라기보다는 후천적으로 습득된 그러한 성정은 아버님의 영향이었다. 화상을 입지 않기 위해 신속하게 요구되던 치열한 자기 방어가 벽으로 굳어진 것이었다.

남편은 세자시강원의 정삼품 찬선贊善으로, 학식이 출중하고 일 처리에 흠이 없는 대쪽이었다. 그건 달리 말하면 까다롭기가 이루 말할 수 없고 만만한 구석이 한 군데도 없다는 뜻이기도 했다. 하여 세자가 제일 윗스승으로 모시는 영의정 대감보다 남편을 더 어려워하더란 말까지 돌았다.

하지만 언뜻언뜻 들여다보이는 남편은 누구보다도 재미있는 사람이었다. 그 흥겨움을 남편의 부모, 특히나 아버님이 알 리 없었다. 어쩌면 알려 하지 않는 건지도 몰랐다. 겹치는 자리, 맞물리는 틈이 하나 없는 성정끼리의 만남이었다. 또한 매사에 어긋나는 의견으로 충돌했다. 아버지는 아들의 뜻을 존중할 기회를 진즉에 놓쳐버렸고, 아들은 아버지를 설득할 기회를 아예 가져보지도 못했다. 서로에게 고집밖에 보여줄 게 없었다. 허한 구석이 생기지 않을 수 없었고, 그 자리를 남편의 벗들이 채웠다.

소숙헌은 남편과 그의 몇 안 되는 친구들이 뭉쳐드는 단골 장소였다. 그리 넓지 않은 뜰엔 물고기가 살지 않는 작은 연못도 있었다. 모서리가 직각으로 만나는 네모반듯한 모양으로 연못까지 주인의 성정을 닮아 있었다.

남편은 살아 있는 짐승을 집 안으로 들이는 일에 늘 반기를 들었다. 거기엔 당연히 물고기도 속했다. 아주 어려 애지중지하던 개 한 마리를 구장狗葬까지 가서 묻고 통곡하며 돌아온 이후부터 일관된 입장이었다. 인간사에 비하면 지나치게 짧은 수명이었기에 언젠가는 속수무책으로 떠나보내게 마련이었다. 맘을 주지 않으려면 눈에도 보이지 않아야 했다. 말 두 필만은 어쩔 수 없이 예외로 두었다. 짐승이기 전에 요긴한 운송수단이기 때문이었다. 하지만 어느 날 문지기가 대문 앞에서 비를 피하던 길 잃고 배곯는 새끼 삽사리를 데려와 처분을 물었을 때, 일말의 망설임도 없이 받아들인 걸 보면 남편의 마음 한 곳엔 죽은 개에 대한 애틋함이 여전한 모양이었다. 그때 죽은 개를 두고 남편이 지었다는 제문이 신통했다.

狗死人哭 理所不當구사인곡 이소부당
然汝由我而死 故吾是以哭之연여유아이사 고오시이곡지

개가 죽었다고 사람이 곡하는 것은 도리에 맞지 않으나,
너는 나로 인해 죽었기에 내가 이렇게 곡을 하노라

개가 죽은 것을 왜 자기 탓으로 여겼는지는 모르지만 학선재에서 우연찮게 찾아 읽은 남편의 옛 마음은 분명 따뜻했다.

그 연유야 어찌되었든, 석가산마저 없었다면 이 손톱만한 연못과 손바닥만한 소숙헌은 더욱 볼품없이 보였을 것이다. 석가산은 돌을 나지막하게 쌓아 골짜기며 계곡까지 빚어낸 연못 속 인공의 산을 이름한다. 하여 말 그대로 산이기도 하면서 작은 무인도이기도 한 곳이다. 그 석가산에는 키 작은 소나무 몇 그루 말고도 감국이 잔뜩 심어져 있었다. 가을엔 아취가 있는 것이 볼 만했다. 연못의 중심이 노랗게 부풀어 올라 짙은 향을 뿜었다. 물에 거꾸로 반사된 꽃들이 좁은 연못을 가득 채웠고, 밤이면 달빛을 품어 그대로 등이 되었다. 삭막할 정도로 질서정연한 집 안 곳곳을 손대지 않고도 허무는 부드러운 힘이었다. 이성

을 자랑하던 사내들도 함께 무너졌다. 남편의 친구들은 그 작은 꽃산이기도 하고 꽃섬이기도 한 석가산 곁에서, 봄꽃 이화梨花를 버리고 국화 월백菊花 月白을 읊겠다고 자주 드나들었다. 그럴 적마다 나는 매번 국화주를 냈다.

국화주는 내가 친정에서 배워온 술이다. 친정아버지가 즐기던 술이라 어머니가 해마다 공들여 빚어 그 비위를 맞췄다. 난 아버지가 좋아한다는 그 이유만으로 국화주가 싫었지만 어이없게도 그 샛노란 국화주가 내 손에서 맛이 들었다.

국화를 송이째 꺾어 잘 씻은 다음 물기를 없애는 일이 가장 먼저다. 그리고 통밀을 반 시진쯤 물에 불린다. 밀이 물을 적당히 먹었다 싶으면 맷돌로 곱게 간다. 그걸 적당한 크기로 덩이를 만들어 틀에 넣고 천으로 싼다. 통나무의 위아래를 둥글게 파서 맞뚫어놓은 틀은 주로 소나무를 쓰는데, 누룩고리라고도 부른다. 그러곤 발뒤꿈치로 꼭꼭 밟아 디딘다. 밟는 질에 따라 누룩의 질이 변하고 그 누룩에 의해 술맛이 달라지기 때문에 정성을 기울여야 한다. 설렁설렁 했다가는 술맛이 대번에 떨어졌다.

—자네들이 마시는 국화주는 우리 안사람 발맛일세.

남들보다 유난히 디디는 일에 공들이는 나를 두고 남편이 친구들 앞에서 처신없는 소리를 던진 적이 있었다. 나는 기겁을 했지만 남편의 친구들은 그 말을 듣고도 별 반응을 보이지 않았다. 평소 친밀감이 깊은 벗들 앞에서 취한 남편의 말본새가 어떠한지 단박에 알 수 있는 대목이었다.

그 누룩을 뜨뜻한 온돌 아랫목에서 한 이십여 일을 띄운다. 그러곤 꺼내 이틀 정도 밤이슬을 맞혀가며 누룩 냄새를 없앤다. 그렇게 빚은 누룩을 발효시키고 나면 묽은 멥쌀죽과 혼합해 밑술을 만든다. 그 다음으로 찹쌀로 고두밥을 지어 식힌 후 밑술과 잘 섞어 독에 담는데, 이때 엿기름, 고추, 생강이 들어간다.

물은 가을에 내리는 이슬을 받아서 쓴다. 고된 작업이다. 우선은 밤이 되기 전에 풀잎들을 천으로 깨끗이 닦아 먼지나 불순물을 없앤다. 그리고 그 아래마다 작은 항아리들을 나란히 늘어놓는다. 그러면 새벽에 맺힌 이슬이 제 무게를 이기지 못하고 또르르 독 안으로 굴러떨어지는데, 철 내내 모아 합치면 술 큰 한 동이 양은 되었다.

—먹을 만한 물이 없더냐? 유별에 유난이다.

어김없는 어머님의 핀잔이었다.

재료가 다 들어가면 마지막으로 바짝 말려두었던 감국을 넣는다. 그리고 창호지로 아가리를 막고 뚜껑을 덮어 익히면 된다.

국화주에 취한 소숙헌이 어수선함과 진지함을 번갈아 탔다. '吉人醉 善心露, 躁人醉 悍氣布길인취 선심로, 조인취 한기포'라 해서 좋은 사람은 술에 취하면 착한 마음이 나타나고 조급한 사람은 술에 취하면 사나운 기운이 나온다고 했다. 술기운에 문득문득 모자라고 헤벌어진 모습들이 비어져나오기도 했지만 자부심이 강한 사내들이요, 명료한 지성들이었다. 반성이 뒤를 이었고, 이해하고 위로하면서 자신들만의 붕우유신을 실천했다. 내친김의 책선責善이기도 했다. 친구의 잘못에 대해 가차없이 비판하고 선한 행동을 권하는 책선은 친구 사이라면 반드시 갖춰야 하는 도이다. 그래도 맨정신에, 게다가 면전에는 부대끼는 일이었다. 간혹 편지로 이행되던 그 도리가 술 덕에 원활해지고 있었다. 나는 맺힌 것 없는 그들의 우정이 늘 부러웠다.

남편은 술보다는 차 쪽이었다. 술은 청주든 탁주든 소화를 잘 시키지 못했다. 대신 연하게 우린 차를 식혀 대작했다. 백자주전자 귀때에서 떨어지는 찻물 소리가 맑았다. 그래도 분위기만으로는 술에 버금갔다. 들이붓는 모양새도 꼭 술이어서 모르는 사람들은 정말 술로 알았다. 그렇게 남편은 차에 취했다. 차향에 거나해지면 심심한 우스갯소리로 벗들을 웃기기도 했다. 격식을 버리고 시비를 걸었고, 무어라 대거리할 건더기도 없는 황당한 얘기들도 곧잘 주워섬겼다. 그때만큼은 남편도 단순무식했다. 물론 그 어디든 벽창호들이 있게 마련인지라, 남편에게 일고여덟 되는 친구들이 남기까지 작살난 관계도 꽤 여럿이었다. 융통성 없이 곧이곧대로 해석함이 지나쳐 심사가 사나워진 이들이었다. 맥락을 따라잡으려다 제풀에 자존심 상한 이들도 있었고, 숨은 의도를 캐다 제 발이 저려 물러난 얼치기도 있었다. 판단하건대, 벗이란 이름으로 끝까지 남은 이들의 공통점은 단 하나, 남편 태겸의 말 한마디 한마디에 별다른 의미를 부여하지 않는다는 점이었다. 그들은 그저 듣고, 그냥 웃은 다음, 바로 버릴 줄 알았다.

우리 부부는 그다지 순조롭지 못했다. 남편이 워낙 성마르기도 했지만 혼인 후 서로에게 집중하고 둘만의 관계를 짚어볼 기회가 한 번도, 단 한 번도 없었다. 늘 안채의 온도와 사랑채의 기류를 살피느라 그럴 여력이 없던 탓이었다. 나의 모든 기운이 거기서 다 소비되고도 모자랐다.

모르는 바는 아니었다. 어지간해서는 감정을 내색하지 않는 나에게 남편이 진저리를 친다는 걸 말이다. 하지만 내심을 어떻게든 다 표현하고 살았던 친정어머니의 가벼움을 닮아가느니 차라리 죽는 게 나았다. 나는 내 입을 참을 수 있다는 사실이 자랑스러웠다.

남편은 상대가 즉각적으로 반응을 보이지 않는 걸 못 견뎌했다. 참을성이 부족했고, 기다리는 일에도 소질이 없었다. 아버님보다는 그 열기가 덜했지만 남편의 속에도 불이 들어차 있었고, 어머님보다는 중심을 잘 잡았지만 변덕 또한 품고 있었다. 그러다보니 언제 떨어질지 모를 남편의 명에 지체없이 응하기 위해 집안은 언제나 비상이었다. 무엇이든 채비가 되어 있어야 했다. 심지어 질문에 답하기 위한 마음의 준비까지 하고 있어야 했다. 그 어떤 걸 묻더라도 따박따박 대꾸할 수 있어야 했다. 머뭇거리고 어물거리는 건 허락되지 않았다. 최대의 피해자는 박집사였다.

—최근에 서의원이 다녀간 날이 언제인가?

—지난 스무하룻날입니다.

—그날 주고 간 오수유가 얼마나 되는가?

—한 근이 채 안 되는 것으로 압니다.

—음! 그것으로 식솔들 구충이 다 되겠는가?

—미처 여쭙지 못했습니다.

—어허, 딱한 일일세! 그렇게 소소한 것조차 챙기지 못하다니.

—송구합니다.

—그 소리 닳고 닳게 들었네. 가보게.

—예.

—박집사가 수고가 많네. 내 믿을 사람이 자네뿐일세.

박집사는 친정아버지와 동갑이었다. 하지만 내 눈에는 박집사가 훨씬 어른으로 보였다. 남편은 물론이거니와 심지어 어머님보다도.

남편의 목소리가 커지기 시작하면 어느 결엔가 어머님이 나타났다.

—이보시게, 찬선! 고만 하시게.

어머님의 머릿속에는 당신은 결코 실천하지 않는 어마어마한 양의 잠언이 들어 있었다. 다독의 내공이자 남다른 기억력의 덕이었다. 어머님은 차곡차곡 저장된 경구를 추려내 장성한 아들 훈계하기를 그치지 않았다. 남편은 거부하지 않고, 한결같이 공손하게 응대했다. 하나 남편은 들으면서 잊는 모양이었다. 그게 옳았다. 뇌 속에 갇힌 채로 부패하다 적멸할 게 자명한 글자들이었다. 방생은 당연했다.

나는 항의도, 이의 제기도, 불평도 하지 않았다. 그런데도 남편은 눅기는커녕 나의 일거수일투족에서 흠을 찾아내는 일에 수완을 발휘했다. 그에게도 너그러움이란 게 있었지만 이미 벗들 앞에서 다 소진해 버린 터라 내 차지는 남아 있지 않았다.

묘연의 네번째 이야기

하연의 얼굴은 보름달이었다. 눈을 치켜뜨고 입을 다물면 꽤 볼 만한 얼굴이겠으나 아쉽게도 반대였다. 무질서한 얼굴이었다. 맘에 들지 않았지만 내 힘으로는 바꿀 수도, 고칠 수도 없었다. 시간이 흐르면서 그 얼굴에 익숙해졌고 더이상 체했냐고 묻지도 않게 되었다.

어머니와 선이가 동무이자 자매였듯이 나와 하연도 자매이자 동무였다. 거의 나 혼자 말하고 대부분을 나 혼자 결정하곤 했지만 하연은 십오 년 동안 기꺼이 내 그림자가 되어주었다. 어머니도 선이를 보듯 하연을 보듬었다. 내 이름의 연演을 똑같이 돌려 하연이라 이름짓겠다 끝까지 우긴 것도 어머니였다. 옷도 나와 한가지로 해입혔다. 그 극진함에 어느 누구도 하연의 출신을 두고 가타부타 시비하지 못했다. 하지만 어디에나 예외에 드는 족속이 있게 마련이었다. 하고 싶은 말 감추는 데는 소질이 없던 여종 수월이가 하연을 붙들고 들이댄 적이 있었다.

—천한 걸로 따지면 너나 나나 처지가 다를 게 없지 않겠어? 얼녀 주제에 감히 누구 앞에서 상전 노릇을 하는 건데? 거기다가 내가 너보

다 나이도 세 살이나 많다구. 알어? 에미가 종년이면 딸년도 종인 거야. 아냐구!

그걸 어찌 알았는지 어머니는 수월이를 하루 종일 추궁해서는, 사실 족쳤다는 표현이 옳다, 일 년치 눈물을 다 빼냈다. 수월이가 울었고 하연이 울었고 덩달아 나도 울었다. 수월인 억울했고 하연은 서러웠고 나는 미안했다.

하연은 매사가 더뎠다. 걷는 것도 굼뜨고 말하는 것도 느작거렸다. 심지어 보는 것과 듣는 것도 느린 것처럼 보였다. 기다리는 일에 인이 박였다. 밥 먹는 것도 열나절이었다. 내가 밥을 다 먹고도 한참을 더 있어야 슬며시 수저를 놓았다. 그렇다고 많이 먹는 것도 아니어서 주발의 밥을 반 넘게 덜어놓기도 했다. 먹을거리를 두고 그리 열심을 내지 않으니 당연히 몸이 부실할 수밖에 없었다. 어깨에서 직선으로 떨어져내리는 비쩍 마른 몸이 배곯다 부황 들어 곧 죽게 생긴 아이처럼 위험해 보였다. 반면 얼굴은 유난히 크고 둥글었다. 그나마 먹는 것이 모두 얼굴로 가 붙는 듯했다. 보는 사람이 불안했다. 아무래도 위쪽이 무거워 보였기로 순식간에 거꾸로 뒤집힐 것만 같았다.

하연의 머리카락이 세기 시작한 건 아홉 살이 넘어가면서부터였다. 처음엔 한두 뿌리 그러다 말겠거니 대수롭지 않게 넘겼는데, 만만히 볼 일이 아니었다. 시작은 관자놀이였다. 희끄무레한 반원이 조심조심 자리를 넓히더니 순식간에 머리를 하얗게 덮어버렸다. 말 못 참는 수월이가 그냥 넘어갈 리 없었다. 혼잣말처럼 쫑알대는데 기실 들으라고 하는 소리였다.

—하! 뒤에서 보니 영락없는 은수절세. 주제에 노랑저고리에 다홍치마라, 게다가 자줏빛 회장까지. 그리 떨쳐입었는데 머리통만 하야니 웃겨. 알록달록한 게 똑 수젓집에서 대가리만 삐져나온 은수저 같으

네. 하!

푸식, 하연이 웃었다. 화내려던 나도 얼떨결에 따라 웃었다. 내가 웃는 고로 제풀에 눈치보던 수월이도 맘놓고 웃었다. 우리가 모여 웃는 걸 보고 지나가던 어머니도 영문도 모르면서 웃었다.

하연의 흰머리 때문에 어머니는 머리가 다 빠질 지경이었다.

—내가 그 속을 아느니라. 아흔아홉 가지가 있어도 단 한 가지가 없어서 그 아흔아홉 가지가 아무것도 아니게 되는 게 있는데, 그 한 가지가 에미니라.

그러면서 쉴새없이 눈물을 찍었다. 완전한 감정이입이었다. 어머니는 하연을 어머니 자신으로 보고 있었다. 두루두루 여러 방법을 써보았다. 억지로 검은콩을 먹이고 슬쩍슬쩍 옻을 발라주기도 했다.

—아가, 하연아! 무엇보다도 마음을 편히 가져야 하느니라.

간곡히 어르기도 했다. 해도 해도 안 되자 아버지를 붙들고는 하연이도 자식이니 따뜻하게 말 한마디라도 건네달라 청을 다 넣었다. 말끝에 '제발'이라는 단어까지 붙였다. 나를 위해서도 하지 않던 일이었다. 평소 뜨뜻미지근하게 굴던 아버지가 다정연하며 하연에게 딱 한 소리 했다.

—몸 잘 건사해 아프지 마라.

적절한 말이었다. 그러면서 별것 아닌 평범한 소리이기도 했다. 하지만 그 말 한마디에 하연의 머리카락이 다시 검어지기 시작했다.

내가 혼인해 친정을 떠난 후 햇수로 삼 년이 지나 하연도 시집을 갔다. 다리 저는 어린 딸 하나를 둔 최약국에게였다. 젊은 마누라가 약국일 배우러 들어온 지 닷새밖에 안 된 새파랗게 어린 놈하고 야반도주한 뒤로 심장엔 열이 차고 머리는 반 넘게 돌았다는 최약국이었다. 재취라는 말에, 어머니는 딸같이 키운 열여덟의 아이를 언감생심 그런 정신 나간 중늙은이와 엮으려 한다고 펄쩍 뛰며 중신어미를 쥐 잡듯 몰아세웠지만, 그냥 시집갈게요, 다 기어들어가는 하연의 한마디에 그 자리서 맥을 놓고야 말았다. 하연이 시집가고 나서 어머니는 거의 십 년치를 한꺼번에 늙어버렸다.

정월 대보름을 앞두고 봄날처럼 따스한 날씨가 며칠째 이어지고 있었다. 사랑채도 안채도 모처럼 평온했다. 산에서 흘러내려와 장독대와 담벼락 사이에 비집고 앉은 철쭉나무에서 물색없는 철쭉 한 송이가 이파리도 없이 피었다. 그 연분홍 파문의 가장자리에서 유모 등에 업힌 희우가 잠투정을 했다.

그날 아침 하연이 찾아왔다. 산달을 앞둔 임부에겐 힘에 부치는 거리였다. 눈 녹은 진창길을 걸어오느라 무릎 아래가 젖은 흙으로 범벅이 된 하연은 하혈을 하고 있었다. 몰골이 어찌나 흉한지 아랫것들이 미친 비렁뱅이로 알고 내쫓던 걸 입궐 채비를 하던 남편 태겸이 용케 얼굴을 알아보고 말렸다.

—하연아!

—놀랐지?

—향이 아버지는?

—아무리 깨워도 일어나질 않아서…… 너무 무서워서 어머니, 어머니한테 가려고 그랬는데 갑자기 피가……

나도 놀랐지만 어머님의 기겁은 참으로 요란했다. 하연을 향한 냉대에는 최소한의 예의도 없었다. 제집으로 돌려보내라는 명이 얼어붙은 채 내 가슴에 꽂혔다. 말도 고드름처럼 지나치게 얼면 흉기였다. 정신이 아득해졌다. 진저리까지 쳐대며 소리나게 돌아서는 어머님의 남색 공단 치맛자락을 간신히 붙잡았다.

—어머님, 어머님! 저를 봐서라두요, 어머님. 제겐 친동기나 다름없다는 거 아시잖습니까. 게다가 돌아가다 길에서 잘못되기라도 하면 아버님께도 누가 될 겁니다, 어머님……

—이런! 어멈이 시아버지를 그리 생각하는지 몰랐구나. 우리 집안에 효부가 났어. 오냐, 좋다. 그럼 몸만 풀게 해라. 그 이상은 어림없어. 지금 당장 달구를 인달방仁達坊으로 보내 사부인께 데려갈 채비하시라 전해라. 약국댁이 사부인께는 딸이나 마찬가지라니 당연히 그쪽에서 거두셔야지. 그렇지 아니하냐?

북수간北水間에 함지박을 들이고 솔가리를 때 물을 데웠다. 솔잎을 긁어 불 속으로 던져넣으며 태어나 처음으로 거방지게 욕을 했다. 구들에 불 들어간 방이 한두 칸이 아니건만 그예 북수간으로 밀어넣은 어머님이었다. 가지를 분지르며 안채를 통째로 저주했다. 내 속에 대고 질러대는 무언의 고함이었지만 가는귀먹은 유모가 흠칫거리는 걸 보면 양심 있는 것들은 다 듣는 모양이었다. 분기가 탱천한 나와 달리 하연인 지나치게 조용했다.

—무슨 몸 푸는 산모가 그러니? 아프면 아프다고, 힘들면 힘들다고 하란 말이야. 소리도 질러. 내가 들어줄게.

—괜찮어, 괜찮어. 난 괜찮어.

하연은 신음 한 토막 비어져나올 틈이 없게 정신을 챙겼다. 고통스럽다고 비명을 지르지도 않았다. 꼬박 이틀 낮밤이 걸린 난산이었다. 산모는 산욕열에 걸리지 않았고, 아가는 탯줄을 목에 감지 않았다.

향이가 엄마 엄마, 울며불며 꼬질꼬질한 얼굴로 최약국 손을 잡고 문가에 나타난 건 다음날 점심나절쯤이었다. 옷만 대강 꿰어놓은 향이와 달리 잠행에 나선 임금이라 해도 믿을 만큼 고고하고 수려한 그가 기막혔다. 하연이를 잡아먹으면서……, 그러면서 네가 사는구나! 그의 얼굴을 찬찬히 겨누었다. 산모의 건강이든 태아의 목숨이든 아무래도 상관없으나 향이가 우는 것만은 참지 못하겠노라는 듯한 표정의 그를 향해 뾰족하게 깎은 글자가 날아갔다.

— 오셨습니까?

— ……

손을 내미니 향이가 빛을 내며 납작하게 안겨들었다.

— 살펴, 가십시오.

그렇다고 인사도 없이 바로 돌아서는 최약국의 두루마기 옆선이 제 성정만큼이나 날카로웠다. 뜨거운 인두가 한두 번 지난 길이 아니었다. 하연의 오달진 노동의 흔적이었다.

— 딸입니다. 묻지도 않으십니다.

그의 뒤통수가 움찔했다.

뒤늦게야 아기의 입을 감초탕물로 닦아주었다. 태독을 제거하려면 바로 그리 해야 했는데 나도 유모도 제정신이 아니었던 고로 잊고 있었다. 하지만 최약국을 보자마자 분노가 나의 이성을 살려주었다. 정신이 저절로 추슬러졌다. 분노도 기운이었다.

하루가 더 지나 날이 밝자마자 친정에서 하연과 아기를 데리러 왔다. 향이도 물론이었다. 날씨가 그새 매워져 있었다. 산모와 아기에게 위험한 날씨였다. 잠시 밀어두었던 어머님의 냉정함이 다시금 원망이라는 이름을 달고 내 속을 헤집었다.

이틀 뒤 친정에서 이름을 지었다고 알려왔다. 난이였다, 최난이. 어여쁜 이름이었다.

태겸의 첫번째 이야기

담현당은 아내가 기거하는 곳이다. 그래서 모두들 아내를 담현당 마님이라 부른다. 아내가 처음부터 담현당살이를 원했던 건 아니었다. 대개 안채에서 대청을 두고 마주 보는 방 가운데 작은 방을 며느리가 쓰기에 나도 아내도 당연히 그럴 거라 생각했다. 하지만 어머니는 당신의 생활이 노출되는 것을 꺼려했다. 하여 얼떨결에 시작된 별채생활이었다.

—무어라?

아내의 손끝을 떠난 놋대야가 가볍게 날아올랐다가 담현당 뜰에 떨어졌다. 채쟁챙, 요란하게 구르던 소리는 결국 대야가 뒤집어지고 나서야 가까스로 잠잠해졌다. 더운 김은 그러고 나서도 한참을 더 뽀얗게 올랐다. 새벽 댓바람에 날아온 친정아버지의 부음에 잠시 흠칫했던 아내는 노복에게서 자세한 내막을 듣고 나선 아예 평정심을 잃었다. 막 소세를 끝낸 대야를 손으로 들어 엎어버렸다. 감정을 자제하고 거의 침묵으로 일관하던 평소와는 확연히 다른 모습이었다. 입장을 바꿔 생각해도 맨정신으로 감당할 일은 아니었다. 나도 적이 놀라긴 했지만 아내가 자신의 경거망동에 대한 반성 따위로 내 앞에서 기가 죽는 건 싫다마다였다. 다행히 그럴 경황도 없어 보였다. 아내의 다음 행보가 은근히 기대됐다. 하지만 진도는 더이상 나가지 않았다.

복상사. 겨울철 복상사가 아주 드문 일은 아니라지만 장인의 경우 인구에 회자되기를 피하긴 어려워 보였다. 아무리 주지육림에, 아니 장인은 육식을 멀리했으니 육림肉林은 해당되지 않겠다, 그저 주지酒池에 아녀자 후리는 데만 사력을 다해 살았대도 명색이 전임 예문관 대제학 류진원의 장자였다.

예문관은 국가의 역사기록인 사초를 담당하는 곳으로, 그에 소속된 관료들은 그 명예가 대단하다. 또한 홍문관, 승문원과 함께 청직清職으로 일컬어진다. 대개 청淸이란 글자는 아무 데나 붙지 않는다. 무엇보다도 정직함을 요구하는 글자가 청이다. 게다가 대제학은 본인이 사퇴 의사를 밝히지 않는 한 종신토록 재임할 수 있는 자리다.

장조부 류진원은 교결과 관박에 한 치의 오차도 없이 들어맞는 인물이었다. 투명할 정도로 맑고 깨끗했으며, 약간 우유부단하긴 해도 너그럽고 큰 마음의 소유자였다. 그런 성품과 학식에 예문관 대제학은 적합한 관직이었고 주변에서도 그리들 알아주었다. 하나 맏아들로 인한 수치심을 끝내 견디지 못하고 노학자는 낙향을 선택했다. 전라도 곡성이었다. 먼저 죽은 아내 허씨의 사돈의 팔촌쯤 되는 한 지방관이 존경심과 안쓰러움에서 주선한 곳이었다. 그가 떠나던 날 아버지가 배웅을 다녀와서는 아내의 면전에서 쯧쯧쯧, 혀를 찼다.

그는 그곳에서 자식을 잘못 가르친 어리석음을 참회한다 하여 두 칸짜리 누옥에 참우당懺愚堂이란 이름을 붙이고 거친 음식을 먹으며 지역 인재 양성에 최선을 다했다. 당신의 덕이 모자라 사람 하나를 버려 놨으니 다른 쓸 만한 재목에 거름이라도 되어야 한다는 안간힘이었다. 그러나 결국 맏아들이 불륜의 배 위에서 죽어나가는 꼴까지 보게 되는 늙고 가여운 아버지의 운명을 피하진 못했다.

아버지와 장조부의 우의는 기이했다. 우정이라는 발상 자체가 불가사의였다. 그게 세간의 평이었다. 백과 흑, 물과 불처럼 대비되는 단어들이 각자의 영역에서 대치했다. 세상을 바라보는 시선도 완전히 달라서, 아버지가 상황 자체만을 주시하는 데 반해 장조부는 상황에 섞여 들어 있는 사람에게 더 집중했다. 묘당에서의 아버지는 노소와 지위의 고하를 막론하고 불거져 있는 쟁점에만 집요하게 매달렸다. 그러니 지존도 능히 거스를 수 있었을 것이다. 반면, 장조부는 사람을 앞에 놓고 먼저 이해하려고 노력했다. 집안의 내력이 그런가보았다.

조선 건국 초기에 임금이 대소신료들의 결사적인 반대를 무릅쓰고 대궐 안에 불당을 세운 일이 있었다. 태조 이래로 왕실이 불교를 믿어왔다는 사실을 감안하고, 왕후의 병사부터 아들의 급사까지 가족의 연이은 죽음이라는 군왕의 아픔을 이해한다 해도 척불숭유를 통치이념으로 내건 나라였다. 불당 설치의 불가함을 아뢰는 발언과 상소가 빗발쳤고 집현전의 학사들은 항의의 표시로 집으로 돌아갔다.

— 불교는 믿을 것이 못 되오. 또한 내가 이를 존숭해 믿는 것도 아니오.

그러니 봐달라는 왕의 간청이었다. 그럼에도 불구하고 불당을 세우고 싶다는, 세워야겠다는 의지였다. 하지만 임금의 협박과 타협안 모두 힘을 발휘하지 못했다. 자리를 건 임금과 목숨을 건 신하들이 첨예하게 대립했다. 그런데 구원의 힘이 의외의 곳에서 뻗어왔다. 마찬가지로 반대노선을 걷던 영의정이 맘을 바꾼 것이었다. 임금의 상처를 정치 문제에서 분리해 마음으로 받아들이기로 한 노정승이 여든이 넘은 나이에도 불구하고 집현전 학사들을 일일이 찾아다니며 설득했다. 마침내 불당이 들어섰다. 자신을 우혹한 일괴육一塊肉에 불과하다며 굴신인욕屈身忍辱한 임금의 의지도 있었지만, 노정승의 인품이 미친 영향력 또한 컸다. 치열한 이념의 전장에서 사람 하나에 몰두했던 그가 바로 처가 집안의 인물이었다.

그렇게 어렵사리 세워진 내불당은 그 뒤를 이은 임금들의 개별적인 가치관에 따라 근 삼백 년 동안 억불과 숭불의 부침을 반복하며 유지되고 있었다. 그 불당의 존폐 문제가, 아버지가 성균관 유생이던 선왕

조에 불거져나왔다. 유생들이 시위에 들어갔는데, 주도자가 바로 아버지였다. 해묵은 문제의 거폐스러움을 더는 두고 볼 수 없다는 결단이었다. 게다가 선왕 또한 척불에 적극적이었다. 어렵사리 보위에 오르고 몇 해 지나지 않아 일어났던 반란에 지리산 승려들이 힘을 보탠 일이 내심 불쾌했던 탓이었다. 그렇다고 아버지가 임금의 속을 짚고 나선 것은 아니었다. 지지부진했던 문제가 마침내 해결되었다. 임금은 내불당을 폐했다.

하지만 사석에서의 아버지와 장조부는 전혀 충돌하는 법이 없이 늘 한결같았다. 기본적으로 자신은 가지지 못한 상대방의 성정을 흠모했고, 학문에 있어서도 완전히 소통하고 있었다. 이질적인 가치관이 희한하게도 잘 어울려 화합했다. '원루지교'라는 말을 갖다붙일 정도였다. 그렇다고 두 어른의 견고한 관계가 다른 이들에게 배타적이란 뜻은 아니었다. 늘 열려 있는데도 타인이 감히 들어가지 못할 따름이었다. 옛말에 큰 은자는 조정에 숨고, 보통 은자는 시정에 몸을 숨기며, 작은 은자는 초야에 묻혀 지낸다더니, 도량이 큰 위인들끼리의 만남은 달라도 한참 다른가보았다. 나는 결코 아버지를 뛰어넘지 못할 것이었다.

아버지는 혼인도 늦고 생산도 늦은 데 반해 장조부는 모든 것이 일렀다. 게다가 장조부가 한참 연장자였다. 그러다보니 내가 스물둘에 열여덟의 아내와 혼인할 적에, 아내의 아버지이기도 하고 장조부 류진원의 장자이기도 하며 내 장인이기도 한 류호의 나이 벌써 서른여덟이었다. 어려서부터 호색이 두드러진 장자 때문에 갖은 마음고생을 다 한 장조부가 아들의 마음을 잡는 데 혹 도움이 될까 하여 스물이 되기 전에 고운 규수를 골라 혼인시킨 때문이었다. 하니, 내 입장에서는 장인과의 나이 차이가 고작 열여섯에 불과했다. 게다가 장인은 아무리 자세히 들여다봐도 서른 정도로밖에 안 보이는 동안이었다. 차마 입에서 장인이란 말이 말랑하게 떨어지지 않았다.

호색한인 장인은 재물 불리는 재주 역시 타고난 게 분명했다. 어엿한 반가의 자식임에도 불구하고 가리는 곳 없이 드나들고 상인들과 허물없이 어울리며 적절히 투자해 이익을 남겼다. 장조부가 청빈에 청렴하여 변변히 물려준 재산도 없는데다가 장인 본인이 관직에 몸담고 있는 것도 아니었으니, 무無를 바탕으로 했으나 쓰고도 남게 불린 재산은 순전히 장인의 능력이었다. 한데 그 재산이 불분명해지고 있었다. 장인이 무엇을 어디에 두었는지, 어떤 걸 얼마나 가지고 있는지 아는 이가 하나도 없었다. 빈번하게 이루어지던 거래의 전모 또한 마찬가지였다.

아내가 진지하게 염려했지만 난 그럴 리 없다고 장담했던 일이었다. 장인의 궤연에 낯선 여인네가 머리 풀고 나타나 곡을 했다. 거무튀튀한 낯빛에 울퉁불퉁하게 생긴 밉상이었다. 게다가 마마까지 앓았는지 이마와 코가 집중적으로 얽어 있었다. 떡 벌어져 솟은 어깨하며 딱 그만큼의 보폭으로 성큼성큼 걷는 삽상한 걸음걸이가 열 번을 고쳐 봐도 장부였다. 그래도 여인네로 봐줄 만한 곳이 아예 없지는 않아서, 검게 반짝이며 조용히 흐르는 머릿결과 가늘고 긴 손가락이 괴이한 첫인상을 그나마 무마시켜주고 있었다. 주고받는 눈길들이 바빴다. 설왕설래說往說來가 설왕설래舌往舌來해야 했지만 혀가 상중이었던 고로 눈들이 대신 움직였다.

외식은 반푼어치도 섞이지 않은 순결한 통곡이 외로워지고 있었다. 아무래도 보이는 상황이 자극적이라 다들 무시할 수도 외면할 수도 없는 호기심이었다. 처연해야 마땅한 궤연이 들뜨면서 이내 어수선해졌다. 궁금했다. 치마만 입혀놓으면 여인네라고 해도 믿을 장인과 치마는 입었지만 천생 사내인 여인, 그 둘 사이에 무슨 일이 있었는지 알아내야 했다.

의외로 장모는 담담했다. 남편의 죽음도 여인의 출현도 다 예상했던 것처럼 냉정과 평정을 유지했다. 그 와중에도 끼니를 거르지 않았고 밤이면 숙면을 취했다. 투명해진 피부가 요망해 보였다.

기현 처남은 끝내 나타나지 않았다. 감선사에 기별을 놓긴 했지만, 그건 그저 형식적인 예우일 뿐이었다. 장모도 기대하지 않는 듯했다. 없는 것으로 치부해버린 자식이니 당연했다.

이번 사달의 핵심은 강씨였다. 몇 해 전 역관 현인경이 원행길에 먹은 것이 잘못돼 토사곽란 끝에 죽은 일이 있었다. 탈난 위장이 요동치며 위아래로 쏟은 오물이 한 말도 넘었다. 그는 한학漢學과 몽학蒙學에 능통하여 역학서 편찬에도 참여한 실력자인데다, 북경을 드나들며 모은 재산으로 도성에서 알아주던 부호라 웬만한 신료들도 익히 알던 이였다. 또한 명석한 만큼 고상하기도 해서 뛰어난 안목으로 살려내고 후원해준 예인들이 수두룩했다. 한동안 사역원정 현인경의 죽음을 안팎에서들 아쉬워했다.

강씨가 바로 그때 홀로 남겨진 과부였다. 부부 금실도 좋았고 객사한 지아비에 대한 한도 깊어 주변에서 측은지심으로 그녀를 보살폈기로, 모두들 난데없이 뒤통수라도 얻어맞은 것처럼 얼얼해했다. 당사자들에게야 불운한 사고일 것이었다. 장인이 그리 죽지 않았다면 여느 때처럼 조용히 지나가고 말았을 바람이었다. 사람들의 관심은 도대체 그 둘이 어떻게 알고 지내게 되었는가에 집중되었다. 하지만 죽은 장인과 산 강씨 모두 말이 없었다.

이 사건으로 명예가 손상됐다면 그건 장인보다는 강씨 쪽일 수밖에 없었다. 인심은 파락호에 버금가는 인사로 장안에서 알아주던 장인과 처가에 대해선 오히려 너그러웠다. 모두가 예견하기라도 했던 것처럼 당연시된 죽음 앞에서 야박함을 덜어냈다.

—결국 그렇게 죽는구먼.

—그리 색을 밝혔으니 명이 밭을 수밖에.

—남은 처자식들만 불쌍하네. 맘고생이 어디 한두 해라야지.

—그래도 그렇게 일찍 죽기엔 인물이 너무 아깝네.

우리 집안과 아내의 입장도 곤혹스럽기가 이루 말할 수 없었지만 그들의 눈에서 우리는 멀찍이 벗어나 있었다. 아버지는 단순히 지기 류진원을 위하여 아내를 방어했다. 문중에서도 일이 더 커지는 것을 염려했다. 민심은 아내를 동정하고 있었다. 체면 차리자고 내쫓아봐야 득 될 것 없다는 판단하에 아내는 무사할 수 있었다. 나와 아내는 비껴간 수모와 그런 식의 동정이 오히려 민망했다.

하나, 강씨 쪽은 달랐다. 무참히 부서진 기대에 대한 응징이었다. 나중에는 중인 신분으로 넘치게 차지한 재물에 대한 질투까지 합세했다. 담 너머로 돌멩이가 날아들어 독이 깨지고, 대문 앞에 오물이 쌓였으며 자결을 재촉하듯 칼까지 전달되었다. 불공정했지만 인심은 그렇게 편파적이었다. 하지만 강씨는 일절 모습을 드러내지 않은 채 살아 있었다. 누구보다도 가장 치명적인 타격을 입을 이는 현인경의 아들로, 현직 역관으로 움직이고 있는 현원중일 것이었다. 아버지의 거한 이름 석 자에 가려져 있다가 운신의 폭을 늘린 지 겨우 몇 해였다. 그런데 다른 사람도 아닌 어머니가 그의 입신양명을 끌어내려 패대기친 셈이었다. 그만큼 치욕스런 일이 세상에 또 있기도 힘들었다. 너나 없이 그의 반응에 주목했다. 하나 현원중은 아무 일도 없었다는 듯 꼿꼿하게 나돌아다니며 건재를 과시했다. 그의 뻔뻔함이 너무도 말짱하여 오히려 주변에서 미안해들 했다.

문제는 현원중의 여동생 설희였다. 율관 박경열의 장남 여훤에게 시집갔던 외동딸 설희가 소박을 맞고는 허깨비가 다 되어 가마에 실려 왔다. 소박하는 며느리를 그래도 가마씩이나 태워 내쫓았다고 이웃에선 시어머니 홍씨의 심성을 칭찬했다. 그 홍씨는 여장부라는 평을 듣는 이였다. 아는 것도 많은데다가, 남편 없이도 사람 부리는 일이며 살림 건사하는 능력이 뛰어나 다섯 아들이 그녀에게 꼼짝도 못한다는 얘기가 있었다. 그런 제 어머니를 어떻게 꺾었는지 사흘 만에 박여훤이 아내를 데리러 갔다. 현설희는 모멸감으로 방문을 걸어잠그고 밥까지 굶으며 버티다가, 결국 박여훤이 제 손을 자르겠다고 작두까지 대령하고 나서야 항복하고 품에 안겨 돌아갔다. 그날 박여훤이 흘린 눈물의 양이 얼마나 되느냐가 한동안 장안의 내깃거리였다.

장인으로 인해 남편이 멀쩡하게 살아 있는 젊은 아녀자가 생과부로 늙어 죽을 뻔한 사건이었다. 정말로 그리 됐다면 내 아내는 견디지 못했을 것이다. 그런데 그 과부 강씨 사는 동네가 하필 또 상사동相思洞이다.

묘연의 다섯번째 이야기

내 미의 기준은 아버지였다. 애초에 사람을 얼굴이나 체격으로 판단한다는 것 자체가 몹쓸 짓이지만, 그렇다고 눈에 보이는 것을 아주 무시할 수는 없었다. 머리가 커지면서 외면하긴 했어도 아주 없어진 건 아니어서 무의식적으로 평가가 이루어질 때마다 스스로가 한심했다. 물론 그 외모가 사람의 속과 일치하지 않는다는 건, 아버지로 인해 벌써부터 알고 있었다. 하지만 어려서는 그 기준이 보다 완고해서, 철

없는 눈에 아름다움은 곧 선善이었다. 그러므로 진대, 그녀는 악惡에 속했다.

진대를 처음 본 건 정월 대보름 전날이었고, 답교踏橋, 그것도 양반 다리밟기가 있던 밤이었다. 귀하신 지체들인지라 상놈들하고 한데 섞여드는 게 고까워 하루 전날 자기들끼리만 몰려다니는 것이 양반 다리밟기였다. 게다가 남정네들을 피하기 위한 열엿샛날 밤 부녀자들만의 다리밟기까지, 삼 일 내내 장안은 북새를 떨었다.

도성에서는 청계천에 걸린 다리를 두루 밟았다. 제일 크다는 대광통교를 중심으로 첫출발이 이루어졌다. 나 또한 어머니와 하연 그리고 수월이를 비롯한 여종들과 함께 어울려 가까운 다리를 돌았다.

다리는 많았다. 인왕산 아래 백운동에서부터 하류 흥인문 밖까지 열두어 개가 넘었고, 삼청동 쪽과 북산 남산의 물줄기에다 창경궁 옥류천에 내가 알지 못하는 곳까지 더하면 서른 개를 훨씬 웃돌 것이었다. 그 많은 다리들 중 궁궐 안의 다리를 제외하고 열두 다리를 마음대로 돌아가며 밟았다. 다리에 병을 없게 하고 열두 달의 액땜도 되라고 열두 개였다.

그해는 아버지와 동행을 했다. 그것도 단둘이었다. 선이가 죽고 어머니 골수에 든 우울이 한 해를 넘기고도 기세를 꺾지 않은 탓이었다. 어머니는 나들이를 내켜하지 않았다. 내내 침울해 있다가 하연을 볼 때만 간간이 웃는 어머니가 조금 섭섭했지만 하연은 어머니의 신신당부대로 내 아우였다.

아버지는 갓 그늘에 얼굴이 반 넘게 가려졌어도 대번에 알아볼 만큼 눈에 띄게 고왔다. 지나는 사람마다 흘깃거렸다. 간혹 각별한 관심으로 돌아보던 이들과 내 눈이 마주치기도 했는데, 그럴 적마다 그들은 십중팔구 헛기침을 했다. 올려다본 아버지 얼굴은 담담했다. 나는 어여쁜 아버지가 자랑스러웠다. 누빈 토시 속에서 내 손을 감싼 아버지 손이 보들보들 부드러웠다.

어느 다리가 바닥에 닿는지도 모르고 내내 밀려 걷느라 발바닥에 열이 날 즈음, 거의 졸면서 마지막으로 들른 곳이 공방이었다. '香향' 이라고 큼지막하게 써붙인 둥근 등이 달보다 밝았다. 모처럼 통금이 사라진 밤의 환희와도 같은 밝기였다. 하지만 그 노랗고 붉은 빛에 드러난 진대의 얼굴은 사람의 그것이 아니었다. 천하대장군이기도 했고 지하여장군이기도 했다. 꽁무니 빼는 나를 단단히 붙잡고 아버지가 무언가를 샀다. 향이었겠지만 나는 그 작은 종이상자에 애써 눈길을 주지 않았다. 무언가 주술적이고 망측한 것이 들어 있을 것 같은 두려움 때문이었다. 잠이 확 달아나서는 집에 돌아와 어머니에게 일러바쳤다.

—나도 아느니라.

예상하고 기대했던 것과는 다른 반응이었다.

향장香匠 진대는 아는 사람만 아는 침향沈香의 달인이다. 왜 아는 사람만 아느냐 하면, 그녀가 여자이기 때문이다. 그녀는 결코 전면에 나서지 않았다. 그녀의 오라비가 대외적이고 공식적인 활동 전반을 맡았다. 진대의 집은 고려시대 훨씬 이전부터 향기만 다루어온 집안이었다. 내공이 상당해 장안뿐 아니라 지방에도 그들만을 찾는 수요가 있었다. 내의원에 소속되어 향을 만들어왔던 그녀의 아버지는 일선에서 물러난 지 오래고, 성길과 형길, 진대 그렇게 세 남매가 공방을 운영하고 있었다. 도제가 스물일곱이나 되는 대형 공방이었다. 그곳에서 모든 향기가 진대의 입김하에 조제되고 있었다.

침향이라 불리는 이 나무는 원래 물관부에 수지가 없는데도, 상처가 나거나 썩게 되면 어느 결엔가 수지가 생겨나 상처를 보호하는 특이한 습성을 가지고 있다. 바로 그 수지가 향기의 근원으로, 농축 상태에 따라 향기에 차이가 생긴다. 그리고 수지의 양이 적정량을 넘어야 물에 가라앉기 때문에 침향이란 이름을 얻었을 것이다. 수지를 얻으려면 십 년 이상 된 나무의 표피에 도끼로 상처를 내서 방치해둔다. 그러면 빗물이 스며들면서 향기가 강해지게 된다. 그럼 그걸 몇 년 더 그대로 두었다가 나무를 잘라 쓰기도 하고, 땅속에 오래 묻어두었다가 다 썩고 남은 수지 부분만 손질해 햇빛에 말려 사용하기도 한다. 그런데 이 침향나무는 조선 땅에서 자생하지 않기 때문에 대국에 의존해야 했다.

진대가 처음 공방을 맡고 나서였다. 의욕에 불타던 젊은 혈기로 직접 확인하지 않고는 믿을 수 없다 하여 북경까지 건너간 적이 있었다. 거래는 성공적이었다. 하지만 그곳에서 돌아올 때 추문도 함께 묻어왔다. 사실은 그녀의 일처리에 감복한 그쪽 장인과 상인들에게 환대받은 것이었으나 진실보다는 꾸며진 이야기에 귀와 입이 몰렸다. 진대의 능력마저 무시되었다. 천하의 박색이 오랑캐와 염문씩이나 뿌렸으니 혼담이 들어올 리 없었다. 도성 안에 공방이 한둘이 아니었다. 같은 향장이 아니더라도 초립장草笠匠, 사모장紗帽匠, 망건장網巾匠, 옥장玉匠, 은장銀匠을 비롯해 침장針匠, 경장鏡匠, 화장靴匠, 화장花匠, 도자장刀子匠에 조각장彫刻匠, 묵장墨匠, 분장粉匠에 이르기까지 처지와 사고가 엇비슷한 장인들이었다. 그러나 그 누구도 진대, 그녀와 엮이려 들지 않았다.

단 한 사람, 내 아버지만이 그녀의 능력에 아낌없는 경의를 표했으며, 여자로서도 존중했다. 어차피 아버지의 인물이 뭇 여인네들보다 몇 수 위였기로 아버지의 여자 보는 눈은 다른 사내들과 달리 외모를 떠나 있었다. 아니, 분할해서 보았다고 하는 편이 옳겠다. 얼굴이면 눈, 코, 입을 따로 보았고 몸도 손과 발이 별개였다. 그중 하나에서라도 맵시가 느껴지면 아버지에겐 그것으로 충분했다. 하연을 낳은 선이도 고운 얼굴은 아니었다. 하지만 빨갛게 익은 도톰한 입술에서 나오는 목소리가 독특했다. 혀 짧은 아기 목소리였다. 선이의 입을 떠난 한 마디의 말이 그저 그런 외모에 심드렁하던 사내들의 보호본능을 급작스레 자극하곤 했다. 어쩌면 선이가 제 아이를 낳고 나서도, 그러다 죽고 나서도 어린애처럼 내내 이름으로만 불린 이유가 그 때문일지도 몰랐다. 그 자극에 충실했던 아버지가 진대에게서는 독보적인 재능을 보았다. 동료의식 또한 함께 느꼈다. 외양만으로는 영 남자답지 못한 남자가 마찬가지 면에서 영 여자답지 못한 여자에게 가지는 이심전심이었다. 인간 대 인간의 교류였다. 아버지가 내 앞에서 그녀를 언급하면서 내비쳤던 호의는 분명 남달랐다. 그때 나는 처음으로 나도 무언가 잘하는 것이 있었으면 좋겠다고 생각했다.

그 와중에 한 여인네가 끼어들었다. 진대의 공방은, 역관 현인경의 미망인으로 소복밖에 입지 못하는 강씨가 향을 탐미하는 장소였다. 정기적으로 들러 한참을 머물곤 했는데 그 접대를 진대가 직접 했다. 꽤 잦은 출입이었다. 아버지와 마주치지 않을 수 없었다. 아버지는 티 한 점 묻지 않은 그녀의 흰옷과, 그로 인해 더욱더 순결해 보이는 동그란 눈에 흥분했다. 그들의 체수없는 첫 합방이 진대의 살림집에서 이루어졌다.

진대, 그녀가 언제부터 아버지를 마음에 두었는지는 알 수 없었다. 하지만 그녀가 아버지에게 최고의 향만을 엄선해준다는 건 누구보다도 어머니가 잘 알았다. 훤히 보이는 마음이었다. 그렇다 해도 어머니는 진대, 그녀에겐 아무런 관심이 없었다. 가격에 대비해 월등하게 귀한 품질의 향을 흡족해할 뿐이었다.

머리 풀고 소복 입은 그녀의 등장은 극적이었다. 게다가 보이는 그대로가 순수한 슬픔이었다. 아버지가 그런 대접을 받을 만한 자격이 있는가 묻고 싶었다. 상황이 얄궂었다. 말리자니 고인에게 불경이었고 그대로 두자니 내가 불쾌했다. 반면 어머니는 안심하는 기색이었다. 자신은 도저히 울어줄 수 없는 울음을 타인이 대신해주고 있었다. 죽은 남자가 지아비로서 당신에게 딱히 해준 건 없었지만 정의 이치라는 게 있었다. 저승길에 곡은 필수였다. 당신이 억지로나마 해야 할 그 일을, 진대 그녀가 해주고 있음으로 오히려 홀가분해했다.

곡은 무조건 엎어져 운다고 되는 것이 아니다. 촉급하여 헐떡거리듯 해서도 아니 되고, 느슨하여 하품하듯 해서도 아니 되며, 지나치게 고운 목소리로 노랫가락처럼 하거나 너무 센 목소리로 부르짖어도 아니 되며, 듣는 사람의 귓전이 놀라도록 소나 말의 울음소리처럼 내질러 비웃음을 초래해서도 아니 되었다. 때문에 자신의 곡소리에 신경을 쓰다보면 아무래도 슬픔은 뒷전으로 밀려나기 십상이었다. 그런데 진대는 그 까다로운 조건들에 부합하는 곡에 자신의 마음을 온전히 실어 궤연을 울리고 있었다.

—그 곡 한번 절절하네.

—뭣같이 생기긴 했어도 하는 짓은 상것이 아닐세.

—그런데 들었는가? 그 여자 있잖나, 강씨? 딸이 있는데 소박맞았다네. 시어미란 사람이 일 터진 날 바로 득달같이 쫓아냈다는구만.

—그야 당연지사. 어떤 집안이 그런 집구석 며느리를 좋아라 하겠는가. 그래도 안되긴 참 안됐네.

—담현당 마님한테는 별일 없겠지? 찬선 어른 말이네, 어쩌실라나?

—마님이 무슨 죄겠는가. 외려 더없이 불쌍키만 하네.

—아무튼 계집이 문젤세.

—우리 나리 보고 반해설랑 먼저 꼬리친 거 아니겠는가? 인물이 잘난 것도 아니라는데 나리가 뭣에 넘어가셨을까?

—그러게 말일세.

—원래 사내가 인물이 좋으면 계집들이 꼬이게 돼 있다네. 우리 나리 인물이 웬만했어야 말이지. 저번에 대문간에서 딱 마주쳤는데 가슴이 그냥 터억 하고 내려앉는 게……

—나도 그런 적이 있었네, 까르르.

—쉿! 여기가 어디라고 그리 방정맞게 웃는가? 몸 사리게.

아랫것들이 구석에서 쑥덕거렸다.

관 속에 누운 아버지를 끌어내고 싶었다. 일단 나와 그게 아니라고 밝히고 나서 다시 죽으라고 하고 싶었다. 당신이 갖고 들어간 진실을 내놓으라 하고 싶었다. 아니, 차라리 그 관 속에 내가 들어가 눕고 싶었다. 나는 복잡한 장례의 절차가 어서 끝나기를 바랐다. 아버지를 잊고 싶었다.

태겸의 두번째 이야기

오색 술이 삐죽이 비어져나온 부분을 펼치자마자 눈에 들어온 것은 기다란 천조각이었다. 붉은 천에 원앙과 연꽃을 수놓고 파란 끈에 술을 달아놓았는데 가만 보니 수젓집이었다. 빈 수젓집을 갈피에 꽂아두고 읽던 곳을 챙기는 모양이었다. 설핏 웃음이 나왔다. 아내가 귀여웠다.

천은 맨질맨질한 것이 부드러웠는데 군데군데 뜯긴 곳이 더러 있었다. 짐작이 갔다. 아내는 손이 거칠었다. 발도 그랬다. 잠결에 스치면 까슬까슬한 것이 순식간에 잠이 달아나곤 했다. 건조한 날엔 더 심했다. 자는 사람을 굳이 깨워 짜증을 낸 적도 있었다. 하지만 아내는 듣는 둥 마는 둥 일절 관심을 두지 않았다.

비슈원ᄒᆞᄂᆞᆫ 도리라. 무당과 소경의 말 듯고 긔도ᄒᆞ지 말고 산의 가 빌거ᄂᆞ 물의 가 빌거ᄂᆞ 부모 병환의 긔도ᄒᆞᄂᆞᆫ 거슨 집안의 의논 잇거든 분명 그짓 노릇스로 알지라도 집안 의논ᄃᆡ로 ᄒᆞ야 위기지 말고 ᄒᆞ려니와 그 외 질병의 마지 못ᄒᆞ야 ᄒᆞᄂᆞᆫ 거슨 그르고 아니ᄒᆞᄂᆞᆫ 거슨 극히 올흐니라. 소경드리 ᄒᆞᄂᆞᆫ 긔도ᄂᆞᆫ 마지 못ᄒᆞ나 무녀와 화랑이 드려 증치고 장구치고 큰 굿ᄒᆞᄂᆞᆫ 집은 분명 샹집이니 ᄌᆞ숀 오라지 아니ᄒᆞ여 샹인이 되ᄂᆞ니라. 셰상의 양반이라 ᄒᆞ며 그러ᄒᆞᆫ 집이 잇다ᄒᆞ고 혹 동ᄂᆡ에 굿ᄒᆞ면 부인덜이 굿보러 가ᄂᆞᆫ이 잇스니 그런 한심불사ᄒᆞᆫ ᄒᆡᆼ실이 어ᄃᆡ 잇스리요. ᄂᆡ ᄌᆞ숀즁의 그러ᄒᆞᆫ이 잇슬가 두렵고 ᄯᅩ 두려ᄒᆞ노라. 졀의 가셔 시쥬 불공이란 거슨 더 허무ᄒᆞ니 ᄉᆡᆼ심도 마라.

서안 위의 책은 우암尤庵 송시열宋時烈의 『계녀서戒女書』였다. 순 한글로만 기록된 글로 시집가는 맏딸에게 경계하라 지어준 것이었다. 아녀자의 도리에 대한 시시콜콜한 잔소리였다. 부모 섬기는 도리에서 시작해 지아비와 시부모 섬기는 도리, 형제는 물론 친척과 화목하게 지내는 도리, 자식 가르치는 도리, 제사 받드는 도리와 손님 대접하는 도리에 대해 이른 후, 투기하지 말고 부디 말조심하고 재물을 아끼고 부지런해야 하며, 하다못해 노비를 부릴 때는 이러이러해야 한다는 것까지, 온갖 도리를 망라해 꼼꼼하게 적어놓았다. 부디 인정받으며 잘 살아달라는 아비의 마음이겠지만 딸자식 없는 내 입장에선 솔직히 아니꼬웠다.

표해둔 곳에 다시 눈이 갔다. 굿 보러 가는 이 한심하고 시주 불공은 허무하다. 요즘 아내에게 굿과 불공이란 글자가 눈에 들어올 만큼 속 쓰린 일이 있었는가 되짚어보게 되었다.

신혼 초만 해도 아내는 자잘한 소리들을 그럭저럭 잘했다. 친정 얘기며 읽은 책 얘기 그리고 꽃 얘기에 속내를 곧잘 실어내곤 했다. 하지만 알게 모르게 조금씩 위축되던 아내는 언제부터인가 아예 입을 닫아걸었다. 희우를 낳고서는 더했다. 도대체가 의견이 없었다. 말을 하지 않으니 그 속을 알 도리가 없었다. 간혹 맘 상한 친지들이 돌아가 욕을 했다. 그 욕이 돌고 돌다가 내 집 마당까지 들어와 널브러졌다. 면전에서는 음전하다 침이 마르게 칭찬하다가도 뒤로 물러나선 막말을 섞었다. 몸에 도는 피마저도 차가울 거라며 천 번도 넘게 아내를 구덩이에 묻었다.

아내의 침묵은 내가 원하는 바가 아니었다. 나는 나 자신이 매번 무리수를 둔다는 걸 알고 있었고 그때마다 아내가 길길이 날뛰어주길 바랐다. 날 선 손톱에 얼굴을 베인다면 차라리 재미있을 성싶었다. 너 죽고 나 죽자, 이리는 도저히 못 살겠다, 세간이라도 몇 개 부숴준다면 일상에 활기마저 돌 것 같았다. 아내는 충분히 그럴 수 있는 사람이었다. 하지만 그런 일은 일어나지 않았다. 그렇다고 칼끝 같은 기개의 선비가 아내에게 패악을 떨어달라 청할 수는 없는 노릇이었다. 그래서 나는 자꾸 짜증이 났고, 그럴수록 아내의 빈틈에 집요해졌다. 가끔 부러 억울한 소리도 했다. 항변이라도 있을까 해서였다. 그 와중에 운좋게 진심 한 토막이 걸려들지도 모를 일이었다. 하나 별 소득이 없었다. 나는 더 치사해졌다. 그리고 눈이 밝아졌다. 아내의 실수가 환하게 들어왔다. 놓치지 않고 시비를 걸었다. 결국 굿과 불공 생각은 나 때문일 것이었다.

병이 난 장모 때문에 아내가 친정에 간 지 달포가 다 돼가고 있었다. 하연이 죽고 용케도 잘 견딘다 싶던 장모였다. 아무리 자식처럼 키웠대도 역시 배 아파 낳은 자식이 아니니 다르긴 다른 모양이다, 속으로 씁쓸했었다. 하지만 찬 바람이 불자 결국 자리보전에 들어갔다. 약도 듣지 않는 생병이라고 했다.

아내의 부재가 주는 은밀한 자유였다. 결코 내가 먼저 원한 적 없고 그리 달갑지만도 않았지만 제대로 누려보기를 작정한 터였다. 나는 그 귀한 시간을 아내의 뒤를 캐는 데 소비하기로 했다. 드러나지 않는 아내의 다른 모습이 분명 어딘가 감춰져 있을 것이었다.

공간개념만큼은 장모를 닮은 것이 확실했다. 장모의 거처인 동별채에도 세간이 거의 없었다. 가서 앉아 있을 적마다 참으로 썰렁하다는 생각을 하곤 했는데, 담현당도 마찬가지였다. 아내가 지키고 있어도 때때로 스산하기까지 했던 곳이 그나마 유일하게 온기가 있는 아내마저 없으니 참으로 춥고 휑했다. 집 안 구석구석 그 어디보다 추운 담현당에서 숨죽여 얼어 있는 아내가 난해했다. 설득이 쉽지 않겠지만 아무래도 아내를 안채로 옮겨야겠다고 마음먹다가 그만두었다. 어머니의 기분은 하루에도 열두 번이 달랐다. 서로 마주 보고 있어봐야 두 사람 모두에게 득이 될 게 없었다. 어머니의 체면은 며느리 면전에서 요란하게 떨어질 게 뻔했고, 아내의 의지력 또한 서서히 고갈될 게 자명했다. 난이라는 완충지대가 있었지만 정면충돌까지 막아내기에는 부족했다.

덮개로 가려놓은 벽장 안에야 내가 아는 요와 이불 몇 채 말고는 들어 있을 것이 없으니 뒤져볼 필요도 없었다. 농도 마찬가지였다. 오동나무로 만든 단순한 이층농 안에는 옷감과 옷이 다였다. 주로 나와 희우, 우리 부자 것이었다. 내가 보고 싶은 건 반닫이였다. 아내가 시집올 때 가져온 것들인데, 같은 모양으로 다섯 개가 나란히 놓여 있었다. 평안도 박천 것이라 했다. 부채꼴의 무쇠장식이 가득 채워져 있는 반닫이는 아내와 어울리지 않았다. 아내는 대개 무늬 없는 것들을 선호했다.

첫번째 반닫이에는 아내의 옷이 몇 벌 들어 있었다. 남는 자리가 많았다. 검소함을 미덕으로 알아 아끼는 것이 아니었다. 아내는 치장 따위에는 아예 관심이 없었다. 그것이 오히려 더 기품 있어 보여 만족스러웠다. 물론 나의 취향을 위해 아내가 그리 하는 것은 더더욱 아니었다. 문득 그것이 자신감 때문이라는 생각이 들었다. 당사자는 인정하려 들지 않겠지만 적어도 아내의 외모만큼은 장인과 장모의 우성만 내려받은 듯했다.

두번째에는 책만 있었다. 『내훈內訓』이니 『삼강행실도三綱行實圖』니 하는, 대개가 가지고들 있는 책이었다. 아내를 아내답지 못하게 만드는 도덕서였다. 아내는 조금은 거칠고 꽤 까다로우며 상당히 신랄했다. 한 번도 적나라하게 드러낸 적은 없지만 손끝, 말끝에 이는 날카로운 냉기에 내 마음이 다 시원해지곤 했다. 친영親迎 가서 아내를 맞이했을 때도 제일 먼저 내 마음을 붙든 것은 반항기 가득한 아내의 눈빛이었다. 임금 앞에서 그런 눈으로 서 있다가는 역심을 품은 자라 의심받을 만했다. 남편 자리가 맘에 안 든다고 혼례청의 상을 뒤엎는 신부의 모습이 상상되기도 했다. 아내를 데려오는 일이 적진에 홀로 인질로 잡혀 있는 포로를 구출해내오는 것만 같았다. 멀미로 괴로워하는 아내를 들여다보면서 응원하고 싶었다. 다 비우고 다시 시작하시오, 격려하고 싶었다. 하지만 아내는 자신의 본성을 무시하는 데 썩 훌륭한 소질을 보였다. 그러곤 먹물에게 답을 구하곤 했다. 누군가 이미 써놓은 글에서 길을 찾았다. 철저하게 감춰진 아내의 야성에 난 늘 조갈이 났다.

이덕무의 『사소절士小節』은 뜨끔했다.

常懼身不修小節 而家人之無則也 상구신불수소절 이가인지무칙야

내가 항상 두려워하는 것은 스스로 작은 예절을 저버려
가족들이 본받을 점이 없을까 하는 것이다

찔리는 말이었다. 아내가 그 책을 읽으며 나를 이래저래 평가하는 것이 아닌가 신경이 쓰였다.

율곡 이이의 『격몽요결擊蒙要訣』이니 김시습의 『매월당집梅月堂集』이니 뜬금없는 『소학小學』이니, 학선재에서 가져온 것으로 뵈는 책도 몇 권 끼어 있었다. 소설은 언문이고 한문이고 간에 한 권도 없었다.

세번째 반닫이는 서찰들 차지였다. 발신지는 거기서 거기였다. 처가와 감선사, 그리고 문중의 여러 아주머니들. 먼저 온 것들도 있었고 아내의 서신에 대한 답신도 있었다. 그중 장모의 서찰만큼은 한눈에도 구별이 되었다. 은은하게 꽃무늬를 넣은 시전지가 화려했다. 문득 아내의 글이 궁금했다.

네번째 반닫이 안은 빈틈이 없었다. 같은 크기의 반짇고리를 차곡차곡 쌓아두었는데 왼쪽에 넷, 오른쪽에 넷 해서 총 여덟 개나 되었다. 왼쪽 것들에는 조각천이 옷감의 종류별로 들어 있었다. 촉감이 천차만별이었다. 오른쪽 위의 둘 안에는 실이 감아진 실패들이 한가득이었다. 색깔의 총체였다. 그 아래에는 골무니 바늘집이니 하는 것들을 담아둔 것이 한 상자, 자니 가위니 하는 것들을 담아둔 것이 또 한 상자, 그랬다. 아내의 수놓는 솜씨는 천하일품이었다. 흉배의 사각틀 안에서

학이 교교히 날았다. 관복을 떨쳐입고 나서면 경탄의 시선들이 한참씩 머물렀다. 학과 함께 나도 날았다.

마지막 반닫이는 비어 있었다. 잠시 비어 있는 것일 수도 있고, 처음부터 넣어놓을 것이 없어 빈 것일 수도 있고, 차 있던 것이 후에 비워진 것일 수도 있었다. 좁지만 깊은 어둠이었다. 고개를 들이밀면 직각으로 꺾인 낭떠러지라도 나타날 것 같아 지레 현기증이 일었다. 아내 마음의 갈피가 잡히지 않았다. 지필묵을 챙겨 한 줄을 적었다. 괜한 짓인가 잠시 머뭇거리다가 단정하게 접어 넣어두었다. 언젠가는 아내가 볼 것이었다. 문득 아내가 보고 싶었다. 장모의 병세를 문안하러 처가에 다녀오겠다고 사랑과 안채에 고했다.

안채에서 난이가 인사를 했다. 눈매며 입매가 장인 그대로였다. 게다가 제 아비인 최약국의 내력인지 나이에 맞지 않게 키가 크고 늘씬했다. 희우와 두 살이나 터울이 지는데도 키 차이가 거의 나지 않았다. 어미인 하연의 모습은 거의 보이지 않았다. 제 딸에게 자신의 모습을 한 군데도 새겨놓지 못할 만큼, 그래서 이 세상에 있었다는 흔적 하나 남기지 못할 정도로, 하연은 사는 내내 주눅이 들어 있었나보았다.

아내의 친정행에 동행했던 난이는 진즉 돌아와 있었다. 어머니의 성화가 불같았던 때문이었다.

—보시게, 찬선. 난이 먼저 그냥 데려오시게. 어멈이야 더 있겠대도 내 뭐라 하지 않으리다. 난이 그 아이나 보내라고 기별을 좀 넣어주시게. 오늘 내로 올 수 있음 더 좋구.

지난 여름 졸지에 어미 잃은 가여운 아이였다. 그때 난이와 어머니 두 사람 중 먼저 운 쪽은 어머니였다. 친손자인 희우에게도 보여준 적이 없는 애틋함이었다.

아내에게 난이는 거의 딸이었다. 다섯 살 적부터 키웠으니 그간 든 정이야 이루 말할 수가 없었다. 게다가 어머니까지 친손녀처럼 끼고 도는데다가 아버지도 귀애하는 표가 역력했다. 장인의 핏줄이니 아주 남은 아니라지만 그래도 나는 난이가 도저히 가족으로 받아들여지지 않았다. 파악할 수 없는 불안감이 신경을 거슬렀다.

난이의 모습에선 늘 아들 희우가 겹쳐 보였다. 특히나 옆얼굴은 난이와 구별이 안 될 정도였다. 볼 적마다 더 닮아 있었다. 희우의 나이가 올해로 고작 열넷, 그리고 난이가 열둘. 아직 아이들은 어리고 드러난 것 또한 아무것도 없었다. 아무래도 노파심이겠지 싶어 아내에게도 아무 말 안 했지만 문득문득 염려스러움에 먹구름이 마음을 덮었다.

집을 나서다가 담현당에 다시 들렀다. 내가 쓴 글 한 줄을 도로 집어 내왔다. 도대체가 쓸데없다는 생각이 들었다.

묘연의 여섯번째 이야기

가로 두 자, 세로 석 자 반의 비단폭에 한 노인이 단정하고 엄숙하게 좌정해 있었다. 차분한 기운이 나에게까지 흘러왔다. 늘 동적이었던 아버님의 이면이었다. 활짝 열린 동공이 은근히 젖어 반짝였다. 실제 모습에선 분위기에 묻혀 눈에 잘 들어오지 않던 잿빛 수염이 자연스럽게 두드러졌다. 유난히 메마른 피부가 선명하게 결을 드러내고 있었다. 정직한 그림이었다.

불씨 꺼진 아궁이처럼 아버님은 조금씩 식어갔다. 어머님을 먼저 보낸 것이 아버님에겐 예상치 못한 변고였다. 팔구십을 바라보는 나이도 아니었고, 앓던 병이 있던 것도 아니었으며, 사고를 당한 것도 아니었기에 어머님의 죽음은 매우 급작스러웠다. 하지만 그에 반응한 아버님의 혼란은 더 의외였다.

내가 혼인해 들어왔을 때만 해도 아버님과 어머님은 피차간에 무관심 상태를 유지한 지 꽤 오래돼 보였다. 그러다가도 때때로 빌미를 만들어 공공연하게 적의를 드러내 서로의 존재를 상대방에게 확인시켰다. 일종의 전쟁이었다. 예고 없이 급작스레 치러진다는 점에서 산발적인 유격전이었고, 충분히 상상이 가능한 두 영혼의 육탄전이었으며, 늘 무언가의 입장을 대변한다는 점에서는 대리전이었고, 무엇보다 둘 중 하나가 얼어 죽어도 모를 냉전이었다. 끝까지 화합이 불가능해 보이는 부부였다. 한데 아버님이 어머님의 빈자리를 감당하지 못하고 있었다. 허둥대던 초기의 불안함이 가시자, 철천지원수에게 마지막 보복을 끝낸 무사처럼 투지를 잃고 기운을 잃어갔다.

집안의 열기가 시나브로 덜려갔다. 안채와 큰사랑에서 더이상의 폭발이 없자 남편 태겸도 눈에 띄게 순해졌다. 채근하고 닦달하는 일이 띄엄띄엄해졌다. 매사에 짐작이 어긋났다. 낯설었다. 무장이 해제된 집안 분위기에 적응하지 못한 건 나 혼자만이 아니었다. 희우를 비롯해 노복들까지도 한동안 갈팡질팡했다. 일일이 간섭받고 낱낱이 고하던 이들에게 자율은 버거운 짐이었다. 식솔들의 눈치는 더 말짱해졌다. 과연 상전이 어디쯤에서 발화될 것인지 그 임계치를 추측하느라 신경이 더 고단해졌다. 과도기였다. 한 상태에서 다른 상태로 옮겨가는 불안한 과정. 결국은 진화이고 개선이겠지만, 익숙하지 못한 건 그게 뭐든 불편하게 마련이었다. 경험해보지 못했던 평안함이 불편했고, 그 때문에 우울했다.

어머님이 남긴 것은 전혀 복잡하지 않았다. 어머님다운 것과 어머님답지 않은 것 그리고 남은 자들이 제멋대로 어머님이 남긴 거라고 여긴 것.

너무나 어머님다워서 모두가 수긍하고 자연스럽게 받아들인 건 옷감이었다. 패물 욕심은 없었지만 옷에 대해서만큼은 아끼지 않던 시어머니였다. 다채로웠다. 쪽, 치자, 지치, 소목, 밤에다가 도무지 정체를 모르겠는 원료들까지 보태 골고루 물들인 명주, 공단, 양단, 모본단에 항라, 깁, 갑사, 모시 등등이 종류별로 가지런히 정리되어 있었다. 대개 옷감의 종류에 따라 같은 보에 싸두게 마련이다보니 한눈에도 구별이 되었다. 검정 조각보에는 초피저고리가 들어 있었다. 뻔한 재정에 구멍을 뚫어 바리바리 마련하느라 동분서주하고 노심초사했을 어머님의 흔적이었다.

어머님답지 않아서 적잖이 당황하게 만든 건 이야기책들이었다. 제각기 다른 저자의 이야기책 원본에서 나는 이해할 수 없는, 어머님만의 기준으로 부분부분 베낀 글귀들을 모아놓은 초본抄本이 스물세 권이고, 어머님이 직접 지었거나 짓는 중인 초본草本이 열한 권이나 되었다. 어마어마한 필력이었다.

초본抄本에는 권마다 번호가 매겨져 있었다. 스물한번째와 스물두번째의 번호가 二一로 같기는 했지만 의도적이라기보다는 단순한 실수로 보였다. 앞의 다섯 권은 유별나게 나달나달했다. 『백학선전白鶴扇傳』『숙영낭자전淑英娘子傳』『부용상사곡芙蓉相思曲』『숙향전淑香傳』『춘향전春香傳』『운영전雲英傳』『영영전英英傳』『채봉감별곡彩鳳感別曲』 등등의 출처가 중구난방으로 표시되어 있었다. 애정소설에 몰두할 수밖에 없었던 어머님의 갈급한 심사가 안타까웠다.

반면 초본草本은 표지가 깨끗했다. 제목도 없었다. 하나하나 세세히 읽어보지 않는 다음에야 내용을 파악할 방법이 없었다. 대강 훑어보는 데만도 한나절이 더 걸렸다. 미루어 짐작건대 한꺼번에 시작한 이야기일 가능성이 짙었다. 그때그때 기분 따라 상황 따라 내키는 대로 하나를 골라서 그 뒤를 이어가는 방법. 그러니 순서도 제목도 정할 수 없었을 것이다. 결정된 것이 하나도 없으니 당연했다. 어쩌면 그건 어머님식의 대화였을지도 몰랐다. 가능했다. 어머님은 혼자가 아니었다. 얼굴도 정신도 심지어 영혼도 여럿이었다. 꼬리 아홉 달린 구미호가 이 꼬리는 진짜, 저 꼬리는 가짜, 하지 않듯이 그 모두가 어머님이었다. 개별적으로 성장해온 감성들이 서로를 이해하기 위해, 아니 스스로를 설득시키기 위해 글로 떠들고 있었다.

마지막은 난이였다. 난이를 데려와 키우겠다고 했을 때 아버님은 의외로 선선히 허락했다. 감사했다. 남편은 며칠간의 숙고 끝에 내게 모든 걸 맡기겠다고 찬찬히 의사를 밝혀왔다. 고마웠다. 제일 걱정됐던 사람이 시큰둥한 태도를 보인 어머님이었다. 난이가 태어날 적에 하연에게 한 일도 있고 해서 난이까지 구박하면 어쩌나 염려스럽기가 이루 말할 수 없었다. 하지만 짐작과는 달랐다. 어머님은 난이를 반겼다. 과하다 싶을 정도로 뜨거웠던 환영인사가 생뚱맞아 보일 정도였다. 안도 이전에 당황부터 했지만 그래도 어머님의 진심은 만분다행이었다. 난이의 거처가 별채 담현당이 아닌 안채로 정해졌다. 난이는 날개가 덜 여문 새끼새가 되어 안채에 둥지를 틀었고, 어머님은 씩씩한 어미새가 되어 모든 걸 물어날랐다. 시름을 덜게 되어 안심했지만 난이를 독차지한 어머님이 섭섭하기도 했다.

남겨진 것들을 처분하는 아버님의 방식은 극과 극이었다. 우선 옷감과 이야기책을 남김없이 태우게 했다.

—옷이며 옷감은 그렇다손 치더라도 어찌 글 한 줄 읽어보지 않으

시고……

—시끄럽다. 태워라.

한칼에 잘린 남편의 말끝이 무색했다. 어머님의 자질구레한 글발을 세세하게 느끼고 싶었지만 별수 없었다. 어머님을 이해할 수 있는 기회가 뒤늦게나마 찾아온 셈이었으나 아무래도 나와는 인연이 아닌 모양이었다. 수많은 글자들이 재가 되어 날았다. 한동안 귀가 시끄럽고 머리가 울렸다.

하지만 난이에 대해서는 달랐다. 난이에 대한 소유권이라는 게 있어 그 권리를 어머님에게서 넘겨받기라도 한 양 적극적으로 난이를 챙기기 시작했다. 양육에 대한 부담이 완전히 배제된 너그러운 애정이었다.

심의를 입고 복건을 쓰고 의자에 정물처럼 앉은 아버님을 난이가 무릎 아래 쪼그리고 앉아 말똥말똥 바라보았다. 아버님도 쑥스러운 미소를 난이에게만 슬쩍슬쩍 보여주었다. 누가 봐도 다정한 조손간이었다.

아버님은 더이상 불의에 맞서 분연히 떨쳐일어나던 선비가 아니었다. 하루걸러씩 후학들이 드나들며 안부를 물어주던 은퇴한 유학자도 아니었다. 당신의 의견 외에는 그 어느 것도 허락지 않던 고집불통 아버지도 아니었다. 그는 이제 양지바른 구석에 멍석 깔고 앉아 신중하게 새끼를 꼬고, 갓 태어난 별 같기도 하고 금가루 입힌 오각형의 표창 같기도 한 작고 노란 꽃을 보겠다고 한 두둑의 밭에 돌나물을 심어 키우는 할 일 없는 노인이었다. 아내에 대한 기억을 놓지 않으려고 애쓰는 늙은 지아비였다. 가시 돋친 과거에 대한 후회가 남은 시간을 압박하고 있었다. 그로 인해 눈에 띄게 쪼그라든 아버님이 의자 위에 휑뎅그렁했다.

화공은 때맞추어 나타났다. 예조 도화서 출신으로 산수나 화조보다는 인물 묘사에 뛰어나다고 추천받은 화공이었다. 실제 모습에서 얼굴 주름의 개수와 간격, 방향은 물론이고 손등에 불거진 핏줄의 도드라진 정도까지도 한 치의 오차 없이 정밀하게 그려내는, 그래서 할 수만 있다면 신마저도 자신의 초상화를 맡기려 들 거라는, 그런 솜씨의 소유자였다. 오죽했으면 그림만 보고도 죽은 지아비에 대한 한을 얼추 풀었다는 한 여인의 이야기가 전해지기도 했다.

사연의 요는 이렇다.

젊은 종사관이 훈련도감 업무 수행중 어이없이 죽었다. 발을 헛디뎌 다리가 꺾인 말이 고꾸라지면서 종사관을 떨어뜨렸는데, 하필 경사가 심한 곳이어서 어떻게 해볼 겨를도 없이 그 자리에서 순직한 사고였다. 혼인한 지 고작 한 해만의 비극이었다. 그런데 공교롭게도 바로 사고 전날 그의 초상화가 완성되었다. 한창 나이의 젊은이였기로 굳이 제 모습을 그림으로 남겨둘 만한 이유도 여유도 없었지만 거기엔 다 연유가 있었다.

죽은 종사관의 아비란 자가 좌포도청 포도대장이었는데, 환갑을 훨씬 넘기고도 기력과 무예가 청년 못지않아 당당한 현역이었다. 바로 그 포도대장의 초상화를 그리느라 화공이 여러 날을 드나들게 되었는데, 그 와중에 얼핏 스친 종사관의 인물이 어찌나 뛰어난지 탐이 난 화공이 마다하는 종사관을 굳이 청하여 곁다리로 그려놓았다. 포도대장 집안에서 요구한 그림이 아니었기로 화공이 허락을 구하고 소장코자 가져갔는데, 다음날 그림의 주인공이 유명을 달리한 것이었다. 아깝게 요절한 목숨인지라 황망하기 이를 데 없어 가족들 모두가 그림을 잊고 있었지만, 종사관의 열일곱 살 어린 아내가 혹독한 슬픔에 독이 올라 죽게 생겼다는 소식을 전해들은 화공이 위로라도 되라고 그림을 보내주었다. 그런데 신통하게도 그녀가 그림을 보자마자 벌떡 일어나 앉은 것이다. 그러고는 생전의 지아비가 살아 돌아오기라도 한 것처럼 그림을 붙들고 한참을 통곡하더니 밥도 먹고 갓난이도 챙기고 스스로 기력을 살렸다. 포도대장 부부는 막내아들에 이어 며느리, 자칫 잘못했으면 어린 손자녀석까지 줄초상 치를 뻔한 것을 그림 한 장으로 막아주었다고 화공에게 고마워했다. 그때 그 갓난이가 벌써 지학志學의 나이 열다섯, 제 아비를 똑 빼닮았다고 했다.

화공은 잠시 어리둥절했다. 아마도 자신을 기다리고 있던 전 좌의정 김익루가 익히 들어 아는 성정과는 다소 동떨어져 보이는 평범한 노인네란 사실 때문일 것이었다. 사실 그로서는 행운이었다. 작업하는 동안 편안할 것이고 보수도 후할 것이었다. 잠시 머뭇거리던 화공이 최대한의 예를 갖추어 아버님에게 인사했다. 검게 물든 붓이 다시 검게 젖어들었다. 그는 복건부터 그리기 시작했다.

묘연의 일곱번째 이야기

이이이이이임수울지이추우 치일워어어어얼기이마아아아앙壬戌之秋七月旣望에에에에에—

아직 7월까지밖에 안 갔는데 성미 급한 감성들은 벌써부터 훌쩍였다. 여창女唱 계면조界面調. 슬프고 슬프고 슬퍼서 애원처창哀怨悽愴이자 슬퍼하고 슬퍼하고 슬퍼해서 오열처창嗚咽悽愴이기도 한 소리. 왜란 이후부터 유행한 계면조를 두고 하는 말이다. 게다가 그 계면이 눈물이 흘러 얼굴을 둘로 가른다는 뜻이라니 이름만으로도 처연하기 그지없다. 사실 굳이 흐르는 눈물이 얼굴을 가른다고 한다면 둘보다는 셋이라고 해야 더 정확하다. 왼눈에서 흐른 줄과 오른눈에서 흐른 줄, 그렇게 줄이 두 개이다보니 당연히 분할되는 면이 셋으로 떨어지기 때문이다. 물론 그 이상으로 갈라질 수도 있다. 또한 둘로 갈라지려면 균형은 포기해야 한다. 왼눈에서 흐르면 얼굴의 오른쪽 몫이, 오른눈에서 흐르면 왼쪽 몫이 상대적으로 너무 커져버리기 때문이다. 그러거나 말거나, 이런 식의 의견은 다 관찰의 덕이다. 난 어려서부터 거의 울지 않았다.

회갑을 맞은 대비가 울었다. 그 문드러진 속을 알아모시겠다고 종친의 부인들이 너도 나도 따라서 눈물을 보였다. 당상의 처실들도 번갈아 훌쩍였다. 회갑연은 부족한 것 하나 없이 성대했지만 삼십삼 년 전 정치적으로 죽어간 그녀의 남편에 대한 기억으로 어딘지 모르게 청승맞았다. 나도 울고 싶기는 했다. 하지만 울어지지 않았다.

지난해 겨울, 남편 태겸이 우참찬右參贊에 제수되었다. 나도 덩달아 정이품 문관의 아내로서 정부인貞夫人이 되었다. 꽤 긴 시간을 정삼품 문관의 아내 숙부인淑夫人으로 살았으니 나에게도 승서陞敍라면 승서인 셈이었다. 하지만 나 자신의 몫이 아니었다. 아무리 지아비라지만 남편이 곧 내가 될 수는 없었다. 부부는 일심동체라는 정서에 대한 시비가 아니었다. 다른 사람이 남편과 혼인했다면 그 다른 누군가가 받았을 작호였다. 나는 그저 변수에 다름아니었다. 어찌 되었든 내가 아닌 다른 사람으로 인해 부여받은 호칭치곤 꽤 거했다. 맑다는 의미의 숙淑이란 글자보다 곧다는 뜻의 정貞이란 글자가 주는 부담이었다. 기질적인 반골로 무엇 하나 곱게 보지 못하는 내게 곧음이란 무조건적인 꺾음이었다. 생각을 부러뜨리고 마음을 접어야 한다는 강압이었다. 생긴 대로 살면 안 된다는 압력이었다.

그 정부인의 자격으로 대비의 진찬연에 다녀오던 길이었다. 오랜 멀미에 초주검이 된 내게 남편은 생강 말린 것을 계속 권했지만 그마저도 다 게워냈다. 끝내 쓴 물이 밀려나오는데 목구멍이 지독히 썼다. 녹색이 짙었다.

—이거……, 늪이오. 인외경人外境의 적막함을 발설하는 색.

남편이 수놓는 나를 참견하다가 색실 중 하나를 가리키며 했던 소리였다. 혼인 전 밀양도호부사로 있을 때 창녕의 우포를 다녀온 적이 있었는데, 그때 겪은 늪의 색이라고 부연했다. 덕분에 나는 늪을 본 적이 없어도 색은 알았다. 들어 아는 색이 나의 진실이 될 수는 없겠지만, 공들인 남편의 설명을 정표로 삼으니 그것만으로도 위안이 되었다. 그 먼 늪이 내 몸에서 검흐르고 있었다.

몸살기까지 올라왔다. 제대로 영양을 공급받지 못한 뼈마디들이 이리 비틀리고 저리 비틀리며 주인에게 혹사당한 탓이었다. 혼절이라도 해 고통을 잊고 싶었지만 그마저도 쉽지 않았다. 차라리 아무 데나 버리고 가소, 억지라도 부릴까 별의별 궁리를 다 하다보면 자괴감마저 들었다. 마흔이 낼모레인데도 가마 안에서 홀로 녹초가 되는 일은 여전히 지겹고 서러웠다. 자주 쉬었다. 그나마 멀미 문제에 있어서만큼은 배려를 아끼지 않는 남편 덕이었다. 가마꾼들이 조급을 냈다.

—마님, 담현당 마님, 좀 웬만하신지요?

여종 필순이가 자꾸 물었다.

담현당 마님. 시집오면서부터 나는 늘 담현당 마님이었다. 지금이야 집안에 안주인이 여럿 있는 것도 아니니 그저 마님, 하면 알아들을 텐데도 굳이 담현당 마님이라 하는 것은 삼 년 전까지만 해도 짱짱했던 시어머니, 정경부인 은씨와 구별하기 위해 그리 부르던 것이 입에 붙어서일 것이었다. 게다가 안채가 빈 후에도 옮기지 않고 계속 담현당에 머물고 있으니 틀린 말도 아니었다. 볕이 잘 드는 멀쩡한 안채를 두고 습한 바람이 음흉하게 쏘다니는 그늘진 별채를 고집하는 연유가 분명 있을 것이라 주변에서 말들이 많았다. 안채의 주인이었던 어머님이 워낙 변덕스러웠기로 그에 질린 내가 부러 피하는 것일 거란 의견이 대세였다. 꼭 그래서만은 아니지만 굳이 아니랄 것도 없었다. 나는 담현이라는 단순담백한 이름이 맘에 들었고, 사시사철 서늘함으로 내 심열을 달래주는 그곳이 편안했다.

—마님, 담현당 마님, 도련님께서 나와 계십니다.

마중 나온 아들이 보기에도 업업했다. 머릿속에 찬 바람이 일며 순식간에 정신이 돌아왔다. 감선사에서 이태를 머물다가 병이 나 돌아온 후 꼬박 일 년을 학선재에서 두문불출하던 희우였다. 안색이 창백했다.

—근자에 들어 네 기색이 심상치 않구나. 속병이 더 심해진 게냐? 아님, 걱정거리라도 있는 게냐?

아버님의 염려였다.

—네 나이 이제 스물이다. 약관의 나이에 출사는 못 할망정 그리 기운을 못 차려서야, 쯧쯧! 희우 너도 알다시피 지금은 당동벌이黨同伐異의 세상이다. 사안의 옳고 그름은 가리지 않고 그저 제 속한 데서 파당이나 따지고 앉아, 정작 나라와 백성은 돌보지 않는 위인들이 넘치고 넘치는 위기의 때이거늘, 과거를 치르고 당당히 출사해 충심으로 주상을 보필해도 시원치 않을 판국에 어디 그래가지고서야, 쯧쯧!

남편이 야단을 했다.

누군가를 미워하면 가장 아끼고 사랑하는 사람이 그 사람의 미운 점을 닮는다더니 그 말이 맞나보았다. 누가 봐도 외탁이었다. 죽은 아버지의 가늘고 길고 하얀 몸을 내 아들이 점점 닮아가고 있었다. 그 부드러운 몸이 아버지의 것일 땐 그리도 혐오스럽더니 내 아들의 것이 되니 안쓰럽기만 했다. 다행스럽게도 거기까지였다. 호색, 탐색의 성질까지 따랐다면 장담건대 나는 내 자식을 버렸을 것이다.

희우의 우울함이 도를 넘어선 듯했다. 자식의 속은 꼭 말로만 알아지는 게 아니다. 뱃속에 품고 열 달 동안 한몸이 되어 호흡했고 냄새까지 나누어 먹었다. 내가 굶으면 저도 못 먹었고 내가 아프면 저도 고스란히 앓았다. 나는 저로 인해 세상을 경계하고 몸을 살폈으며, 저는 나로 인해 몸을 얻고 세상을 만났다. 꼬박 하루가 걸린 진통 끝에 정신을 놓아가며 몸을 풀었고, 젖이 밉게 늘어져도 개의치 않고 삼 년 가까이 수유를 했다. 명색이 유모인 가치울댁도 유모라기보다는 보모에 가까웠다. 희우는 내 속을 몰라도 나는 아들의 속이 다 보였다. 그렇지만 보인다고 해서 보이는 대로 알은체할 수는 없는 일이었다. 제가 먼저 꺼내오지 않는 한 내가 나서서 끄집어낼 수도 없었다. 우악스런 절망이 희우를 몰아붙이고 있었다.

진찬연 후 채 열흘도 지나지 않아 친정어머니의 생신이 돌아왔다. 콧속까지 찌든 시큼텁텁한 구역질의 냄새가 가시지도 않은데다, 여창계면조의 처연한 울림이 아직도 귓속에서 앵앵거리고 있었다. 친정어머니의 생신 또한 소박함이나 단출함과는 거리가 멀었다. 오륙 년 전부터 동네잔치가 되다시피 한 질펀한 연회였다. 수선스러운 그 행사가 마뜩지 않아 나는 구경꾼에 머물러 있기로 작정한 터였다.

아홉 살에 입양 들어온 아우 제현은 씀씀이가 컸지만, 재산 관리 또한 빈틈없이 잘했다. 횡사인데다 집에 계약서 한 장 남기지 않은 아버지였다. 하지만 그간 들고 나는 이를 눈짐작만으로 완벽하게 파악하고 있던 제현이 재산의 규모와 투자상황, 부채의 유무 등 모든 걸 알아내고 좌지우지하게 되기까지는 채 일 년도 걸리지 않았다. 특히나 받을 돈 찾는 일엔 귀신같아서 집는 대로 걸려들었다. 어림짐작조차 어긋난 적이 없었다. 신통한 눈이었고 무서운 직관이었다. 스물밖에 안 된 젊은 청년 앞에서 모두들 기를 펴지 못하고 쩔쩔맸다. 막판에는 지레 겁먹은 채무자 하나가 자진해서 나타난 적도 있었다. 돈 가지고 속일 생각은 아예 접어야 한다고 다들 혀를 내둘렀다.

아버지가 제현의 그런 능력을 일찌감치 알아봤는지 우연히 맞아떨어진 행운인지 그 사정이야 알 수 없지만 친정어머니에겐 천만으로 다행이었다. 누리던 것을 계속 누릴 수 있다는 것은 노년의 복이었다. 무엇보다도 제현은 모든 것을 놓고 떠난 기현을 대신해 착실하게 어머니의 아들 노릇을 하고 있었으며, 종팔품의 말직이긴 해도 의영고義盈庫 봉사奉事라는 벼슬을 갖고 있기도 했다. 의영고라면 왕실과 종묘, 왕릉 제사에 소비되는 기름이며 꿀, 황랍, 채소, 후추 등속을 조달하고 관리하는 관청이다. 제현은 초에 관한 업무를 맡고 있었다. 사람 만나는 일이 업무의 전부인 셈이었다. 그것도 왜인을 포함한 다양한 상인들과의 교류 때문이니 제현의 관심사와도 맞아떨어졌다. 올케도 순했다. 고마운 일이었다.

어머니는 남편과 혈육을 제외한 거의 모든 관계에서는 인복이 넘쳤다. 그 별볼일 없는 혈육엔 물론 나도 포함이 되었다. 상냥하고 배려 깊은 딸이 아닌 고로. 어쨌든 친정어머니의 쉰아홉번째 생신이었고, 늘 그랬듯이 나는 희우와 난이를 먼저 보냈다.

그 며칠 사이에 청혼이 들어왔다. 한성판부사 집안이었다. 자신의 숙부까지 대동하고 직접 찾아온 판부사의 말이 초반부터 장황했다.

— 참찬 대감, 제가 성균관 유생 시절부터 춘부장 김익루 대감을 흠상하지 않았겠습니까, 허허허. 그러니 어떻게든 연을 잇기는 해야겠는데, 최선의 방법은 사돈이다, 허허허허, 그랬습니다. 이제 와서 이런 말씀 결례겠지만 오래 전 참찬 대감 혼인을 두고 제 선친께서 무척, 으흠, 흠, 안타까워하셨지요. 제게 누이가, 흠흠, 그때 성사되었다면 대감과 제가 처남매부지간이, 허허허허.

듣자하니 주책이었다. 판부사의 말은 이어졌다.

— 하여 내 대가 안 된다면 다음 대에라도 반드시 사돈의 연을 맺으리라 결심을 했는데, 한데, 이 댁의 옥윤이 이제 약관이라니, 허허허허. 혹여 이번에도 실기失期하면 어쩌나 저어되어 이리 서둘렀지요, 허허허. 부끄럽지만 제 셋째 여식이 이제 열일곱입니다. 부족한 것이 많기는 해도 열심히 가르친 보람이 있어 주변에서 귀히 보고 있지요, 허허허허. 제 딸아이를 이 댁의 며느리로 받아주신다면 저희 가문에 영광이 아니겠습니까. 어허허허허.

판부사의 숙부도 동의를 나타내듯 고개를 주억거리며 함께 웃었다. 걸쭉한 목청들이었다.

남편의 차례였다. 상대보다 처지지도 넘치지도 않도록 신경쓴, 온갖 미사여구를 동원한 겸손의 답인사가 유려하게 이어졌다. 그리고 마지막으로 아직 과거도 치르지 않은 불초한 자식, 희우에 대한 염려를 표했다. 판부사가 정색을 했다.

— 그런 말씀 마십시오. 그만한 일이야 걱정하실 게 못 되지 않겠습니까. 물론 출사 후에 혼사를 진행해도 가하겠지만 애비 된 마음에 자꾸 조급증이 이는지라, 흐흠. 그리고 또 제 미천한 여식이 성심으로 뒷바라지할 그릇은 된답니다, 허허허허.

미천한, 이라. 판부사의 여식이 실로 미천하겠는가. 끝내 태생의 한을 극복하지 못하고 제 손으로 목숨을 끊은 하연이 들으면 기가 막힐 말이었다. 한성판부사와 그 숙부가 돌아가고도 한참 동안 미천한, 이란 말에 숨이 걸려 가슴이 답답했다.

남편의 반응은 열렬했다. 거절할 이유가 없었다. 적어도 겉으로는 그랬다. 드러내지도 않는 속내를 두고 가타부타할 용기는 그 누구에게도 없는 모양이었다.

이이이이이임수울지이추우 치일워이어어얼기이마아아아앙壬戌之秋 七月旣望에에에에에—

진찬연에서의 가락이 뒤늦게 속을 휘고 돌았다. 삼킨 눈물이 오장육부도 모자라 뼈마디까지 헤가르고 있었다. 통증이 일었다. 간신히 살아남아 매달려 있던 한 방울이 결국 얼굴을 둘로 조각냈다. 신음이 뱉어졌다. 하연의 퍼런 얼굴과 희우와 난이, 두 아이들의 뒷모습이 눈앞에서 뿌옇게 번졌다.

깊은 밤, 봄

꽃봉오리가 벙글려는지 며칠 전부터 제 살 간질이는 소리를 내고 있었다.

나뭇가지 군데군데 튼 사이로 도로로 말린 새순이 비어져나왔다.

깊은 밤이었고, 봄이었다. 미치기에 좋았다.

*

꽃봉오리가 벙글려는지 며칠 전부터 제 살 간질이는 소리를 내고 있었다. 나뭇가지 군데군데 튼 사이로 도로로 말린 새순이 비어져나왔지만, 노인네의 가물가물한 시력은 오래 머물지 못했다. 겨우내 땔감으로 쓰다가 남은 홍싸리를 한 줌씩 십자로 묶어 뭉툭하게 비를 만들던 그의 목구멍에 봄바람이 자락째로 걸렸다. 컬컬컬, 어렵고 요란한 기침이 사립문짝을 넘어가서 떨어졌다. "두릅나무 씨가 천식 해수에 좋다는데……" 합죽한 입으로 노인이 씰기죽거렸지만 곁에 있던 아들은 알아듣지 못했다. 야속한 아들이 보리밥을 먹고 밭으로 나가자마자 조촐하게 봄비가 내렸다. 감질나던 시간이 해갈되면서 마음을 틔웠고, 빗방울에 두들겨맞고서야 요요히 벌어진 꽃을 보며 뭇입들은 침을 흘렸다. 그 사이에서 '오살하게 헤픈 년' 소리가 야멸치게 튀어나왔지만 사람들은 누가 누구더러 하는 소린지 굳이 알려고 애쓰지 않았다.

해마다 봄이면 화기花氣에 홀린 마른 몸뚱이가 저수지로 기어들어갔다. 건져올려진 시신들은 하나같이 진흙투성이였고 사람들은 물에 헹구는 편이 낫겠다고 속으로 충고했다. 사람들은 더이상 저수지에서 물고기를 잡지 않았다.

깊은 밤이었고, 봄이었다. 미치기에 좋았다.

여문의 첫번째 이야기

—막내도련님, 요것 좀 보셔요. 생긴 게 뭐처럼 보이나요?

애초롬한 열매의 대칭이 반듯했다.

—음……, 복숭아 엉덩이.

—복숭아 엉덩이? 그러고 보니 정말 그렇네, 호호!

짧지만 허물없는 웃음이었다. 큰형수는 내 앞에서만 소리내어 웃었다.

—그런데요, 도련님. 오른손을 들어서 이렇게 여기, 왼쪽 가슴에 가만히 대보셔요. 어때요? 나지막하게 둥, 둥, 그러지요? 그게 심장이래요. 그렇게 계속 울려야만 살아 있는 거래요. 저는요, 도련님. 이 열매를 볼 적마다 사람의 마음도 이렇게 생기지 않았을까, 그런 생각이 들어요. 불그레한 것이 정말 더운피가 도는 것 같기도 하고.

큰형수의 밤색 눈이 먼 데를 짚었다. 옆에서 바라본 형수의 얼굴은 무척 입체적이었다. 삶은 달걀을 반으로 잘라 엎어놓은 것 같은 관골이 제일 먼저 눈에 들어왔다. 그 아래로 날렵하게 떨어진 야윈 볼이 활짝 핀 홍련처럼 상기되어 있었다. 두드러지게 오뚝한 콧날을 따라 차분히 흘러내려오던 빛이 콧방울로 구르면서 그늘을 만들어 윤곽이 더 뚜렷해 보였다. 아름답고 추하고의 기준을 떠나 힘있어 보이는 얼굴이었다.

그날, 나무의 이름을 처음 알았다. 큰형수가 시집와서 얼마 안 지났을 적이니 아마도 내가 예닐곱 살 때쯤이었을 것이다.

미선나무에 꽃이 피면 알면서도 문득문득 놀랐다. 철 늦은 눈송인가 해서 다시금 확인하게 됐다. 나무는 꽃나무로 나서 꽃나무로 살고 있으니 꽃 피워야 한다고 제철마다 열심이었다. 내가 보기에 열매는 그에 대한 보답이었다. 단지 열매만을 맺기 위해 꽃을 피운다는 건 말이 안 됐다.

밤에 보는 미선나무 꽃은 지상에 떨어진 별이었다. 하여 그 속성대로 밤에만 빛이 났다. 하지만 언제나 하늘에 발각되지 않을 만큼의 밝기만을 유지했다. 대개 빛나는 것들은 가까이 몰려 있으면 안 되는 것이 하늘의 법도였다. 그 뚝 떨어진 간격이 힘겨워 도망나온 별들이었다. 하늘에 들켜 도로 잡혀가지 않으려면 진짜 별처럼 진실하게 빛나서는 안 되었다.

저절로 소원이 빌어졌다. 너줄너줄하고 울긋불긋한 것이 왠지 섬뜩하기만 한 성황당보다는 당연히 신력이 강할 거란 신뢰였다. 발바닥에 무게를 온전히 싣고 나무 아래 버티고 서서 팔을 땅과 수평이 되게 뻗은 다음, 배를 단단히 하고 호흡에 힘을 주면 코끝이 달달했다.

— 향아!

나뭇잎들이 수런수런 흔들렸다. 알아들었다는 표현이었다. 나무는 내가 늘 저를 향이로 부르는 것을 알았기에 제 이름이 미선이라는 것을 하마 잊었을 것이다. 게다가 가을에 달리는 열매만으로도 나무는 진실로 향이일 수밖에 없었다. 열매가 선녀들이 들고 다닌다는 전설의 부채를 닮아서 선녀만큼, 아니 선녀보다 고운 향이와 아주 잘 어울리기 때문이었다.

—미선? 미선이? 무슨 나무 이름이 똑 계집이라.

나무 이름에 대한 대체적인 반응이었다. 도성에 흔치 않은 나무였다. 북촌에서도 유일했다. 간혹 타지 사람들이 알은체하기를, 충청도 쪽 어느 동리가 자생지역이라 거기 가면 군락을 이루고 있어 보기에 좋다고 했다. 득달같은 채근이 따라붙기도 했다.

—보기에 좋다? 그게 다여?

—좀 구체적으로 읊어보소.

그럼 하나같이 얼쯤 난감해하면서 단어 사이에서 갈팡질팡하다가 결국 묘사를 포기하고는 면박을 당했다.

나무는 종종 아름다울 미美와 착할 선善의 나무로 오해받기도 했지만 실은 미선尾扇이고, '둥근 부채' 란 뜻이다. 하지만 애당초 나무의 이름 따위는 상관하지 않는 인심이었다. 그래서 나무는 매일 밤 내가 반복해서 부르는 향이란 이름을 제 이름보다 더 당연시했다.

—향아!

꽃잎들이 팔랑대며 땅으로 내려앉아 뒤집혔다. 흙 묻은 꽃잎이 궁색했다. 나는 한 번도 꽃의 뒤를 살펴본 적이 없었다. 앞이 있다는 것은 반드시 뒤 또한 있다는 말인데도 꽃에게선 늘 앞면만을 기대했다. 어쩌면 나는 꽃을 자연의 입으로 이해했는지도 모르겠다. 아니면 귀이거나. 내가 하지 않은 말을 들어주고 내가 들을 수 없는 말을 대신 해주는 소통의 도구. 그러니 그 속이 궁금했을 뿐 뒤는 필요하지 않았던 것이다. 그런데 꽃잎이 엎어지며 그 뒤를 보이고 있었다. 막힘이고 단절이었다.

세상의 모든 것엔 이면이 있다. 못의 하나인 광두정廣頭釘은 대가리가 둥글고 넓적하지만 그렇다고 해서 끝의 뾰족함이 덜한 것은 아니다.

연근은 단단하다. 미끄러진 칼날에 깊게 다친 큰형수의 기다란 손가락을 기억한다. 그러나 정작 속은 빈 구멍투성이다. 나는 겉으로는 아버지 율관 박경열과 어머니 홍씨의 다섯째 아들 여문이다. 하지만 내 속엔 향이밖에 없다.

가슴께로 무언가 기어다니기라도 하는 것처럼 스멀스멀한 것이 가려웠다. 참지 못하고 한참을 긁었다. 결국 피가 났다. 바람에 쓸린 생채기가 따가웠다.

최약국이 구리개銅峴에 있던, 규모에서든 명성에서든 모든 면에서 둘째가라면 서러운 약국, '名局명국'에서 독립해 이곳 북촌까지 흘러들어온 건 내가 태어나기 한참 전의 일이었다. 근본은 알 수 없었다. 임금의 눈 밖에 난 어느 판서의 서출이라느니, 역적으로 몰린 어떤 권신이 죽기 전에 빼돌린 아들이라느니, 내의원 소속 어의가 늘그막에 들인 첩실이 질투심에 죄를 뒤집어씌우는 바람에 버려진 자식이라느니, 도는 말은 많았으나 확인된 것은 하나도 없었다. 그래도 번듯한 외모에 하는 일 또한 탄탄하여 웬만한 중인 집안의 물밑작업이 치열했다. 사위만 되어주면, 으로 시작하는 달디단 조건들도 여럿이었다. 그래도 최약국은 구슬려지지 않았다. 뒤늦게야 그 이유가 명국의 어린 외손녀 때문이라는 걸 알고는 모두들 아쉬워했다.

최약국은 쓸 만한 화제和劑를 많이 챙겨둔 것으로 알음알음 알려져 있었다. 민간의원들은 내원이든 왕진이든 환자를 검진하고 나면 처방전인 화제를 주며 이러이러하게 약을 쓰라 일러주게 마련이다. 그러면 환자들은 그 화제를 가지고 약국에서 탕제나 환으로 약을 지어먹게 되는데, 화제만 보관해두면 유사한 증세가 다시 나타날 경우 진료를 건너뛰고 자의적으로 약을 구해 처치할 수 있었다. 게다가 의원의 부재 같은 위급상황시에 요긴하기도 할뿐더러 시간이며 비용도 적잖이 절약됐다. 최약국의 '崔局최국'은 그 화제의 보고였다. 이름 높은 의원들의 처방전을 용케 구해와 잘 갈무리해두었다가, 진료를 생략하고 약만 구하러 온 환자와 보호자들에게 적절히 조제해주는 것으로 꽤 잘나갔다.

그렇다고 해서 한동네에 이웃한 홍의원의 생계까지 간섭하겠다고 덤비는 망종은 아니었다. 시대가 바뀌면서 무조건 『동의보감』이면 다는 아니어서, 의원들의 개별적인 처방에 몸이 더 잘 적응하는 일이 종종 있었다. 그러니 한 증상을 놓고도 다양한 처방전이 있을 수 있었다. 그에 대해 최약국은 머리 숙여 일일이 조언을 구하는 것으로 홍의원을 깍듯이 대접했다. 때때로 효험이 있다는 처방에 대한 정보를 넌지시 흘려주기도 했다. 홍의원은 흐뭇해 마지않았다. 나서서 설치는 일 없이 매사에 조심하고 범사에 삼가는 최약국을 동종업계에서도 엽렵하다고 칭찬했다. 스물여섯 되던 해에 결국 원대로 연을 맺은 절색의 아내까지, 최약국은 더이상 부러운 것도 필요한 것도 없는 지경이었다.

—동티여.

금기를 건드린 인간에게 열받은 지신地神이 가차없이 내리는 재앙이 동티다. 그렇다면 신벌의 표적엔 착오가 있는 게 분명했다. 최약국이 해코지받을 정도로 잘못 쑤석거린 신의 영역은 없었다. 칠칠치 못하게 만사형통을 자랑한 것도 아니었다. 그렇다면 결론은 단 하나, 시샘이라고 할밖에 없었다. 신에게 딱히 기댈 게 없는 순탄하고 잘난 인생에 대한 억하심정.

—암만, 그게 바로 동티라.

혼인한 다음해 최약국의 아내가 첫아이를 유산하고 십오 년 가까이 아무 소식도 없자 구멍구멍 새어나온 말이었다.

최약국은 아내를 늘 이름으로만 불렀다. 최약국이 애지중지하던 그녀의 이름은 후인으로, 명국의 실질적 주인인 그녀의 외할아버지가 사위를 대신해 지어주었다고 했다. 식구들은 내가 향이의 생모를 모르는 줄 알지만 난 향이에 대해서라면 모르는 게 없다. 만일, 하연이란 여인이 향이의 생모였다면 난 최약국보다 그녀를 먼저 죽였을 것이다. 제 자식 바람막이도 못 하는 시원찮은 모성이었다. 하지만 그녀는 계모였고, 친딸인 난이에게조차 마찬가지로 데면데면했다. 그렇다면 제 친자식을 건사하기는커녕 알뜰하게 부릴 줄이나 아는 부성에게 책임을 물어야 했다.

'萬病回春만병회춘' 한 줄 내려와 '崔局최국'

최국, 두 글자가 만병회춘, 네 글자의 길이에 맞게 억지로 늘려져 있었다. 그 아래로 갈대발이 전내를 풍기며 거치적거렸다. 일을 접었으면 상호도 걷을 일이었다. 발의 촘촘한 결 사이로 손가락을 찔러넣었다. 들러붙는 느낌이 불쾌했지만 한참을 그대로 있었다. 거칠게 빼낸 자리에 찌그러진 구멍이 생겼다. 그 위아래로 서너 가닥이 나란히 틀어지며 틈이 벌어졌다.

최국의 구조는 단순하다. 좌우로 길게 잡아당겨진 사각형 모양의 땅을 반으로 갈라 동쪽은 약국, 서쪽은 살림채로 쓰는데, 사실 약국이 조금 더 넓다고 봐야 한다. 그리고 그 가운데쯤에서 약국 가장 안쪽에 있는 최약국의 거처와 살림채의 가장 구석에 자리잡은 향이의 방이 만나지만, 그 사이에 야트막한 담을 놓아 방향을 달리한 기와지붕이 서로 부딪지 않게 해놓았다. 최약국은 그 담의 끄트머리에 문을 달아 약국과 살림채를 오갈 수 있게 했다.

중문을 들어서면 왼쪽 가장자리부터 살림채가 시작된다. 담까지 합쳐 几궤자 모양으로 집칸이 늘어서 있는데, 맨 위쪽에 향이의 방이 있다. 방문 바로 아래로 한 자 반 정도 폭의 마루가 있고 그 마루를 내려서면 돌을 깐 바닥이다. 비슷한 크기의 돌 틈바귀마다 초록빛 풀들이 빼곡히 솟아나 있는데, 아마 향이가 보기에도 딛기에도 부드러웠을 것이다. 좁은 마당의 반은 평상이 차지했다. 집성목으로 널을 짜 만든 것으로, 향이가 얼마나 닦아댔는지 꽤 닳은 티가 났다. 평상엔 늘 무언가 널려 있었다. 이를테면 산나물이나 흔한 약초 따위.

예상했던 대로 문단속은 헐거웠다. 고가의 약재를 바리바리 쟁여놓던 호시절이 지난 지 아주 오래였다. 지켜야 할 것이 없으니 철저할 필요가 없었을 것이다. 약국 안은 무질서했다. 분위기만으로는 폐허가 된 신당보다 나을 게 없었다. 최약국의 난동 이후 어째 전만큼 신기가 살아나지 않았다는 무당이 제 분을 못 이기고 악에 받쳐 때려부쉈다는 신당이었다. 구경꾼이 몇 겹으로 둘러선 그 난장에 기를 쓰고 말리던 남편 박수의 왼눈이 무언가에 얻어맞아 터졌는데 순식간에 사라진 시력이 결국 돌아오지 않았다. 무당이 모시던 신은 영험했다. 신성모독에 대한 본보기로 누구를 쳐야 하는지 정도는 파악할 줄 아는 모양이었다. 범 무서운 줄 모르는 하룻강아지마냥 앞뒤 없이 날뛰던 최약국보다 범이 얼마나 무서운지 알면서도 분수 모르고 행패를 부린 무당 쪽이 더 참기 힘들었나보았다. 그들은 그렇게 요란하게 사라졌다.

—다른 건 몰라도 우리 부부 세 눈에 흙 들어가기 전에 너 최가가 요절나는 꼴은 필히 보고야 말기라.

무당은 마지막까지도 최약국에 대한 저주를 잊지 않았다. 애먼 분풀이였다. 하지만 최약국은 그 저주대로 될 것이었다.

살림채의 단속도 단단하지 못했다. 탐심의 대상이 될 만큼 재물이 있는 것도 아니고, 업어가면 큰일날 귀한 딸을 숨겨놓은 것도 아니라는 뜻이었다. 그 사실을 당사자와 주변이 함께 인정하고 있다는 공공연한 표시였다. 당연히 그럴 것이라 짐작했다고 해서 막상 그런 걸 확인하고도 아무렇지 않은 건 아니었다. 속이 끓었다. 빗장마저 어디 가고 없는 허술한 집구석에 향이가 무방비로 버려져 있었다.

최약국의 모진 부성은 내력이 깊었다. 오래 전 그날도 그랬다.

—엄마! 엄마!

비틀어진 울음소리가 귓속을 긁었다. 나는 잠시 멈칫거리다가 멈춰섰다. 내 모든 감각이 담 너머를 주시했다.

—엄마! 엄마!

음정과 박자가 갖춰진 소리였다. 상청의 곡처럼 규칙적인 흐름도 있었다. 나는 잠자코 서서 그 소리를 들이켰다. 그러곤 담 아래서 한참을 폴짝거렸다. 하지만 끝내 안을 볼 수는 없었다. 열두 살이기는 해도 나는 또래보다 많이 작은 축이었다. 최국의 담이 까마득했다. 몸을 돌려 정문으로 향했다. 이른 시간인데도 문은 쉬이 열렸다. 끼이익. 나는 움찔했다. 처음엔 요란한 문소리 때문이었고, 그 다음엔 바로 눈앞에서 있는 꼬챙이 같은 어린 계집아이 때문이었다. 눈물콧물로 범벅된 얼굴이 지저분했다. 나비 모양의 하늘색 배씨가 가르마에서 흘러내려와 귀밑에서 대롱거리고 있었다. 향이일 것이었다. 아니, 향이였다. 먼발치서도 확연하게 눈에 띄던 아이. 하지만 내 시선 안으로는 한 번도 들어온 적이 없던 아이. 내 추상과 추측의 영역에만 머물던 존재가 갑자기 현실을 입고 눈앞에서 숨쉬고 있었다. 향이가 울다 말고 금붕어 입처럼 눈을 빠금거리며 나를 바라보았다. 할말을 생각해내는 데 한참이 걸렸다.

—엄마는? 약국 어르신은?

— 엄마 없어. 아부지는 계속 자. 나 배고파. 엄마아!

향이는 턱을 바르르 떨더니 다시 울기 시작했다. 소리가 날카로워졌다. 달래볼 엄두도 내지 못하고 엉거주춤, 우물쭈물하는 내가 창피하고 미안했다.

최약국을 알아보기는 어렵지 않았다. 꽤 오랫동안 자취를 감추고 있었음에도 모두가 감탄했던 체격은 그대로였다. 게다가 무얼 걸쳐놔도 외모에 손색없을 그가 잘 차려입기까지 하였으니, 우락부락한 형들 틈바구니에서 기죽어 살던 나는 그지 입을 다물지 못할 따름이었다. 하지만 내가 기대했던 부성은 없었다. 최약국은 딸에게 눈길 한번 주지 않고, 배고프다고 칭얼대는 아이에게 대꾸 한마디 하지 않고 중후하게 앞서 나갔다. 나는 당황했지만 향이에겐 익숙한 모양이었다. 잠시 입을 삐죽이다가 모든 것을 포기한 듯 절뚝절뚝 그 뒤를 따랐다. 최약국은 다섯 살짜리 어린 딸의 종종거리는 보폭에 자신을 맞춰주지 않았다. 손등으로 마른 눈물을 비비며 질질 끌려가다시피 하던 향이의 뒷모습이 내 눈을 뚫고 들어와 머릿속에 각인되었다.

그 오랜 시간이 흐르는 동안 최약국은 줄기차게 향이를 버리고 있었다. 손이 떨렸다. 근육이 단단해지고 질겨진 힘줄이 혈관을 조였다. 혈관이 좁아지자 핏방울들이 밀려들면서 뭉쳤다. 정체가 길어지자 압력이 올랐다. 피를 공급받지 못한 뇌가 조갈을 호소했다. 저렸다. 최약국! 내 너를 발기발기 찢어 걸레로 쓸 것이다.

이마에선 맹독이 땀으로 흐를 지경인데 문득 콧구멍으로 연한 꽃향기가 자늑자늑 흘러들었다. 미닫이 방문이었다. 지난 가을 새로 창호지를 바를 적에 말간 풀죽에 말린 꽃잎을 넉넉히 바숴넣었나보았다. 바람결에 문짝이 울면서 꽃향기를 뿜었다. 코를 틀어막았다. 아직 독으로 충만해야 했다. 천하의 몹쓸 놈인 채로 있어야 했다. 시도도 해보지 못하고 제풀에 해독이 돼버려서는 곤란했다.

불 꺼진 향이 방은 적막했다.

— 향……

습관은 힘이 셌다. 순식간에 밀려나온 목소리를 서둘러 끊었다. 당황 앞에서 점멸하는 동작들. 전달할 것을 잃고 제 몸까지 잘린 공기의 파편들이 어둠 속에서 우왕좌왕했다.

방은 움직이지 않았다. 향이는 밤이 편안한 모양이었다. 다행이 원망으로 탈바꿈하며 간격을 좁혀왔다. 허파가 팽창하면서 호흡이 토막나기 시작했다. 촘촘하지 못하고 늘 헐거워 끼어드는 게 많은 나의 밤, 그 오래된 불면이 서러워졌다. 서둘러 살림채를 되짚어나와 최약국의 방으로 쳐들어갔다. 되통스러운 걸음이었음에도 수마에게 단단히 붙들린 밤은 여전히 의식이 없었다.

짐작했던 냄새였다. 한두 가지가 섞인 게 아닌 듯한 마른 약초 냄새가 왈칵, 덮쳐왔다. 정체불명의 약을 끼고 산다더니 골이 쑤실 만큼 독한 냄새였다. 그러나 의외의 풍경이었다. 창이 온전히 다 열려 있었고, 최약국이 그 창을 향해 오도카니 앉아 있었다. 낯선 살기를 느꼈을 텐데도 최약국은 돌아보지 않았다. 그와 창 사이의 검은 어둠을 달빛이 누르고 있었다.

최약국의 숨통을 끊는 데는 큰 힘이 들지 않았다. 너무도 수월해 나의 유일한 살인을 믿을 수 없을 정도였다. 그의 목은 가늘었고 헐렁했고 온기가 없었다. 무두질해놓은 가죽이었다. 아귀에 힘을 주고 미처 두 호흡도 지나기 전에 가운뎃손가락에 닿아 있던 최약국의 목울대가 꿀럭, 했다. 그리고 경련 한 번 없이 콧구멍으로 숨이 왈카닥 쏟아졌다. 그러곤 끝이었다.

그토록 악착같이 끌어모았던 분노였지만, 막상 식어가는 최약국의 몸뚱이를 수습하려니 맥이 풀려서는 자꾸만 손이 헛나갔다. 그 와중에 망인의 옷매무새가 흐트러졌는데, 가슴과 배꼽 사이에 무언가 거무스레한 자국이 보였다. 후厚와 인仁, 두 글자였다. 글자의 상하와 좌우가 바뀐 걸 보니 최약국이 제 스스로 새긴 모양이었다.

연비聯臂. 팔뚝에 바늘로 살을 찌른 다음 먹물을 칠해 완성한다는 문신. 사랑하는 남녀가 서로에게 증명할 수 있는 가장 적나라한 불망의 약속. 게다가 최약국은 팔뚝이 아니라 가슴이었다. 몸을 말아 고개를 직수그리고 한 땀 한 땀 물들인 거룩한 정성이었다. 그 푸르기가 꼭 멍든 것 같다더니 그늘진 달빛 아래, 열두 쌍의 갈비뼈가 물결처럼 흐르는 앙상한 가슴에서, 죽어서도 아픈 최약국의 상처가 나로 인해 아무렇게나 풀어헤쳐진 채 능멸당하고 있었다.

기억 속에서 훤칠했던 최약국이 자루 안에서 구겨졌다. 자루는 의외로 무거웠다. 그만이 알고 있을 출생의 한, 손쓸 새도 없이 잃었다는 첫아이, 물거품이 된 대약재상의 꿈, 온전치 못한 딸, 정 없는 둘째아내, 나, 그리고 도망간 사랑, 전부 한꺼번에 담긴 탓이었다.

—흐흑……!

최약국을 물속에 묻으면서 내내 울었다.

—어머니, 보셨습니까? 막내아들은……, 어머니 막내아들은 이제 살인잡니다.

차마 미선나무를 바로 볼 수 없었다. 살인자의 눈으로 나무를, 아니 향이를 욕보이고 싶지 않았다. 나무 아래를 지나면서 문득 최약국의 명복을 빌고 싶어졌다. 그래도 그로 인해 향이가 있었다.

향이의 이야기

미지근한 밤이다. 기우뚱 내디딜 때마다 발아래가 자갈거린다. 자갈은 그래서 자갈이 되었는가. 물이 뒤척인다. 그 소리를 듣고 뱃속에 들어앉은 또하나의 심장도 제 몸을 뒤스른다.

—자. 괜찮아, 그냥 자.

배를 가만히 쓸어내린다. 그럼에도 여전한 태동이 슬프다.

—나는…… 내 몸은……, 이제 무덤이 되겠구나.

아버지는 곧 약이었다. 약에 취해 잠을 자거나, 약기운을 빌려 잠들려 하거나, 잠에서 깨어났대도 약 때문에 온정신이 아니었다. 아버지가 달고 사는 약들은 통증을 잊는 데도, 생각을 멈추게 하는 데도 효험이 있는 모양이었다. 내 손을 탈 수 없는 곳에 있던 것들이라 정확히 알 수는 없었지만 아마도 아편일 것이었다. 거래장부를 보면 최국과 규모가 엇비슷한 약국들끼리 계를 형성해 청에서 한꺼번에 대량으로 아편말을 들여온 적이 있었다. 물론 의약용이었다. 하지만 수입 후 초기에 도소매로 팔아버린 얼마간의 양을 제외하면 그대로 있어야 할 나머지 몫의 행방이 불분명했다. 아버지가 죄다 유용하고 있었다고밖에 달리 설명할 길이 없었다. 깨끗한 소진이었다. 어쨌든, 아버지의 의도가 무엇이었든 간에 결과는 만족스러워 보였다. 아버지는 요와 이불 사이에서 눈에 띄지 않을 만큼씩만 천천히 자세를 바꿔가며, 화석이 되어가고 있었다.

아버지의 방엔 빛이 가득 들었다. 그나마 그 방구석이 무덤꼴을 간신히 면할 수 있었던 크나큰 축복이었다. 아버지가 그 빛을 감사히 받아들였는지는 모를 일이지만 하늘이 들이붓던 그 빛마저 없었다면 난

죽은 왕에게 끌려들어가 산 채로 매장된 불운한 옛 종년과 다를 게 없었다.

아버지는 짐이기도 했다. 생계며 가족은 물론이고 스스로의 삶까지 포기한 아버지가 하는 일이라고는 끊임없이 쓰레기를 생산하고, 아내와 딸의 노동을 소비하며, 주변의 시간을 도륙하는 것뿐이었다. 사지 육신이 멀쩡한 사내였다. 그 사실이 한스러웠다. 그로 인해 심심한 동정조차 할 수 없었던 고로.

난 아버지가 왜 식물인간이 되는 길을 택했는지 아는 것이 전혀 없었다. 내가 기억하는 아버지의 첫 모습도 지금과 다를 바가 없었다.

—(나는 니 애비가 왜 그 모냥인지 알지.)

붉은 혀가 돌돌 말아 감추어둔 사연이 간혹 마을 사람들의 입술 사이에서 머뭇거리기도 했다. 그러나 끝내 정체를 드러내지 않고 다시 숨어들었다. 당사자도 아니면서 구경꾼도 아닌 척하는 그들의 결속력은 대단했다.

문지방을 넘을 때마다 오늘밤엔 꼭 죽으리라 다짐을 했다. 아버지는 나를 딸로, 자식으로 인정한 적이 단 한 번도 없었다고 고백하듯이 언제나 결연하게 등을 돌린 채였다. 딸년을 위해 흘릴 싱거운 눈물 한 방울 저장돼 있지 않은 메마르고 주름진 몸을 껍데기로 두르고, 단 한 번의 예외도 없이 나를 외면하는 아버지의 일관성에 경의를 표할 지경이었다. 나는 아버지의 얼굴을 점점 잊어갔다.

—꼭 내가 먼저 죽을 거예요. 아부지보다 먼저 죽을 거라구요. 두고 보세요. 그래서 뼈 마디마디까지 죄다 함몰된 아주 험한 귀신이 될 거예요. 그 꼴로 아부지 앞에 나타나서는 아부지가 어쩌는지 두 눈 똑바로 뜨고 볼 거예요.

아버지가 내 말을 들었는지 못 들었는지 그건 내 알 바가 아니었다.

언젠가 한 번은 해야 할 말이었다. 돌아누운 아버지를 두고 방을 나오면서 내가 과연 어떻게 죽어야 아버지의 고통을 극대화시킬 수 있을 것인지 궁리했다. 가끔은 아버지 없는 세상이 기다려지기도 했다. 설레기까지 했다. 패륜의 선을 넘어선 나의 무의식이 참천하리만큼 끔찍했다.

다 닳아버린 영혼 같던 아버지는 마지막 꽃잎이 떨어져나가던 봄의 끝날, 홀연히 사라져버렸다. 독한 말을 쏟아내고도 차마 죽지 못하고 머뭇거리던 중이었다. 아무 흔적도 남아 있지 않았다. 아버지는 마지막만큼은 날 실망시키지 않은 것이었다. 내 기대에 부응한 바람직한 소멸이었다. 죽었다고 확신할 수 없으니 나 때문에 아버지가 죽었다는 죄의식은 없으면서, 아버지가 없는 세상은 실현된 이상적인 상황이었다.

아버지가 사라지고 나서도, 내 몸에 배어 있던 아버지의 약냄새는 반년 넘게 버티고 버티다가 섣달그믐 매운바람에 그 기세를 다치고서야 간신히 물러갔다. 그러고 나서 내가 처음 맡은 냄새는 바느질하는 엄마를 밝히던 등잔의 심지 냄새였다. 그 다음은 엄마의 빨지 않은 치마에서 나던 쾨쾨한 곰팡내였고, 잠든 엄마의 가슴에서 새나오던 묵은 단내였다. 그게 시작이었다. 열다섯이나 돼서야 세상에 그리도 많은 냄새와 향기가 있다는 걸 비로소 알게 되었다.

동네 사람들은 엄마를 가여워했다. 태어날 때 목에 탯줄을 감고 나왔다는 내 엄마는, 그 탯줄이 땅속에서 썩어 흙이 되고 그 흙을 디디고 풀꽃이 올라오는 봄을 서른 번 가까이나 지냈어도 여전히 숨이 통하지 않아 갑갑한 듯한 얼굴이었다. 늘 입을 반쯤 벌리고 있다보니 엄마의 입술은 까칠하게 일어나 있지 않으면 허옇게 터서 피가 났다. 찬 바람이 수시로 입을 들고 나니 허구한 날 감기를 달았다. 엄마의 목소리보다 기침소리를 듣는 게 더 자연스러웠다. 그 기침도 한번 시원하게 뱉어내는 걸 보지 못했다. 배꼽 바로 위의 근육에 힘을 모았다가 순간적인 탄력으로 내뱉어줘야 그 압력으로 목구멍이 열릴 것인데, 아무래도 힘을 제대로 주지 않는 것 같았다. 엄마의 몸속에 차곡차곡 쟁여지는 것들이 나는 무서웠다.

엄마는 아버지 방에서 나올 적마다 조금씩 죽어서 나왔다. 아버지의 목숨은 엄마의 명줄을 잡아당기는 것으로 유지되는 모양이었다. 때문에 엄마가 움직이지 않을 때면 나는 겁이 났다. 풀어진 줄을 꼬리처럼 매달고 우물 바닥으로 곤두박질치던 두레박처럼 엄마도 그렇게 추락한 건 아닐까 불안해 맘을 떨었다. 긴장과 두려움이 반복되면서 나는 엄마가 다시 움직이기 시작해도 전처럼 웃지 못했다. 그러곤 난이가 다니러 오는 날만 기다렸다.

네 돌이 지나면서 집을 떠난 난이는 동생이라기보다는 오히려 손님에 가까웠다. 어려서도 난이는 날 한 번도 언니라고 부른 적이 없었다. 말문도 늦게 트였고 가지고 나온 말수도 적은데다 쓸데없이 자꾸만 내 눈치를 보았다. 아주 드물게 나를 불러야 하는 일이 생기면 난이는 꼭 '저어……' 하는 말로 운을 뗐고, 그렇게 어렵게 시작한 말은 대부분 간단히 끝났다. 난이의 말없음을 엄마는 다행스러워했지만 난 속에서 천불이 일었다. 절대 속을 보여주지 않는 난이가 서운했다. 우애는 정밀해질 기회를 갖지 못했고, 나에겐 더이상 혈육에 대한 기대가 남아 있지 않았다. 그래도 그나마 난이를 보는 때가 엄마가 유일하게 소생하는 시간이었으니 나는 난이를 기다릴 수밖에 없었다. 하지만 한계는 거기에도 있었다.

난이가 열 살이 되던 해, 제 생일을 쇠기 위해 왔을 때였다. 엄마는 오랜만에 보는 막내 앞에서 꼼꼼하게 궁핍을 숨겼다. 꿀을 끼얹은 진달

래화전이며 들깨기름에 튀긴 가죽잎부각 등으로 공을 들였다. 복숭아꽃이 그려진 새하얀 사기그릇이 크기별로 상 위에 올려졌다. 서먹했지만 아버지를 제외한 우리 모두 모처럼 편안했다. 다음날, 희우 도령이 난이를 데리러 왔다. 엄마는 친남매지간보다 더한 그 정리를 황송해하면서 나란히 걸어가는 둘을 고마움과 흐뭇한 시선으로 찬찬히 배웅했다. 그러던 엄마가 잠시 휘청거렸다. 나를 움켜잡은 엄마의 손에 혈관이 파랗게 곤두섰다. 그 순간 흙빛으로 변한 얼굴은 끝내 제 색을 찾지 못하고 점점 더 거메져갔다. 나는 엄마의 돌변을 이해할 수 없었다.

그 일이 있고 두어 달 뒤였다. 봄비에 취한 낮잠이 평소보다 긴 오후였다. 내 옆에서 함께 자던 엄마가 난이 방 창문고리에 매달려 있었다. 놀란 나를 보고 더 놀란 엄마가 한참을 버둥거렸다. 다행히 그 바람에 매듭이 풀려나갔고, 엄마는 다시 이승으로 떨어졌다. 난이가 아기 때 쓰던 기저귀였다. 나는 그 일을 애써 잊은 척했다. 하지만 질긴 줄이나 끈 따위가 눈에 띌 적마다 그것들을 없애는 데 신경을 썼다.

그런데도 결국, 내가 그리 종종거렸음에도, 엄마는 또 목을 맸다. 처음 자살을 시도한 지 이 년, 아버지가 실종된 후로는 한 해 만이었다. 엄마의 눈초리가 지저분했다. 단풍나무 수액을 굳힌 풍고楓膏와 녹두가루를 젖에 섞은 안질용 약이 목이 졸리는 결에 새어나왔나보았다. 간밤에 내 손가락으로 살살 눌러준 눈두덩이 부어 있었다. 끌어내린 엄마의 차가운 손이 벌써 뻣뻣했다. 깔끄러운 손톱 아래서는 굳은살이, 각질이 일어난 발바닥에서는 티눈이, 크기와 깊이 그리고 단단함을 서로 겨루고 있었다. 엄마의 몸은 쉬운 곳부터 조금씩 굳어가고 있었던 것이다.

—나도 데려가, 엄마! 나도 같이 가, 엄마!

엄마의 맨발을 안고 정신의 줄을 놓아버렸다.

세상에 나올 적에 탯줄을 목에 감은 엄마는 세상을 뜨면서는 미역 줄기를 목에 감았다. 나는 미역이 그렇게 질기다는 걸 그때 처음 알았다. 차갑게 미끈거리는 미역이 흙을 쓸며 지나던 독사의 몸뚱이처럼 징그러웠다. 내 귀빠진 날 하루 전이었다. 그후로 난 미역국만 보면 뱃속에 있는 쓴 물을 게워냈다. 쏟아지는 물조차 미역색이었다. 어차피 내 새끼에게 끓여주지도 못할 미역국이었다. 나도 못 먹는 게 나았다.

그리고 그놈.

내 이름에선 향기가 났다. 내 이름을 부르는 사람치고 영문도 모른 채 잠시 코가 근지럽지 않은 사람을 보지 못했다. 그 향기는 내 이름을 부른 적 없는 식구들은 절대 모르는 것이기에 은밀했지만, 상대를 가리지 않는다는 점에선 적나라했다. 나도 내 이름이 향기를 품고 있는 줄은 전혀 몰랐다. 아버지가 약이었듯이 난 아버지의 약냄새였고, 그러니 난 내 이름이 가진 향기를 맡아볼 기회가 없었다. 아버지가 사라진 그 이듬해 봄, 날이 풀리면서야 알았다. 누군가 내 이름을 부를 적마다 달짝지근한 향내가 폴싹거린다는 사실을.

가장 예민하게 반응한 사람이 그놈이었다.

—향아!

내가 가는 곳이면 어김없이 나타나 내 이름을 부르고는 종잡을 수 없는 말들을 토했다. 새까만 눈동자에서 별들이 와글거렸다. 저러다 미치지 싶은데도 번번이 제정신인 걸 보면 신통했다. 그놈이 내 이름을 부르는 일이 빈번해지면서 난 알았다. 외로움이 조금씩 가시고 있다는 것을.

그놈.

몹시도 말라붙은 날이었다. 물기라곤 하나 없이 공간마다 갈라지고 푸석거렸다. 그날, 불리지도 않았는데 내 이름이 홀로 향기를 터뜨렸다. 앓고 있는 나를 떠나, 부서지는 햇살을 타고 흩날리는 꽃가루에 묻어 내 이름이, 내 이름이 야단이 난 것이다. 미선나무 꽃잎이 싸락눈처럼 하얗게 쏟아지던 밤, 하루 사이에 몇 날을 굶은 것처럼 퀭해진 그놈이 내 집 담을 넘다 다리를 접질렸다.

그날, 순식간에 부풀어 땡땡해진 제 다리는 내버려두고, 나면서부터 쭈그러든 내 다리만, 그것도 밭게 꺽꺽대며 쓰다듬는 그놈을 나는 차마 떠밀어내지 못했다. 아무 냄새도 나지 않는 그놈의 몸이 편안했다. 하지만 사위는 불빛에 일렁이는 그놈의 속살은 넝마였다. 상처며 흉터가 천지였다. 그놈은 만지지 못하게 했고, 그 곡절에 대해 나는 묻지 않았다.

그놈.

아이가 들어서면서 내 이름은 향기를 잃었지만 그놈은 알지 못했다. 원래의 자리로 돌아갔나보았다. 갑자기 끊어진 발길에 채어 내 초라한 인내심이 마른 바닥을 드러냈다. 누군가를 얻었으니 둘이 될 수도 있겠구나, 또하나를 품었으니 셋이 될 수도 있겠구나, 더이상 혼자가 아니어도 되겠구나, 움트던 희망이 짓이겨졌다.

그놈.

기다리는 동안에는 기다리는 것 말고는 할 수 있는 일이 없었다. 붙들 것도 없었다. 내겐 아무것도 남아 있지 않았다. 그래서 나도 아무것도 아닌 것이 되기로 했다. 덧없는 기다림의 당연한 결과였다.

내가 입도 뻥긋 않고 죽어나가니 그놈은 두 다리 뻗고 잠들 것이다.

—약국집 딸이 물에 빠져 죽었다네요?

아내가 짐짓 진지한 양하며 말을 던졌다. 마실중에 월척만한 소문이라도 낚은 날이면 으레 짓는 되바라진 표정이었다. 순간 재채기가 터져나왔다.

—그만한 일에 뭘 그리 놀라 재채기까지 하고 야단일까. 무슨 상관이라구.

얌치는 엿판에 넘긴 사람이었다.

—제 부모 그렇게 되고 맨정신으론 혼자 못 산다 싶었지, 진즉부터 내가. 그래도 참 독해. 제 목숨 제 손으로 끊는 것들 속내가 궁금하다니까.

남 안된 일이라면, 말하는 입하고 상판하고 따로 노는 아내는 아이고 딱한 거 쯧쯧, 할 적마다 마디마디 흥에 겨운 것이 꽤 살판난 모양이었다. 연산군 때의 흥청도 그만한 신명은 내지 못했으리라.

—에취! 에취!

꽃가루, 마당에서 하늘로 그어올린 직선 안의 공간을 사선으로 횡단하는 꽃가루. 다행이었다. 재채기가 나올 적마다 내 마음이 얼굴에서 적절히 숨겨졌다. 향이가 죽었다. 향아!

어머니 탈상하던 날, 큰형수는 두 번 다시 아내를 보고 싶지 않다고 했다. 아주 오래 전부터 연습이라도 해온 것처럼 담담하게, 막힘없이, 그러면서도 맘 상하지 않을 만큼 적당히 살갑게. 겉으로는 부탁이었지만 실은 전장에 나붙은 포고문이었고, 거역하는 자 군율로 엄히 다스리겠다는 대장군의 명령이었다. 그만큼 단호했다. 두 번 다시 보고 싶지 않다. 형수의 입장에서 지당했다. 할 수만 있다면, 어쩌면 나도 형수와 맘을 함께했을 것이다. 나도 너를 보고 싶지 않다, 다시는. 그렇게 말하고 싶었다.

큰형수는 내 유년이었다. 늦둥이로 태어난 내게 백발의 어머니는 선뜻 다가가기 어려운 존재였다. 게다가 지아비 없이 홀로 산고를 겪은 어머니에게 어리광이나 응석은 가당치 않아 보였다. 맘을 감추는 데 이골이 났다. 그런 나를 마치 조숙한 막내아우 대하듯 어르고 챙기고 다독이고 보살펴준 사람이 큰형수였다. 엉성한 수염으로 코밑이 거뭇해지기까지 형수의 치마폭은 나의 또다른 집이었다. 청년이 되면서 서먹해지긴 했지만, 그래도 나는 큰형수를 볼 적마다 가슴이 알싸해지곤 했다. 무엇보다 향이를 예뻐한다는 사실 하나만으로도 큰형수는 확실한 내 편이었다. 그런 형수를 잃을 뻔한 적이 있었다.

난데없이 날아든 사돈댁의 불미스러운 일로 형수가 쫓겨난 것이었다. 나는 어머니의 가라앉은 서슬을 감히 말리지 못했다. 하루가 길었다. 그날따라 늦게 퇴청한 큰형이 상황을 파악하기까지는 한참이 걸렸다. 어머니는 큰아들 앞에서 의도적으로 입을 다물어 시간을 벌었고, 고작 다섯 살, 네 살, 두 살짜리 조카들은 제 아비에게 딱히 할말을 만들지 못해 시간을 버렸다. 형수의 외출이 처음 있는 일도 아니니 큰형도 어머니에게 따로 물을 것이 없었을 것이다. 나는 그저 참고 기다렸다.

—보냈다. 다시 볼 생각 마라.

십 년이 다 되어가는 부부의 연을 간단하게 정리해주는 두 문장이었다. 어멈이 많이 늦습니다, 형의 뒤늦은 걱정에 대한 단순하고 명쾌한 답변이었다. 나는 모든 것이 간단한 어머니가 무서웠다.

예상 외로 큰형은 쉽게 무너졌다. 형수에게 대체로 무뚝뚝하고 때때로 고약하기까지 했던 형이었다. 가볍게 진행되는 붕괴에 식구들은 모두 경악했다. 큰형은 사돈댁의 치정사는 대수도 아니라는 듯 오로지 형수의 부재에만 집중했다. 집안 망신이란 생각도, 윤리에 망조가 들었다는 생각도 들지 않는 모양이었다. 지지대를 빼버린 허수아비처럼 마디가 꺾인 큰형이 주저앉았다.

—그깟 일로……

한참 뒤에야 큰형이 겨우 뱉어낸 말이었다. 떨어지는 그깟을 어머니가 잡아챘다.

—그깟?

ㄱ에서 ㅅ으로, 목소리의 굵기와 높이, 세기와 떨림이 가파르게 상승했다. 짧은 순간이었지만 충분히 가능했다. 그깟?

큰형은 이틀 밤낮을 그 자리서 움직이지 않았다. 먹지도, 마시지도 않고 자지도 않았다. 오줌도 그 자리서 싸버렸다. 매운 겨울바람에도 지린내가 진동을 했고 그 냄새를 따라 두개골에 더듬이를 세운 사람들이 꼬였다.

—웬 난리래?

—사냥 좋아한다더니 인왕산 호랭이라도 잡았는가?

멀리서들 갑이 논하고 을이 박했다. 심심한 겨울날에 터진 간만의 구경거리였다. 그들이 입을 모아 걱정하던 비극적인 동사凍死는 없었다. 그나마 작은형들과 내가 털가죽을 덮어준다, 사방에 화로를 놓는다, 부산을 떤 덕이었다.

어머니가 졌다. 나는 큰형 여휜의 거칠 것 없는 사랑이 부러웠다.

그날 이후로 큰형은 형수에게 더할 나위 없는 진심과 배려를 보여주었다. 그래도 형수의 어깨는 예전처럼 당당하게 펴지지 않았다. 형이 안달을 냈지만 그럴수록 형수는 기억 속의 그날로 자꾸 붙잡혀들어가는 듯했다. 공연히 긁어 부스럼이었다.

그런 형수를 모른 척해도 모자랄 판에, 아내는 틈만 나면 그 일을 들쑤성거렸다. 제가 시집오기도 전의 일이었음에도 주위들은 풍월을 가지고 잊을 만하면 한 번씩 말을 만들었다.

— 큰형님, 친정어머니는 요즘 어떠세요? 요즘도 사람들이 집 앞에다 칼 같은 거 놓고 가나요?

— 큰형님, 어머니는 아직도 외출 안 하시나보네요? 아니다, 안 하는 게 아니라 겁나서 못 하는 거겠구나.

— 큰형님, 그 일로 어머니하고 오라버니하고 거의 척지다시피 했다면서요? 그래도 형님 오라버니 너무한 거 아닌가요?

제 딴에는 형수가 그 소리를 걱정으로 알아들을 거라 여기는 모양이었지만, 내가 들어도 염장 지르기에 다름아니었다.

남의 마음 짚는 데 젬병인 것도 천성에 든다니 기가 막힐 일이었다. 그렇게 생겨먹은 것 자체가 죄악임에도 불구하고 당사자는 죗값을 하나도 치르지 않는 모순이 일상이었다. 어머니는 그래도 막내아들의 안사람이라고 뚫린 데는 메워주고 드러난 건 덮어주고, 당신의 선택에 대한 의무라도 되는 양 매사와 범사에 애썼지만, 정작 아내는 달라지는 것이 전혀 없었다. 내 딴에 지아비라고 방관자가 될 수만은 없어 역성들 일이며 대신 해명해줄 일이 생길 적마다, 식구들은 나까지 등신으로 알겠다는 눈치를 보였지만 모른 척할 수밖에 없었다. 처음엔 향이가 명치에 걸려 도저히 아내를 만질 수 없었지만, 나중엔 향이 때문이 아니어도 그럴 수가 없었다. 삼신할미를 난감하게 만들고 싶지 않았다. 아내를 닮은 건, 그게 심지어 자식이래도 싫었다.

나는 나 자신을 꾸준하게 학대해왔다. 담장 안에서 삭아가는 향이와 당신 결정에 대한 후회로 곤혹스러운 어머니 그리고 자존심이 다친 아내, 모두가 나 대신이기 때문이었다. 하지만 세 여인 중 누구도 나를 비난하지 않았다. 향이는 저를 품은 나를 몰랐고, 아내는 내 속에 든 향이를 몰랐다. 어머니는 오히려 당신을 자책했다. 그러니 어쩌란 말인가. 결국 나 스스로 나서야 했다. 벌은 내 눈으로 확인이 가능한 흔적을 남겨야 했다. 하지만 다른 사람의 눈에 띄어서는 곤란했다. 하여 옷으로 가려진 내 몸의 곳곳은 베이고 데인 상처로 너덜너덜했다. 자해의 강도는 점점 세졌다.

여섯 해 전 난데없이 혼사 문제가 거론됐을 때였다. 아직 급할 거 없으니 뒤로 미루자는 청을 어머니는 일인지하에 물리쳤다. 어썰 수 없이, 마음에 둔 사람이 따로 있다는 말을 꺼내고야 말았다. 어머니가 처음부터 역정을 낸 건 아니었다. 오히려 솔깃해했다. 조리 있게 말만 잘하면 설득할 수 있겠다는 희망이 생겼다. 그러나 어머니는 상대가 향이라는 걸 알고는 대번에 무시무시해졌다.

―천부당만부당. 애비가 반편인데 그 딸년인들 온전하겠느냐? 종내는 실성할 게 뻔한 며느리, 나는 죽어도 못 본다. 게다가 몸이 그래 가지고 손이나 볼 수 있겠느냐? 도대체 네가 뭐가 모자라 그따위 계집한테 맘을 뺏긴 게냐? 아버지 없이 키우면서 오냐오냐했더니만 이 에미가 그리도 만만해 보이더냐? 그리고 무어라? 이제 고작 열둘? 기다리겠다? 몇 년이면 된다고 향이가 철석같이 약조라도 해주더냐? 가상하구나. 천하에 둘도 없는 열부가 우리 집안에 났구나.

어머니는 보란 듯이 곡기를 끊었다. 나도 같이 끊었다. 하지만 어머니는 점점 더 쌩쌩해지며 맥을 놓아가는 나를 비웃었다. 그 기세등등한 시위 닷새 만에 오형제 집 막내아들, 나 여문은 무릎을 꿇었다. 형들은 모두 그럴 줄 알았다며 얻은 것 하나 없이 평지풍파만 일으킨 나를 타박했다. 어머니는 당신의 의지가 관철되어 그 서슬 퍼런 권위에 흠이 잡히지 않았음을 뿌듯해하며 뜻대로 혼사를 추진했다. 그리고 나는, 늘 그랬듯이 무력하고 비겁하게 다시금 세상에 둘도 없는 착한 막내아들이 되었다.

그렇지만 포기할 수 없었다. 혼인을 했다 해서 변할 수 있는 일이 아니었다. 해가 거듭돼도 달라질 기미조차 보이지 않았다. 나는 향이의 주변을 계속해서 맴돌았다. 몸을 낮추고 숨을 죽인 채로 뒤를 밟았다. 향이는 자주 넘어졌다. 기댈 수 있는 어깨, 들어안을 수 있는 두 팔, 업을 수 있는 넙적한 등을 내가 다 가지고 있었지만, 향이에겐 하나도 내어줄 수가 없었다. 쓸모없는 그것들을 잘라내 떼어버리지도 못하는 나 자신이 혐오스러웠다. 하다못해 향이가 걷다 말고 숨을 고르는 동안만이라도 무릎을 꿇고 향이의 짧은 쪽 발을 내 허벅지에 괴어 바로 설 수 있게 해주고 싶었다. 하나 그거라고 할 수 있을 리 만무했다.

향이는 일이 많았다. 가장인 최약국이 약국을 작파한 지 오래였다. 밥줄이 끊어졌으니 생계를 위해 안주인이 나서야 했다. 대제학의 집안에서 돕겠다고 나섰지만 향이의 계모가 극구 사양했다. 간혹 얼마의 곡식을 마음으로 받는 것 말고는 결코 신세지려 하지 않았다. 다만 어린 난이를 좌의정 집으로 보내 시름을 덜었을 뿐이다. 그러곤 안질에 걸릴 정도로 밤낮없이 바느질을 했다. 당연히 나머지 살림은 향이 몫이 되었다. 무엇보다 제 아비 최약국 수발이 가장 힘겨운 일이었다.

천륜이라는 허울에 몸이 잡혀 하루하루 부서지는 것도 모자라, 맘까지 묶여 차마 꿈속에서조차 날지 못하는 향이를 나 혼자서만 안타까워한 건 아니었다.

— 향이가 사내로 났더라면 화타나 편작에 버금가는 의술로 이름깨나 떨쳤을 게요. 내 장담하오. 아이가 총명하고 손놀림이 예사롭지 않소. 따로 배운 거 하나 없이 책만 읽고도 약재의 효용 따위를 두루 꿰질 않나, 화제 한 장만 보고도 환자 상태를 제법 가늠해내질 않나, 내

가 놀란 게 한두 번이 아니라오. 십수 년 공부한 내 아들놈보다도 낫지 싶소. 아녀자의 몸인데다 다리마저 성치 않은 게 큰 흠이라면 흠이지만 지금 세상 돌아가는 걸 좀 보시오, 최약국. 기록에 보면 오래 전 대궐에도 뛰어난 여의가 있었다지 않소. 향이가 아직 어리니 지금부터라도 잘 가르쳐놓으면 훗날 어찌될는지 누가 알겠소. 최약국이 어서 기력을 찾아야 향이 저 아이 또한 최약국 수발에서 벗어날 테고, 그래야 나라도 짬짬이 데려다 뭘 가르쳐볼 요량을 내든가 하지 않겠소. 명석한 아이요. 제대로 뒷바라시반 하면 훗날 최약국이 향이 덕 좀 보게 될 게요. 내가 이 나이 먹고 흰소리 하겠소.

숨어 들은 홍의원의 솔직한 충고였다.

의원이라 하면 일반적으로 분야를 가리지 않고 인체 전반을 아울러 인술을 펴는 통의通醫를 이른다. 한 군데에만 집중하는 단의斷醫여서는 곤란했다. 홍의원 역시 명의는 아니었어도 연륜이 깊었고 당연히 그에 따른 임상경험도 풍부했다. 가리지 않고 불려다녔고, 홍의원 자신 또한 그 사실을 당연하게 여겼으나, 그래도 어느 의원이건 그중 자신 있는 고유영역이 있게 마련이었다. 그것이 종기나 천연두처럼 특정 질환이든, 소아나 부인처럼 구별된 대상이든, 나름대로 전문성을 발휘하는 의원들이 왕성하게 활동하고 있었다. 홍의원은 부인과에 강했다. 그의 아내가 오랜 기간 산파를 하였던 탓에 그 방면으로 남들보다 겪어 아는 게 많았던 덕이다. 딸이 없는 홍의원은 자신 부부의 부인과 지식을 완벽하게 전수할 수 있는 후계자를 원했다.

물론 홍의원에게도 자식이 있었다. 큰아들은 대국 바람이 들어 역관이 되겠다고 사역원에 목을 매고 있었으니 염두에 둘 것도 없었지만 작은아들은 홍의원의 바람대로 의원이 된 터였다. 한데 그는 역병 마진에 미친 별종이었다.

홍의원의 기대에 부합한 인물이 향이였다. 그는 향이를, 아니 향이가 펼치지 못하는 능력을 진심으로 아까워했다. 최약국은 가타부타 답을 회피하는 것으로 시간을 끌어 홍의원을 지치게 했다. 결국 향이의 앞길을 그가 막은 셈이었다. 벌받아 마땅한 아버지였다. 어머니가 노환으로 돌아가시고 나는 서둘러 살인자가 되었다.

약국 담은 기왕부터 부실해져 있었다. 하늘에 떠 있는 제 어미의 부은 맨발을 보고 그 자리서 혼절했다가 깨어난 뒤로 향이와 약국이 안팎으로 허물어져가는 속도는 점점 빨라지고 있었다. 불안했다. 향이를 잃을까 겁이 났다.

최약국을 그냥 살려두었다면 향이의 계모 또한 성한 채로 남아 있을지 몰랐다. 그랬다면 향이도 속수무책으로 녹아내리지는 않았을 터였다. 내 죄를 향이에게 토해야 했다. 제발 살아 있어만 달라 빌어야 했다. 담을 넘다가 다리를 상했다. 왼쪽 무릎이 옆으로 접히면서 꺾어지다시피 했다. 그때 난 소원이 이루어지는 줄 알았다. 나도 향이처럼 되는 줄 알았다. 고장난 내 다리를 살피던 향이를 엉겁결에 품으면서 상투 끄트머리까지 치오르는 통증을 즐겼다. 다리를 아예 못 쓰게 해주십사 성주대감, 조왕신, 터주신, 조상신, 삼신, 측신을 비롯한 세상의 모든 신에게 빌었다.

그후로도 몇 번의 월담은 용기 없는 자의 의식이었다. 내 손으로 내 다리를 결딴낼 수 없으니 다시 한번 기회가 오기만을 바랐다. 하지만 원은 이루어지지 않았다. 나에 대한 신들의 수수방관함은 여전한 모양이었다. 향이 얼굴을 볼 수가 없었다. 미안했다. 같아지지 못해서 미안했다. 약국까지 갔다가 그냥 돌아오는 날이 잦아졌다. 약국과 살림채 사이 중문에 머리를 박고 밤을 새운 적도 여러 번이었다.

향이는, 제 아비의 물속 무덤에 합장되기 전에 수면으로 떠올랐다.

—물에 빠져 죽은 약국집 딸을 건져냈다는데 안 가볼래요? 물을 얼마나 먹었는지 배가 많이 불렀다데? 꼭 애 선 듯이. 하긴 또 모를 일이지. 열여덟이나 먹었는데 정말 뉘 애라도 가진 걸지도.

아내의 뺨을 갈기는 상상을 했다.

향이가 죽었다. 향이가 죽었다.

어젯밤 그냥 돌아오는 게 아니었다. 그젯밤도, 그 전날 밤도, 그 전 전날 밤도 그냥 와버리는 게 아니었다. 그리고 말을 했어야 했다.

무책임한 나로 인해 결국 향이가 죽었다. 향아!

설희의 첫번째 이야기

시동생 여문을 송두리째 차지한 건 학문도 명예도 출사도 아닌, 한 소녀였다. 여문이 세상의 소리를 그러쥐고 바람 사이로 숨었다 하면, 그건 여문의 달뜬 시선이 닿는 어디엔가 향이가 있다는 표시였다. 정수리에서 목덜미, 등줄기, 엉덩이, 종아리 그리고 뒤꿈치까지 한 줄로 팽팽하게 당겨져, 그걸 못 참은 혈이 소용돌이치며 지글거리는 중이라고 뒷몸이 말을 했다. 익숙했다. 남편의 뒷모습도 그러했다. 그러나 분명한 차이는 있었다. 남편이 사냥감에 대한 살기로 기세등등한 거대한 살집의 동물이라면, 여문은 해만 바라다가 어둠에 풀죽은 가녀린 줄기 식물이었다. 시어머니를 닮아 오만 가지 잡상사에 치열한 네 형제와 달리, 여문은 이만저만 여리고 순한 게 아니었다. 뻣뻣한 머리털에 덥수룩한 수염에 무성한 털로 위아래가 다 시커먼 네 형제는 몰아놓으면 굳이 칼 자랑을 하지 않아도 비적단이라 믿을 형상이었지만, 여문은 깎아놓은 밤톨 같은 것이 반듯하고 단정했고 또한 온순했다. 어머니에겐 딸 대신이었다. 그러라고 하늘이 점지해준 게 틀림없었다.

늦둥이 유복자로 제 어머니에 대한 긍휼을 선천적으로 가지고 태어난 여문은 어머니 뜻이라면 그게 무엇이든 거역하는 법이 없었다. 안타깝게도 거기엔 스스로의 장래도 포함되는지라, 율학에 관심이 전혀 없음에도 단지 어머니가 원한다는 이유 하나만으로 율과를 준비하고 있었다. 식구들도 각자 눈치껏 그 불가피한 속사정을 짐작하는 바였지만 일절 알은체하지 않았다. 본인도 내색하지 않는 문제를 괜히 나서서 건드릴 필요가 없다는 생각들이었다. 그저 속 편하게, 언젠가는 저절로 해결될 것이라고 믿었다.

시아버지 박경열은 서얼이었다. 태생이 그러하니 누구 자손이다 말해봐야 자괴감만 들 뿐이라 그 문제에 대해서는 다들 입을 닫았다. 서얼로 나 제한된 반쪽짜리 신분을 탓하며 논나니, 망나니로 세월을 썩히는 불우한 인물들이 널리고 널린 세상이었다. 그래도 시아버지는 현실을 긍정적으로 받아들이기 위해 애썼고, 결국은 그 사실을 인정하고 공들여 적응했다.

그는 잡과를 통과해 형조 소속 율학청의 율학교수까지 지낸 이성적이고 성실한 인물이었다. 율학교수는 종육품으로 율과 출신의 최고다. 좀더 늦게 태어났더라면 서얼이 관직에 오를 수 있는 길을 한껏 넓혀준 정유절목丁酉節目의 시대를 누릴 수 있었겠지만 시아버지의 운은 거기까지 미치지는 못했다. 정유절목은 지금의 임금이 즉위한 후 재주 있는 사람은 서얼을 따지지 않고 들여 쓰겠다고 공식적으로 천명한 규정이었다. 물론 제대로 지켜지지는 않았다.

—위쪽에서는 함께하려 들지 않고 아래쪽은 스스로가 받아들이지

않으니 양쪽 모두에 속하지 못하는구나. 그러니 궁지에 몰린 사람처럼 중간에만 웅크려 들어앉아 돌아갈 곳이 없다. 진실로 한탄할 일 아니겠는가.

임금은 답답해하며 절목의 준수를 촉구하기까지 했다. 그래도 명민한 인물 몇은 쓰임받고 있었다. 시아버지도 그만한 인물이었지만 그의 때는 이미 지나 있었다.

그런 남편에 대한 자부심으로 시어머니는 여훤, 여균, 여섭, 아들 셋을 내리 율관으로 만들었다. 형제 중 총기가 떨어지는 여남은 율과 초시에는 간신히 합격했으나 복시에서 떨어져 부족인원을 메우기 위한 취재取才에 혹 형들이 힘을 써주지나 않을까 내심 기대하고 있는 상황이었다. 어찌 되었든 같은 길이었고 그 길에 동행코자 여남은 부단히 열정적으로 매달리고 있었다.

시어머니는 자식들의 혼사 문제에도 열렬하게 집착했다. 같은 중인이라 해도 가문과 문벌의 고하가 있게 마련이었다. 나나 다른 동서들도 한다 하는 중인 집안의 딸들이었다. 네 형제의 경우가 그러했듯 막내시동생 여문의 혼사도 전적으로 시어머니 맘이었다. 골똘한 발걸음이 부지런히 오고갔다.

어렵사리 낙점된 여문의 혼처는 배경이 화려했다. 규수의 아버지 곽준호는 장안에서 알아주는 의관 집안의 대표격인 인물이었고, 어머니 변씨는 잘나가는 역관 가문의 자손으로 뒷배가 대단했다. 세 아랫동서들은 혼사가 성사될 경우 각자 자신에게 미칠 파급효과에 대해 꼼꼼하게 저울질했다.

당사자는 다른 이유로 심각했다. 어머니에게서 혼담을 전해들은 뒤 반나절 만에 눈에 띄게 해쓱해진 여문이 어렵게 향이 얘기를 꺼냈다. 생애 첫 반론이었다. 무려 일곱 살 차이. 열 살 정도로밖에 보이지 않는, 다리 저는 열두 살짜리 계집애. 더군다나 향이가 여문의 존재를 아는지 모르는지, 그마저도 알 수 없는 일이었다. 설령 그게 하나도 중요하지 않고, 향이가 클 때까지 여문이 기다릴 수 있다 장담한다 해도, 무턱대고 시간을 잘라 비워둘 수는 없는 일이었다. 벼락이 쳤다. 내심 여문이 견뎌주길 바랐지만 닷새를 넘기지 못했다. 나는 미안했다. 큰아들을 놓고는 사흘도 버텨내질 못했던 어머니가 막내 여문에게는 닷새도 아무렇지 않은 것이 꼭 내 탓인 것만 같아서, 그게 미안했다.

시어머니의 의지대로 모든 게 진행되었다. 어머니는 막강한 사돈을 자랑스러워하며 잘나가는 사돈이 막내아들에게 미칠 영향력을 부푼 가슴으로 기대했다. 시동생의 이성이 조금씩 내려앉았다.

향이는 최약국이 마흔에 얻은 딸이다. 십사 년 동안이나 팔자에 없는 것으로 치고 살았던 자식이었다. 뜻밖의 태기에 최약국은 열 달 내내 결벽으로 약국을 쓸고 닦았고, 향이네의 외출을 통제하는 것은 물론 살림채로 외부인이 드나드는 것까지도 철저하게 막았다. 그 지나친 유별이 결국 지신의 심사를 거슬렀는지 좌의정댁 외아들 태겸의 혼삿날, 텅 빈 집에서 최약국의 아내가 홀로 몸을 풀다가 사달이 났다. 불안정한 자세에서 잘못 용쓰는 바람에 태아의 한쪽 다리가 뒤틀려버린 사고였다. 저도 앞으로 사는 일이 만만치 않을 거란 걸 짐작했는지 자궁 속으로 도로 들어가 안 나오겠다고 버티는 걸, 뒤늦게 산파가 손을 집어넣어 간신히 잡아끌어냈다. 혼절해버린 산모를 다시 깨워놓은 건 고통에 자지러진 아기의 울음소리였다. 방 안의 정태를 살피던 동네 아녀자들이 눈물을 찔끔거렸고, 돌아가면서 한마디씩 안타까움을 추렴해 모진 하늘에다 전했다.

산모의 원망이 온전히 최약국에게로 쏟아졌다. 알아들을 수 없는 단어들이 둘러선 귀들을 사정없이 찔렀다. 더이상 목소리가 나오지 않는 지경인데도 기어이 악을 쓰느라고 목의 핏발이 선명하게 돋았다. 그 붉은 열기가 온몸을 돌면서 폭발해 향이네를 산산이 쪼개놓을 것만 같았다. 마당으로 뛰쳐나온 그녀의 속치마가 피로 범벅이었다. 다홍빛이 선명했다. 흙 묻은 맨발이 어린아이의 것처럼 작았다. 어처구니없게 그 난리통에서도 향이네 버선발의 맵시가 곱겠다는 생각이 들었다.

향이네는 다음해 바람이 들어 집을 나갔다. 이웃들이 아이 젖 물리는 거 말고는 아무것도 안 하고 멍하니 방구들만 지키던 향이네를 두고 실성했다고 막 수군대던 참이었다. 상대는 최약국이 약국 일 좀 덜어보겠다고 들인 청년이었다. 향이는 기억에 없는 일이어서 훗날 시집온 하연을 끝까지 제 생모로 알았다. 아마 여문도 모를 것이었다. 시어머니도 향이가 가진 흠을 손가락까지 꼽아가며 열거했지만 그 사실만큼은 지켜주었다. 어쩌면 잊었을는지도 모르지만 난 참은 거라고 생각했다. 그건 마음과 마음끼리 약속한 일이었다.

향이는 참으로 어여쁜 아이였다. 다리 때문에 자라는 일에 대중이 없어 그랬는지 어려서는 그 미색이 산만하더니 여물면서는 바로 쳐다보질 못하게 고왔다. 그 조막만한 것에게 턱 하고 편하게 말이 놔지지가 않았다. 이름도 꽃 같아서 부르면 정말로 향기가 나는 것 같다는 착각도 들었다. 하지만 그게 전부였다. 얼굴만 보고는 그 자리서 오줌을 지리던 사내들도 다리에 눈길이 미치면 대놓고 싫은 내색을 하며 고개를 돌렸다.

향이가 한참 더 어려서 호되게 앓았던 적이 있었다. 그게 신병이라며 무당이 최국을 기웃거렸다가 최약국에게 맞아 죽을 뻔했다. 그뒤 향이의 기울어짐이 더 심해졌다. 바로 서지를 못하고 몸이 낫처럼 휘어져서는 곧 나동그라질 것처럼 아슬아슬해 보였다. 무당이 신의 노여움 탓이라며 제 서방인 박수까지 대동하고 또 쳐들어가 퍼렇게 거품을 물었다. 신당에 불이 날 뻔했다. 말 떨어지기가 무섭게 최약국이 그길로 신당까지 내처 달려가 촛대를 내던졌기 때문이었다. 헐떡대며 따라간 무당이 진화에 성공하지 못했다면 최약국은 방화범으로 호되게 고생했을 것이다. 방화는 만고의 중죄였다. 무당은 억울했지만 고소 같은 건 포기해야 했다. 어차피 무격은 도성 안에 거해서는 아니 되기에 과장된 설움을 관아에 일러바칠 수도 없는 처지였다. 그 사건 이후 하연이 시집을 왔다.

여문은 향이의 시신을 보러 가지 않았다. 화장날에도 방구석을 지켰다. 양지가 시동생 몫의 기운까지 쓸어가 설쳤다. 구석구석 들여다보고 일마다 참견하면서 나댔다. 모르는 사람이 양지 하는 짓만 보았다면 잔치라도 벌어진 줄 알았을 것이다.

양지를 보는 일은 내겐 명을 재촉하는 일이었다. 궁합은 부부 사이의 문제만이 아니었다. 음양오행을 따지고 든다면 양지와 난 상극에 해당했다. 게다가 띄엄띄엄 체면치레만 하면 되는 관계도 아니니 더 고역이었다. 종종 기함하긴 해도 다른 이들은 그럭저럭 참고 지낼 만한 모양이었지만, 난 유독 양지에게만 마음이 모질어졌다. 넌덜머리가 났다. 물론 대놓고 내색하지는 않았다. 그래도 서로에게, 특히 나 스스로에게 몹쓸 짓이었다. 내 안의 강퍅함에 대해 줄곧 절망하느라 마음이 고단했다.

양지는 머릿속에 든 게 오로지 저 자신 하나라 눈에 보이는 것도 저뿐이고, 하고 싶은 말도 죄다 저에 대한 것이고, 느끼는 것도 제 기분밖에 없는, 특이한 종자였다. 그외의 것들은 들어도 보아도 곧 잊었다. 대단한 친정 집안의 대내외적인 자긍심이 자만심으로 탈바꿈한 모양이었다. 매사를 사날로만 해결했고 오만방자했으며 안하무인이었다. 양지가 좀더 사려 깊고 따뜻했다면 여문이 제 사랑의 집요함에서 조금이나마 느즈러졌을지도 모를 일이었다.

한 해 전쯤이었다. 시어머니 탈상하고 나서, 더는 상대하고 싶지 않으니 동설랑 집에 데려올 생각 말라고 여문에게 선언했다. 시동생에겐 미안했지만 내가 먼저 살고 볼 일이었다. 진심으로, 양지가 내 시야에서 꺼져주길 바랐다.

한데 피치 미주칠 일 없을 기라 믿었던 양지가 시도 때도 없이 들락거리기 시작했다. 앞뒤 잘라먹고 뜬금없이 남편이 이상하다며 있는 대로 성미를 부리다 갔다. 한밤중에 맨발로 쫓아와 저를 뭘로 보냐느니, 시집을 잘못 왔다느니 발광도 했다. 알고 보니 여문이 빈 약국집 담을 밤마다 넘고 있었다. 분기가 탱천한 형제들이 번차례로 두들겨패며 여문을 끌고 왔다. 살이 줄어든 탓에 발길질 한 번마다 작대기 분질러지는 소리가 났다. 남편이 시동생의 상투를 잡아채 목을 꺾었을 때 여문의 눈빛이 순간 번쩍, 했다. 말리던 식구들이 모두 섬뜩해했다.

그날 이후로 여문의 정신이 풀어지는 데 가속도가 붙었다. 그리고 어느 순간 단숨에 비약. 며칠 새로 달라진 여문이 내 눈에도 설었다. 아니나 다를까, 양지가 온다 간다 말 한마디 없이 친정으로 내뺐다. 시동생이 아무리 딴 정신이 났대도 동서는 여문보다 세 살이나 많았고 부부로 산 지도 여섯 해였다. 그 동안 여문이 보여준 성실함에 대한 인사 차원에서라도 얼마간은 참아주는 시늉이라도 했어야 했다. 괘씸했다.

여문은 어젯밤에도 약국집 담을 넘었다. 제풀에 열린 대문을 두고 왜 자꾸 담을 넘는지 모를 일이었다. 먼지가 더께로 앉은 폐허에서 절망에 전 여문이 다치지도 않은 다리를 절면서 약국을 뒤졌다.

— 향아! 향아!

남편 여훤을 포함해 다른 형제들도 막내아우 질질 끌어오는 일을 그만두었다. 그저 머리를 맞대고 앉아 어떻게 손을 써야 할지 모르겠다며 한숨 섞인 걱정들을 나눌 뿐이었다. 여균, 여섭, 여남이 차례로 언성을 높였다.

—이거야 원, 남우세스러워서 어디 얼굴을 들고 다닐 수가 있어야지.

—멀쩡한 다리는 왜 꼬박꼬박 절고 다니는지, 원 참!

—형님, 푸닥거리라도 해야 하는 거 아니오? 저러다 정말 실성이라도 하면 큰일 아니겠소.

—저렇게 허구한 날 향이 이름만 불러대니 그 아이, 죽었어도 죽은 게 아닐 거요. 귀신이라고 어디 편히 쉬겠소?

—여문이 저놈 역시 살아도 산 게 아니니 천생배필 아닌가 싶소.

—제수란 이까지 줄행랑친 마당에 저 화상을 대체 누가 어찌 보살핀단 말이오?

—형님, 뭐라 말씀 좀 해보시오.

—다리목을 아예 확 꺾어버릴까요, 아님, 묶어 가둬버릴까요?

하지만 남편은 저만치 비껴앉아 아우들의 채근을 일체 무시했다. 방바닥에 내리꽂은 시선이 무거웠다.

여문의 세번째 이야기

금산金山은 부드럽고 완만했다. 그래도 산은 산이었다. 방심했다간 넘어지거나 구르게 마련이었고 그러면 몸 상하기 십상이었다. 또한 익숙한 얼굴이라고 해서 봐주는 법이 없었다. 한결같이 집중을 요했다.

더군다나 금산은 무척이나 웅숭깊고 점잖아서, 호들갑을 떨거나 부산하게 서두르거나 하는 경우를 싫어하는 게 분명했다. 그런 유의 인간들은 결코 입산의 기회를 얻지 못했다. 초입부터 어디 한 군데를 다쳐서는 열불을 내며 돌아들 갔다.

금산 감선사에 갈 때만큼은 절던 다리를 풀었다. 멀쩡한 다리를 일부러 저는 일은 향이와 같아지기 위한 나 스스로의 압박이긴 했지만, 산이 보기에는 사기, 향이가 보기에는 생색에 불과할 것이었다. 정직해야 했다. 그렇다고 위선은 아니었다. 나는 사력을 다해 향이가 되기를 원했다.

소산燒散. 대를 이은 화장이었다. 향이와 계모인 하연 그리고 하연의 생모인 선이란 이. 유교가 성한 국가라 아무래도 매장이 장려되었기에 화장은 어려운 결정이었다. 오래 전 한 임금은 고인의 시신을 욕되게 한다 하여 아예 화장을 금지한 적도 있었다. 하지만 묘를 돌봐줄 자손 하나 없는 사람을 대책없이 묻기만 한대서 망자에 대한 예의라고 볼 수는 없었다. 버려진 봉분은 처참했다.

물론 향이는 고립무원의 처지가 아니었다. 생모인 후인의 외가와는 연이 끊어진 지 오래였지만 계모인 하연 쪽에서는 향이가 홀로된 이후에도 여전한 관심을 보이고 있었다. 그래도 화장은 순리였다. 향이의 외할머니 때부터 해온 장례방법이었다. 장안의 유명인사였던 유랑 류호의 아내 조씨가 넋이라도 매이지 말라고 그리 한 때문이었다. 대신 세 사람의 위패가 감선사에 모셔져 있었다.

향이가 떠난 날에 맞추어 감선사에 갈 수는 없었다. 그녀의 동생 난이가 매번 위패 아래 덩그마니 앉아 흐느끼다 간다는 걸 알고 있었다. 방해하고 싶지 않았다. 나 말고도 향이를 기억해주는 사람이 있다는 기꺼움을 충만히 누리고도 싶었다. 나는 늘 난이의 하산을 먼발치서 확인하고 나서야 산에 올랐다. 산에서 마주친다면 난이가 불안해할 수도 있었다. 나는 난이에게 그저 낯선 사내일 뿐이었다. 향이의 동생에게 경계의 대상이 될 수밖에 없다는 사실이 참을 수 없었다.

난이가 우는 동안 나는 물가를 맴돌았다. 향이가 저를 버린 곳이었다. 물은 나를 알아보았다. 제 깊은 곳에 쇠약국이 수장되어 있었다. 먼젓물은 흘러가면서 뒤따르는 물에게 잊지 않고 전했다. 아무 날 아무 시에 이러이러하게 생겨먹은 아무개가 한 늙은이를 던져놓고 갔으니 기억해두라고. 앞서간 물들이 세상 모든 곳에 자리를 잡았으니 나는 어딜 가도 살인자로 소문날 것이었다.

물 앞에서 나는 꼿꼿이 버텼다.

—대신 너희들은 향이를 잡았잖아!

물도 지지 않았다. 끝까지 숨길 수도 있었으나 그러지 않고 바로 띄워올렸으니 고마워할 일이라며 오히려 큰소리를 했다. 잡히는 대로 돌을 집어던졌다. 하지만 물은 요란하게 깨지지도, 처참하게 갈라지지도 않았다. 상처 하나 없이 말짱하게 갈 길을 갔다. 노여웠다. 금산에 거의 다다르도록 다리 저는 것까지 잊을 만큼. 향이처럼 되고 싶다는 말도, 그러니까 빈말이었다. 무의식적인 행동으로 옮겨지지 않는 진심은, 아무리 고통으로 가장한대도 가짜에 불과했다. 나 자신이 또 싫어졌다.

온 만큼만 더 가면 감선사가 나올 즈음이었다. 누군가의 외침이 들렸다. 순간적인 파장이 어찌나 격하던지 향이 생각에 넋놓고 있던 내가 놀라 주저앉을 정도였다. 처음엔 사고인 줄만 알았다. 치기 어린 인사들의 산행이면 십중팔구 쓸데없는 자신감이 따라붙었고, 그러다보면 어이없는 사고가 빚어지기도 했다. 모른 척하고 싶었다. 내 심사도 사나웠다. 하지만 알고도 모른 척하기가 쉬운 일은 아니었다. 아무리

마뜩지 않대도 도와줘야 했다. 산에선 해의 걸음이 빨랐다. 게다가 부상까지 입었다면 필경 그 걸음을 따라잡지 못할 것이었다. 서두르지 않으면 위험했다. 한데 뒤미처 들려온 소리는 분명 절규였다. 목숨을 구걸하는, 구조를 요청하는 그런 발성이 아니었다. 익숙했다. 나도 경험한 울음이었다. 그건 스스로를 벌하는 적극적인 자학이자 감염력이 강한 고통이었다. 몸을 감추고 잠시 그를 지켜보았다.

승복을 입고 있긴 했지만 분명 탈속한 이는 아니었다. 널브러져 산발한 채로, 빈틈없이 꼼꼼하게 젖은 얼굴이 어렸다. 사랑이었다. 그것도 제 힘으론 어쩔 수 없는 사랑이니 그 지경일 것이었다. 차마 나서지 못했다. 더 지켜보기도 고역이었다. 그냥 버려두고 길을 돌려짚었다. 발이 무거웠다.

— 향아!

'유세차'로 시작해 '상향'으로 끝나는 제문은 없었다. 고작 열여덟에 요절했으니 미려한 애사라도 지어 읊어야겠으나 그마저도 없었다. 그저 이름만 부를 따름이었다.

— 향아!

한 번도 신은 적이 없어 아직도 새것 같은 운혜 한 켤레를 품에서 꺼냈다. 향이의 농에서 찾은 신이었다. 생긴 게 제비부리 같다고 해서 제비부리신이라고도 하는데, 겉은 분홍색 비단이고 코와 뒤꿈치에 세모꼴의 녹색 비단을 발라놓았다. 그리고 그 위에는 푸른 구름 두 덩이가 멈춰 있었다. 이상한 일이었다. 실제로 푸른 건 하늘이었다. 구름은 희어야 마땅했다.

향이가 열 살로 접어들던 해, 조씨 부인이 선물한 귀한 신이었다. 왼쪽 발목이 안으로 꺾인데다 발등이 어찌나 굽었는지 고운 갖신은 꿈도 꾸지 못하는 향이가 못내 안쓰러웠던 조씨 부인이 손수 수를 놓아 특별히 주문해 들려 보낸 마음이었다. 그걸 향이는 차마 신지 못했고 보는 것도 아까워했다.

향이의 왼발은 찼다. 피가 제대로 순환하지 못해 그런 것이라 했다. 모로 누운 향이의 틀어진 발을 은근히 온기가 돌 때까지 주물렀다. 향이가 오래 흐느꼈다. 그때 말했어야 했다.

— 향아!

내 색시가 되길 소망했다고, 하지만 늙고 불쌍한 어머니를 거역할 용기가 없었다고, 아버지 최약국을 죽인 건 너를 자유롭게 해주고 싶어서였다고, 그렇다고 어미까지 잘못될 줄은 몰랐다고, 혼자이게 해서 미안하다고, 나도 너처럼 다리를 절고 싶다고, 그리고 힘들고 어렵겠지만 앞으로도 계속 얼굴을 보게 해달라고. 그렇게 말을 했어야 했다.

— 향아!

내 혀는 사랑을 빙자한 욕망 앞에서나 분주했을 뿐, 정작 모래무지처럼 쌓인 말을 솎아내 전해야 하는 일엔 게을렀다. 그 말들이 내게로 한꺼번에 덤벼들었다.

— 향아!

죽었어도 여전히 발이 시릴까봐서, 이제 와 위한답시고 고작 신발이나 품에 품고 다니는 나를 향이가 어서 데려가게 해달라고, 부처에게 엎드려 기원했다.

감선사 요사는 쪽마루 하나 없이 높은 창과 문으로만 둘러싸인 낮은 건물이다. 그래도 스님들의 살림채답게 깔끔한 정지며 반 평짜리 광이며 구색은 갖추어놓았다. 사찰의 규모가 어느 정도만 되어도 정지가 독립되어 있겠지만 감선사의 경우는 달랐다. 해우소를 제외한 모든 기능을 요사가 담당했다. 네 개의 방은 각각의 모서리에 흩어져 있었다. 개별적으로도 전혀 통할 수 없는데다 방문마저 방향을 달리하다보니 들고 나는 소리까지 독립해 있었다. 철저하게 침묵하는 공간이었다. 그래서 이름 또한 적묵당寂默堂이다.

소리 한 토막도 조심스러운 그곳에서 그를 다시 만났다. 머리를 빗고 말갛게 씻은 모습이 더 앳돼 보였다. 한소끔 울었던 일이 아무것도 아니라는 듯, 아니 애초에 있지도 않았다는 듯 천연덕스런 표정이 발칙했다. 그래도 질망하던 슬픔까지 시치미 뗄 순 없었는지 덜 마른 눈동자가 내내 흔들리고 있었다. 대놓고 사연을 물을 순 없었다. 그렇다고 스님이 알려줄 것도 아니었다. 현각 스님에게 할 수 있는 질문은 오로지 나와 관련된 것뿐이었다.

—스님! 난이……, 난이는요? 아직도 많이 힘들어하는가요?

—아직 시간이 부족한 탓이지요.

스님의 답은 단 한 번도 예, 아니요인 적이 없었다. 한두 칸 건넌 후에야 나옴 직한 말이 바로 이어지기도 해, 그 난해한 행간에서 헤맨 적도 여러 번이었다.

—스님, 제가 여기 와 하는 말을 향이가 듣겠습니까?

—침묵은 금金이기도 하고 또 금이기도 하지요.

그런 식이었다. 하지만 이해할 수 없는 그 말들이 번번이 나를 위로했다.

입춘 지나 첫비가 내리고 나면 금산은 여름보다 후텁지근했다. 이미 다 녹아버린 눈이었음에도 아직 증발되지 못한 땅의 습기가 하늘의 비를 만나 따뜻한 수증기를 뿜었다. 오후 들면서 한숨 죽은 햇살이 물방울에 흐린 무지개를 그렸다. 산을 내려가기 싫었다. 터덜터덜 발끝에서 잔모래가 튀었다.

순간 인기척도 없이 잿빛 사내가 나타났다. 그였다.

—저……, 초면에 결례인 줄 알지만 뭐 하나 여쭈어도 되겠습니까?

다짜고짜 질문부터 던져놓고 숨을 몰아쉬는 그의 얼굴이 상기되어 있었다.

—그러시지요.

무어든 물어라. 나도 네게 묻고 싶은 게 있으니.

—난이, 난이를 어찌 아시는지요? ……죄송합니다. 스님과 나누는 말씀을 들었습니다.

—그걸 어이 물으시는지? 누구십니까?

—희우, 김희우라 합니다.

들어 아는 이름이었다. 알다마다였다. 난이가 그 집서 살고 있었다. 대단한 집 귀한 독자가 무슨 연유로 여기까지 와서 그리 눈물을 게웠는가 싶었다.

—난이의 죽은 언니가 제 처 됩니다.

—예? 혼인을 했었던가요?

—안사람 맞습니다. 그러니 제가 난이 처제를 모를 리가요.

—난이도 아는 일인지요?

—세상 다 아는 일을 처제라고 모를 리 있겠습니까? 어제도 봤습니다. 산 아래서 보고 부르려다가 너무 멀어 그만두었는걸요. 하긴, 불렀어도 못 들었을 겁니다. 내내 우느라 넋이 나갈 지경이었으니……

순식간이었다. 희고 어린 얼굴을 날카로운 통증이 훑어내렸다. 빠른 속도로 아주 샅샅이. 농축된 고통이 그를 추밀고 있었다. 이런!

설희의 두번째 이야기

여문이 시어머니에게 딸이었다면 여균과 여섭 그리고 여남, 나머지 세 형제는 그저 그런 아들이었다. 맏이인 남편과 뚝 떨어진 막내 여문 사이에 연년생으로 몰린 그 셋은 덩치며 생김새도 고만고만했다. 거칠기는 해도 그럭저럭 성실한 편이라 크게 속 썩인 적은 없었지만, 어머니에 대한 충성도는 셋을 모조리 합해봐야 맏이나 막내 하나에도 미치지 못했다. 열두어 살 적인가 곽씨 성을 가진 한 의관의 둘째딸 양지를 동시에 마음에 두고 몸살한 일을 포함해 그 셋은 늘 행동과 마음을 함께했다. 세월이 흘러 그 양지가 여문의 처가 되고 나서는 멋쩍음과 쑥스러움을, 그리고 천진난만해 보이던 양지의 외모가 실은 무개념의 발현이라는 걸 깨닫고 나서는 안도감을, 아주 똑같이 공평하게 나누어 가졌다.

내 남편 여훤으로 말하자면 거의 시어머니의 지아비였고 연인이었다. 산도적같이 생긴 그 몸에서 섬세한 자상함이 연출될 적마다 나는 적잖이 당황했다. 그의 배려는 특히 어머니가 아플 때 빛을 발했다. 등청도 포기하고 하루 종일 곁을 지키고 앉아 물이 뜨겁다, 방이 미지근하다, 죽이 거칠다, 약이 더디다, 별의별 잔소리를 했다. 나는 몸이 고단해 입이 부르텄고 남편은 입이 고단해 몸살이 났다.

남편은 어머니가 흘린 한 조각의 말 부스러기도 그냥 지나치는 법이 없었다. 그게 무엇이든 원인을 캐야 했고 반드시 그 원인을 제공한 자를 취조하고 넘어가야 했다. 그게 끝이 아니었다. 어떻게든 해결을 봐야 했다, 한 방에. 당사자인 어머니보다도 오히려 남편 자신이 만족하기 위한 몸부림으로 보였다. 그 한 방에 주로 내가 넘어갔다. 속 들여다보이는 반복을 숱하게 경험하고 나서, 나는 시어머니가 흘리는 말 한마디 한마디를 전부 의심하게 됐다. 숨겨진 의도가 있을 거라 전후 사정부터 살피게 됐다. 날이 갈수록 피해의식이 짙어졌다.

시어머니는 막내 양지를 제외한 네 며느리에게 언제나 탕탕평평했다. 누구 하나 더 봐주지 않았고 누구에게도 힘을 더 실어주지 않았다. 일면 합리적으로 보이지만 문제는 거기에 있었다. 그래도 맏며느리였다. 하지만 어느 동서도 내 말을 쉬이 듣지 않았다. 의무는 있으나 권리는 없는 맏며느리의 자리가 내게 떨어진 몫이었다. 그 모든 번다함에서 애초부터 멀찍이 떨어져나가 얌통머리 없이 개별행동하는 인물이 막내동서였고, 그 사실에 가장 먼저 적응한 이는 의외로 시어머니였다. 막내동서에겐 면제된 것이 아주 많았다. 고까웠지만 시어머니의 결정을 번복할 힘이 내게 있을 리 만무했다. 탕평의 기치 아래 모인 네 며느리들은 하나같이 비리적했으나, 그래도 눈치들은 말짱하여 일절 내색하지 않았다. 화합의 근심이자 불화의 핵심으로 덤터기 쓰고 싶지 않은 심리였다. 현모양처에 대한 강박이었지만 받아들일 수밖에 없었다.

친정, 그것도 안채에서 류호라는 작자가 죽어나가고, 그 소식이 바람같이 날아와 시어머니 귀에 꽂히고 나서, 나는 일각의 지체도 없이 쫓겨났다.

—다 두고 얼른 가라. 애들은 걱정 말고.

그렇잖아도 구정물통에 빠져 죽고 싶은 심정이었다. 시어머니가 날린 말이 화살이 되어 내 심장 한복판에 꽂혔다. 이겨내기 힘든 통증에 그대로 엎어져 숨을 끊고 싶었다. 하지만 자식이 있었다. 시집온 지 사년 만에 체기가 내려가듯 한꺼번에 몰려나온 새끼들이었다. 누구보다도 큰아들과 막내아들 사이에 낀 딸 초운이가 걸렸다. 무슨 꼴을 당하든 살아는 있어야 했다. 품고 살진 못하더라도 살아만 있다면 이런저런 소식을 들을 수는 있을 것이었다. 마음만 먹으면 커가는 모습을 먼발치에서 지켜볼 수도 있을 것이었다. 모멸감에 부들부들 떨면서도 기죽을 필요 없다 오기를 부려 허리를 곧추세웠다. 하지만 몸이 말을 듣지 않았다. 내 꼴을 더이상 보고 싶지 않은 시어머니가 서둘러 가마를 채비했다. 나는 울지 않았다. 밀폐된 가마 안에서도 울음을 참았다. 오히려 우스웠다. 내내 타인에게 휘둘리다 천잡하게 결론나는 내 삶이 너무나 우스워서 정말로 웃었다. 그리고 원망했다. 친정어머니를, 시어머니를, 그리고 남편을 차례로 원망했다. 부덕婦德이 부덕不德이 된다 해도 에염恚焰을 그칠 수 없었다. 그런데 생각지도 못했던 반전이 나를 따라왔다.

—여보! 초운 엄마아—!

친정행 사흘 만에 남편 여훤이 들이닥쳤다. 내가 없다고 견디지 못할 위인이 아니었기로 바로 눈앞에서 보면서도 도저히 믿을 수 없었다. 놀라웠다. 시댁을 떠나오기 전만 해도 사각이었던 얼굴이 사흘 새 역삼각으로 변해 있었다. 무엇보다도 기가 막힌 건 남편의 울음이었다. 처음 본 남편의 눈물이었고, 처음 보는 남자의 눈물이기도 했다. 나는 차마 흘리지 못한 눈물을 남편은 순수하게 쏟아내고 있었다. 시어머니를 어떻게 하고 저 남자가 예까지 달려와 저리 당당하게 울 생각을 하는가, 그 와중에도 몇 가지 가설을 세우다 말다 했다.

—가세. 집에 가세.

남편의 목소리가 높아지고 있었다. 평소에 꼬박꼬박 하시오, 그럽시다, 하던 사람이었다. 말투까지 버린 남편이 난감했다. 그렇다고 기다렸다는 듯이 따라나설 수는 없었다. 자존심이 허락하지 않았고 식구들의 시선을 감당할 자신도 없었다. 게다가 고독살에 치받혀 기본적인 삶의 의욕마저 삭아버린 상태였다. 열흘만, 아니 닷새만, 그게 어려우면 다만 사흘이라도, 속을 고를 말미를 달라는 요구를 남편은 이해하지 못했다. 재촉이 이어졌다. 남편에게서 돌아서 방문을 닫아걸었다.

—나 병신 만들고 싶지 않음 어서 나와!

당장 나오지 않으면 자기 손모가지를 잘라버리겠다는 협박이었다. 둘러서서 구경 맛에 침까지 흘리던 노복들이 소리를 질렀다. 그러면서도 말릴 생각들은 안 하는 모양이었다. 막판으로 치닫는 상황을 즐기는 동안, 비극에 대한 기대치가 한껏 높아져 있었다. 작두는 낡았지만 날은 아주 깨끗하게 잘 벼려져 있었다. 그래도 한 번에 잘라지지는 않을 것이었다. 기껏해야 볏짚 같은 마른 풀줄기나 썰던 것이 두툼한 살에 뼈까지 한 번에 토막내기란 불가능해 보였다. 한 여자에 대한 한 남자의 사랑인지, 수컷으로서 자기 소유의 암컷에게 갖는 집착인지 혼동되었다. 지금까지 살면서 단 한 번도 보여주지 않았던 격정이었다. 젖먹던 힘까지 쓰는 게 아니라 먹었던 젖까지 다 끄집어내 흘리는 울음이었다. 한꺼번에 드러내지 말고 사는 동안 자잘하게 나누어주었더라면 내가 너의 삭막함에 골병이 들지는 않았을 것이다, 원망이 사무쳤다. 어쩌면 본인도 깨닫지 못했던 감정일지 모르지만, 몰랐다는 것을 핑계로 무조건 무마되는 건 아니었다. 벼르고 벼르던 말들을 토해낼 기회였다. 하지만 나는 결국 모질지 못했다.

—그래요, 가요.

맘을 바꿀까 그랬는지 남편이 지체없이 나를 와락 끌어서는 말에 태웠다. 고삐를 잡은 남편 앞에 접혀 앉았으니 영락없이 그의 품에 안긴 셈이었다. 친정어머니는 끝까지 사위 앞에 모습을 드러내지 않았다.

돌아오는 동안에도 울음을 그치지 못했는지 내 등이 흠뻑 젖어 있었다. 시작은 우발이었을 텐데도 눈물의 끝이 당겨지질 않으니 대장부 체면이 말이 아니었다. 임무를 수행한 말이 허옇게 입김을 내뿜으며 단내를 풍겼다.

동서들의 반응은 대체로 비슷했다. 남편의 석고대죄를 장면마다 일일이 설명하며 욱적거렸다.

—형님, 일이 이 정도로 마무리돼서 다행 아닙니까.

—(마무리라…… 이제부터가 시작인 것을……)

—아주버님의 마음이 그렇게 깊은 줄 몰랐지요. 부럽습니다.

—(친정이 풍비박산나는 마당인데, 자네는 내가 부러운가?)

—이제 어머님도 형님더러 더이상 뭐라고 못 하실 터이니, 좋으시겠습니다.

—(좋으시겠다니, 소박맞았다 간신히 살아 돌아온 날더러 좋으시겠다니……!)

내겐 그 누구의 진심도 곧이곧대로 들리지 않았다. 그것이 정말 진심이라도 말이다.

우리 부부의 뒷말은 생각보다 오래갔다. 엉엉 우는 아이를 두고 '여훤이 울듯 한다'는 말까지 돌아다녔다. 사흘 동안 추위에 노출되었던 남편의 코는 결국 말썽이 났다. 단단히 얼었던 코끝이 녹으면서 자꾸 간질거리기 시작했는데 아무래도 가시지 않는 가려움을 참지 못하고 자꾸 긁어댄 것이 화근이었다. 그 바람에 벌겋게 부어올랐던 붓기가 종내 가라앉지 않고 그 자리에서 그대로 살이 되었다. 뭉툭해진 코가 남편의 너부죽한 얼굴과 무척 잘 어울렸다. 남편은 그 코를 가리켜 나에 대한 정표라고 했다.

여문이 제 살던 집을 버려두고 최국으로 아예 세간을 옮겼다. 예전에 약국이었다는 것을 증명할 수 있는 건 하나도 남아 있지 않은 기억 속의 약국일 뿐이었지만, 그래도 여전히 약국으로 불리는 곳이었다. 여문은 약국과 살림채를 가르던 담을 더 높이고 문을 막았다. 그리고 꽃나무를 공들여 심어 소통의 흔적을 가렸다. 삶과 죽음을 가르는 경계였다. 한쪽은 어둠과 몰락이었고 다른 쪽은 빛과 소생이었다. 여문은 말끔하게 정돈되고 치워진 약국 살림채에서 최소한의 간섭이 불필요할 정도의 야무진 살림 솜씨로, 향이를 제외한 나머지 부분은 멀쩡하다는 걸 입증했다. 향이 없는 향이 방에서의 생활이 어찌나 자연스러운지 간혹 여문의 처가 향이었나, 착각하는 사람까지 생겨나기 시작했다.

쌀가마니나 때맞춰 넣어주는 것 말고는 형제들이 따로 해줄 건 없었다. 가끔씩 조심스레 들여다보긴 했지만 말 한마디 섞지 못했다. 형들에게 되우 맞은 후부터 여문은 제 형들을 피했다. 남편은 이리저리 외면하는 동생의 눈길을 억지로 붙잡다 속이 뒤집혀 돌아오곤 했다.

— 그놈이……, 뱅충이 같은 그 자식이……

말을 잇지 못하고 남편이 질금거렸다. 내가 본 세번째 눈물이었고, 시어머니 시신을 붙들고 통곡한 이후 햇수로 거의 사 년 만이었다.

나는 눈물 많은 여자들이 지겨웠다. 천성이든, 의도적이든, 즉흥적이든 마찬가지였다. 특히 난처한 입장에서 권리처럼 행사하는 눈물바람은 추하고 흉했다. 반드시 울어야 하는 거면 몰래 울어, 충고하고 싶었다. 그렇다고 내가 울지 않는 건 아니었다. 오히려 기회가 있을 적마다 열심히 울었고, 그럴 때마다 나 자신이 하잘것없어 보여 속이 상했다. 우느라고 놓친 말이 너무나도 많았다. 해야 할 말이 눈물에 젖어 지워지기도 했고, 시의에 적절치 못해 나의 자존심을 위협하기도 했다. 무엇보다도 내 눈물에 초점이 맞춰지는 것이 제일 질색이었다.

하지만 사내의 눈물은 달랐다. 남편의 눈에서 처음으로 눈물을 보았을 때 느꼈던 그 당혹감을 도저히 잊을 수 없었다. 내가 알던 그런 눈물이 아니었다. 인내의 결과였고, 거부할 수 없는 진심이었다. 세상에서 가장 아름다운 물이었다. 다시는 그런 눈물을 보지 못할 줄 알았다. 상주喪主로서 흘리던 눈물은 너무나도 적나라했기에 제외하고였다. 그런데 운이 따라주었다. 남편의 눈에 급속도로 차오르는 물기를 보면서 나는 왠지 다행이라고 생각했다. 그리고 처음으로 내가 남편의 보호자라는 기분이 들었다.

후인의 이야기

산앵두 씨 여섯 푼을 갈아 즙을 내고 율무 세 홉을 좁쌀같이 찧어 묽은 죽을 끓인다. 푼은 한 돈을 열로 나눈 것 중의 하나이고, 홉은 한 되를 열로 나눈 것 중의 하나이다. 그렇게 잘게 쪼개도 만들어놓으면 양이 제법 된다. 맛은 그저 그렇다. 딱히 비위가 상할 것도, 입에 착 붙을 것도 없이 밋밋하다.

빈속일 때 일삼아 먹는다. 별 효험은 없다. 그저 습관이다. 손 놓고 아무것도 안 할 수만은 없어 계속 하지만 내 몸은 이미 헛되다고 인식한 지 오래다. 입맛은 갈수록 떨어지는데 뒤는 여전히 나오지 않는다. 애먼 미주알만 빠져나와 끕끕하고 갑갑하다. 그래도 받아들여야 한다. 불편함을 넘어서 이젠 약도 안 듣는 고질이 되었지만 그렇대도 절대 내색해선 안 된다. 새끼 버린 벌치고는 지나치게 가볍지 아니한가.

순순히 들어선 아이였다. 남편은 당연해했고 고마워하지 않았다. 최소한의 기쁨도 내색하지 않았고 형식적인 덕담조차 없었다. 임부의 기를 보하는 약을 수시로 조제했지만 정작 내 것은 없었다. 입덧이 심했다. 몸이 줄어 지나가는 별볼일 없는 바람에도 맥없이 이리저리 내둘렸다. 거울을 볼 적마다 내 얼굴에 내가 놀라는 일이 잦아졌다. 허옇게 뜬 것이, 어렸을 적 꿈에 나타나 속옷을 적시게 했던 귀신의 낯이었다.

장에 다녀오던 길이었다. 땅이 울뚝불뚝 제멋대로 오르내리더니 하늘의 앞뒤가 빠르게 바뀌었다. 숨을 열 번 고르는 동안 고작 한 걸음 내디딜 뿐이었다. 집을 눈앞에 두고부터는 거의 기어서 갔다. 나중에 보니 손바닥이 죄다 얽어 있었다.

— 망신살이 뻗쳤다.

그 말을 던질 때 남편은 살벌했다. 그러곤 약방에 들어가 밤이 깊도록 나오지 않았다.

돼지고기를 고추장에 주물러 달달 볶아 먹었다. 아주 매운 고추장이어야 했고 조청도 듬뿍 들어가야 했다. 뒤로 흘러간 눈물 때문인지 목 한번 메지 않고 술술 잘 넘어갔다. 살 것 같았다. 그걸 먹을 때만큼은 개운했다.

— 저래 괴기만 찾는 걸 보니 필경 아들일세.

이웃들이 자신있게 점을 쳤다.

밥상에 돼지고기가 오른 지 사흘째 되는 날, 조반을 들던 남편이 숟가락을 던졌다.

— 질린다.

그게 이유였다. 글자로만 알던 돈방시저頓放匙箸를 눈앞에서 확인하고, 된장찌개를 끓이다가 부뚜막에 토했다.

회임 석 달 만에 아랫도리에서 아이가 붉게 흘러나왔다. 요가 젖었다. 쥐어짜는 통증이 가시자마자 순식간에 명치가 가벼워지는 게 느껴졌다. 새끼를 흘리고도 구역질이 가셨다고 그 자리에 허기가 찾아들었다. 뜨끈한 국물로 속을 데우고 싶었다. 홍의원 집에서 미역국을 끓여 보내왔다. 밥을 말아 입이 미어지게 떠넣었다. 남편의 위로 같은 건 있지도 않았다.

위로란, 알아서 무뎌지고 저절로 잊혀질 때까지의 과정 속에서, 적어도 이해받고 있다는 안도감을 가져다주는, 남이 나에게 또는 내가 남에게 해줄 수 있는 최소한의 배려이다. 그러니 남편의 무반응은 나에게 배려 같은 것이 필요할 리 없다는 의견에 다름아니었다. 사실 그 위로란 건, 받는 사람이 아니라 하는 사람을 위한 것이라고 봐야 하는지도 모르겠다. 나는 네게 최선을 다하고 있다는 무의식적인 생색 말이다. 혹자는 그 기회를 빌려 간간이 쉼표 찍어 호흡을 늘여가며 의도적으로 약을 올리기도 한다. 그래도 상대방은 차마 화를 낼 수 없는 게 위로다. 곰곰이 생각해보니 남편이 막상 위로를 했다면 후자의 경우였을 것이다. 입 다물고 있어주는 게 차라리 나았다.

그날, 해 떨어지고 나서 황망히 집을 나섰다. 보살핌이 필요했다기보다는 속을 털 자리를 찾아간 셈이었다. 쓰개 하나 챙기지 못하고 입던 옷 그대로였다. 자식 간수도 못 한 꼬락서니 주제에 몸 풀었다고 봄바람이 꽤 추웠다.

—후인아!

친정을 코앞에 두고 남편에게 잡혔다. 한기가 들어서였는지 겁이 나서였는지, 아님 둘 다 원인이었는지, 집으로 돌아가는 내내 오들오들 떨었다. 닥닥따닥, 이가 빠른 속도로 부딪치며 경망스런 소리를 냈다.

불기운 빠진 방이 썰렁했다. 남편은 아무렇지도 않아했지만 반쪽짜리 산모에겐 구들이 얼음장이었다. 그 냉골에서 밤새 무릎 꿇고 남편의 훈계를 들었다. 아녀자의 도리, 뭐 그런 내용이었던 것으로 기억한다. 하룻밤 새 아랫도리에 골병이 들었다. 무엇보다도 무릎이 결딴났다. 변비도 생겼다. 측간에 쪼그려앉는 일이 겁나 자꾸 참은 탓이었다. 먹는 양을 줄였다.

—후인아!

남편은 늘 이름으로만 나를 불렀다. 한 번도 달리 부른 적이 없었다. 시집오기 전에는 그리도 정답게 들리던 내 이름이었다. 하지만 혼인을 하고 나서도 그는 후인아, 를 그만두지 않았다. 나를 아내가 아니라 아직도 나어린 철부지 여동생쯤으로 여긴다는 걸 만천하에 바르는 듯하여 마음이 상했다.

나는 그에게 제대로 된 아내였던 적이 없었다. 그저 가르쳐야 하는 아랫사람에 불과했다. 하지만 가르침을 받는 입장으로만 따져도 달라지는 건 없었다. 난 언제나 그의 기대에 미치지 못하는 열등아였고 수준 미달의 주부였다. 종종 의문스러웠다, 내가 도달할 끝이 과연 있기나 한 건지. 또한 묻고 싶었다, 내가 한 가지를 충족시키는 것과 동시에 상향조정되는 상대적 목표의 속셈이 무엇인지.

남편은 무엇보다도 오감이 발달한 사람이었다. 눈귀가 밝고 코도 예민할뿐더러 맛을 감별하는 데도 천부적이었다. 그의 동물적인 감각이 약국 일엔 적합했을지는 모르겠지만 나에게는 고달픔에 다름아니었다. 늘 깨끗해야 했고, 분명해야 했다. 인정받고 싶은, 칭찬받고 싶은 본능적인 욕심에 나름대로 노력도 해보았다. 하지만 나는 아무래도 그를 만족시킬 수 없었고, 남편은 그런 나를 대놓고 무시했다.

나는 그렇게 보람 없는 삶에 지쳐가는데 보는 눈들은 그게 아니었다. 사람들은 남편이 열 살이나 어린 나를 아기 돌보듯 살뜰하게 보살핀다고 부러워하면서 속을 지르기 일쑤였다.

—하나에서 열까지 다 알아서 챙겨주니 신관이 얼마나 편하겠는가.

—바가지 긁을 일도 없을 거구만. 잔소리 끌어부어봐야 인심이나 잃지.

남편에게서 별다른 지적이 나오지 않는 날이면 나는 행복했다. 그 기분은 내가 무언가 잘못을 저지르지 않았다는 안도감의 다른 이름이기도 했다.

꿈에 호랑이를 보았다. 남편은 혹 고양이를 잘못 본 것일지도 모르니 잘 되짚어보라 초를 쳤다. 하나 분명 호랑이였다. 눈이 번쩍이는 초록빛이었다. 발톱 숨긴 투실한 앞발이 꼼지락거렸다. 반색을 하며 왼쪽 앞발을 잡았는데 발이 쑥 빠지더니 피가 철철 쏟아졌다. 비명을 지르며 호랑이가 달려들었다. 꿈에 피를 보면 길몽이라 했고 상서로운 호랑이까지 덤으로 나타났으니 태몽이 틀림없었다. 미련한 나는 아들, 그것도 크게 될 아이일 거라 믿었다.

재수없는 날임에 분명했다, 아이에게도 나에게도. 주리를 트는 듯한 고통이 몸을 후려치면서 양수가 터져나왔다. 방바닥으로 번져가는 물기를 막아보겠다고 팔다리를 휘젓는데 자꾸만 몸이 미끄러졌다. 놀라 소리도 지르지 못한 채 방바닥에서 허우적거렸다. 아직 산기가 있으면 위험한 때였다. 첫아이처럼 잘못될까 더럭 겁이 났다. 차라리 잔치에 따라갔더라면 도와줄 사람이 누군가는 있었을 것이었다. 하다못해 길에서 몸을 풀어도 혼자는 아닐 것이었다. 남편 탓이었다. 정 가야겠으면 나를 데리고 갔어야 했고, 나를 데리고 갈 수 없다면 자신도 외출을 포기했어야 했다.

—그러다 산기라도 오면……

—날도 많이 남았는데 기운이 남아돌아 걱정을 사서 하는가?

—그래도 혹시 모르니까 아무라도 오게 해 같이 있……

—부정 탄다.

—그럼 당신이 그냥 집에 있어줘요.

—입 다물라. 하늘 같은 지아비더러 가라 마라 하는 건 어느 집안

법도고 도린 겐가?

사박스럽게 몰아붙이고 돌아섰던 남편은 이웃 아녀자들보다도 산파보다도 한참 늦게 나타났다. 혈관에 가시가 촘촘하게 돋아올랐다. 온몸이 저리면서 근육이 죄다 오그라들었다. 깔끄러운 혀를 움직여 바락바락 악을 쓰다가 입이 돌아갔다. 죽이고 싶었다. 아니 죽이려고 했다. 그리고 나도 죽으려고 했다. 나는 어미도 아니었다. 난데없는 호랑이 꿈은 개꿈이기도 했고, 딸아이의 다리가 상한 것으로 봐선 예언이기도 했다. 할 수만 있다면 하늘에 대고 칼질을 했을 것이다. 그럼 하늘은 시커먼 물을 쏟을 것이고 나는 그 물에 빠져 죽어 썩으면 그만이었다.

잠시 내 눈치를 보던 남편이 제자리를 찾는 데는 그리 오랜 시간이 걸리지 않았다. 내버려두었다.

첫째 날 점심.

어느 한군데 시원하게 큰 구석이 없었다. 나이도 들다 만 것 같았다. 눈이 안 보이게 자꾸 웃기만 하는 것이 속도 없어 보였다. 저렇게 물러터진 어린애가 남편의 등쌀을 견딜 수 있을까 잠시 걱정하다가 그만두었다. 내 코가 석 자였다. 넓은 오지랖은 내 팔자에 없었다. 내 목숨 부지에, 내 정신 건사하고 살기도 벅찼다.

—후평입니다.

후평이란 이름을 듣고 남편이 나와 그 녀석을 번갈아 쳐다보았다.

— '후' 자로 돌아가는 이름은 그다지 흔하지 않거늘 각자 집안 어른들께 은밀히 여쭈어들 보게. 혹 아주 어려 헤어져 기억조차 못 하는 사연 깊은 남매는 아닌지 말일세. 아무래도 진실을 가려봐야지 않겠는가.

남편이 시답잖은 농을 했다. 녀석이 배시시 웃었다. 내가 서른하나이고 그 녀석이 열여섯. 그 녀석이 태어났을 적에 내가 열여섯이나 먹었는데 그런 사연이 있으려면 내가 바보여야 했다. 여드레 삶은 호박에 이도 안 들어갈 소리였다. 더군다나 그럴 만한 아버지가 내겐 아예 있지도 않았다.

모자란 아버지였다. 외할아버지가 무엇에 홀리기라도 한 것처럼, 다리를 놓은 중매쟁이의 말만 믿고 덜컥 딸을 내주었는데 알고 보니 머리 한구석이 빈 팔푼이였던 것이다. 생긴 건 멀끔하고 준수해도 말 한마디만 시켜보면 금방 들통날 일이있지만, 그것도 운명인 모양이었다. 매사에 철두철미하던 외할아버지의 일생일대의 실수였다. 그래도 아버지의 박복에서 처복은 제외되어 있었던지 어머니의 지극한 정성으로 간신히 사람 구실은 하고 있었다. 외할아버지는 아버지를 밖으로 나가지 못하게 했다. 다른 사람들이 아버지의 존재를 아예 기억하지 못했으면 하는 듯했다. 그런 아버지에게 혼외자식이라니. 게다가 음양의 이치도 모르는 아버지에게선 나 하나만도 감지덕지라는 말을 외숙모가 공공연히 하던 터였다. 감히 고개를 들지 못할 정도로 기가 죽었다. 어쩌면 내가 나이 많은 남편에게 일찍부터 의지하게 된 것도 결핍된 부성에의 갈증 때문이 아니었나 싶다.

후인과 후평을 번갈아 발음하며 남편이 한참을 웃었다. 나도 웃어주었다.

둘째 날 아침.

잠든 향이를 방에 두고 마루에 나와 볕바라기를 했다. 미지근했다. 첫아이를 잃은 후부터 속바람 든 몸뚱이가 자꾸 썬득거리기만 하는 것이 절절 끓는 구들짝에 밤마다 몸뚱이를 지져도 영 풀리지 않았다. 몸이 곱는 것 같은 기분에 마음까지 움츠러들었다. 늘 볕이 아쉬웠고, 요긴했다. 한기는 한여름이나 되어야 좀 가신 티가 났다.

다리를 쭉 뻗고 벽에 기대앉았는데 난데없이 그 녀석이 나타났다.

—어머이나!

기겁한 나를 보고 그 녀석이 더 놀란 척을 했다. 그러곤 또 배시시 웃었다.

녀석이 두툼한 천을 두 개나 내밀었다. 마분을 뜨겁게 해 천에 쌌으니 무릎에 대고 있으라, 울 할머니 무릎 아플 적에 효과 본 방법이다, 어정쩡하게 앉은 모양새가 울 할머니 무릎 아플 때랑 똑같아서 단박에 알아봤다, 식기 전에 얼른 받으라, 주절주절 이르고 돌아서는데 짐짓 아픈 누이 수발에 이력이 난 실금한 아우 같았다. 마분은 말 그대로 말똥인데, 습한 똥을 뜨겁게 해 천에 싸서 찜질하면 매 맞고 바람 든 상처에 좋다고 했다. 간혹 남편도 곤장 맞은 이들에게 돈 드는 약 외에 쉬이 할 수 있는 방법이라 일러주곤 했다. 말똥이야 지천이었다. 치마를 걷어올렸다. 무릎이 한결 편안했다. 꼭 말똥 때문만은 아니었다.

셋째 날 아침.

—자네가 나를 걸먹이려고 작정을 한 게 틀림없다. 늙고 병든 시부모 봉양을 했는가, 머리카락 끊어 팔아 삼대 봉사를 했는가, 서방이 개 잡듯 두들겨패기를 하는가, 그것도 아님 밭일 논일에 등골 휜 적이 있는가? 내 자네를 팔아서 그 밑천으로 축첩이라도 해야겠다.

일면 옳기도 했고, 반면 너무하기도 했다.

늘 잠이 부족했다. 향이는 원체 잠이 적었다. 한번 잠이 들기도 어려웠다. 젖을 물리고 옆에 누워 있다보면 늘 내가 먼저 정신을 잃었다. 하지만 아이는 곧 깨어 칭얼거렸고 난 잠을 이어가지 못했다. 내내 젖을 물리고 있다보니 젖꼭지가 번갈아 부르텄다. 토막잠에 신경이 끄슬려 입 안이 죄다 헤졌다. 집안일이라고 제대로 될 리 없었다. 하고 싶지도 않았다.

남편이 구리개로 하루 예정의 외출을 한 뒤 녀석이 또 나타났다. 향이를 포대기로 둘러업은 채 마당에 있는 나뭇가지를 붙잡고 서서 대책 없이 졸던 참이었다. 친정이 게 있으니 함께 가도 되련만 남편은 나의 친정행을 달가워하지 않았다. 하루 이틀 겪은 일이 아니었기로 기대 같은 건 버린 지 오래였지만, 차마 내색하지 못한 서운함이 구리개란 이름 세 글자에 엉겁이었나.

점심나절까지 여유가 있으니 아기랑 놀까 한다고, 후평이 말릴 틈도 없이 향이를 데리고는 냅다 줄행랑을 쳤다. 녀석의 무엇이 믿을 만했는지 모르지만 나는 말리는 시늉조차 않고 두말없이 기어들어가 자리에 누웠다. 베개에 고개가 닿기도 전에 잠이 들었고, 파뜩 눈을 뜨니 저녁이었다. 어둠이 내려앉다가 잠시 숨을 고르는 듯 밖이 반쯤 검푸르게 잠겨 있었다.

아무것도 통하지 않는 머릿속이 늘 갑갑했다. 바람은 얼굴에 뚫린 구멍마다 호기롭게 들어가긴 했지만 출입구가 봉쇄된 두개골 앞에서 바로 항복하고는 퇴각해버렸다. 환심장하여 돌아버릴 것 같았다. 통제선을 벗어난 감정의 혼란 때문에 울고 웃는 일이 아무렇게나 뒤섞였다. 기억도 추리도 계산도 하지 못하는 쓸모없는 머리가 되어가고 있었다. 한데 그 머리통을 마치 새것으로 바꿔 단 것 같았다. 내 것이 아닌 듯 말짱했다. 갑자기 의욕이 솟았다. 집안일도 잘할 수 있을 것 같고, 향이도 잘 키울 수 있을 것 같았다.

—좀 자게만 해줬으면……, 좀 자게만 해줬으면……

같은 소릴 꽤 여러 번, 아마도 예닐곱 번쯤 중얼거렸을 것이다. 그러다 흐느꼈다.

향이를 안고 마당에 서 있던 녀석이 나를 빤히 쳐다보았다. 민망했다. 녀석은 전처럼 웃지 않았고 향이는 전에 없이 까르르 웃었다.

넷째 날 점심.

녀석, 후평이 아침부터 보이지 않는다고 남편이 역정을 냈다. 없어진 게 하나라도 있나 일일이 챙기다가 신경질을 냈다. 예의 간벽이 지겨웠다.

다섯째 날 저녁.

—약국 어르신!

변성기에 들어선 듯 퍼석퍼석 부서져내리는 목소리가 홍의원의 둘째였다.

—결이냐?

—예, 건너오라십니다.

—오늘은 좀 이르구나.

—손님이 오셨다고 서두르시랍니다.

매월 보름은 남편과 홍의원의 회합이 있는 날이었다. 단둘만의 조촐한 모임이었지만 오가는 얘기는 퍽 진지했다. 홍의원은 남편보다 열두 살이나 많았지만 절대 나이를 무기로 삼지 않았다. 모임은 우리집과 홍의원 집에서 번갈아 준비했다. 간혹 손님이 끼기도 했는데 그럴 때는 좀더 질펀하게 놀 수 있는 곳으로 옮겨들 가곤 했다. 굳이 물어보지 않아도 옷에 밴 냄새로 다 알 수 있었다. 하지만 향이를 낳고부터는 줄곧 홍의원 집에서 도맡았다. 정 많은 홍의원의 아내가 나를 배려해 나서준 것이었다. 남편은 선선히 받아들였다.

공들여 단장한 남편이 인사 한마디 없이 집을 나섰다. 제삼자까지 동석을 했으니 불콰해진 남편은 내일 새벽녘에나 들어올까 말까였다. 긴장이 풀려서인지 초저녁부터 잠이 쏟아졌다.

—누이!

—(날더러 누이란다.)

하루 종일 살림채로는 코빼기도 보이지 않던 녀석이 조심스레 나를 불렀다. 어제 밤늦게야 초췌한 몰골로 돌아와 남편에게 별별 소리를 다 들은 표정치고는 편안해 보였다. 잠시 머무적거리며 뜸을 들이다가 다구를 내미는데 달그락거리는 소리가 났다. 몸이 따뜻해지는 차라고 했다. 어렵게 구했다며 녀석이 안 하던 너스레를 떨었다. 마음을 다독이는 여전한 웃음에 안심이 되었다.

차는 정말 따끈했다. 물의 온도가 아니라 차가 품은 기운이 그러했다. 달짝지근한 뒷맛에 몸이 더워지면서 기분좋게 녹작지근해졌다. 살그미 잠이 들었다. 잠결에 향이의 옹알이가 들렸다. 그러더니 녀석이 얼굴을 디밀었다. 어인 일인가 물으려다 말고 다시 잠에 떨어졌다.

여섯째 날 아침.

기막힌 내 앞에 후평이 오체투지로 엎어졌다. 대충 땋아내린 머리끝에 홀쳐맨 검정댕기가 방바닥으로 미끄러졌다. 검정, 검정, 저놈의 검정. 내 죽음을 추모하는 상장喪章으로 보였다. 나는 이제 죽은 거나 다름없었다.

맹격盲覡의 집이었다. 금산 아랫자락에 숨은 평범한 초가인데 비어 있었다. 집주인인 눈먼 박수는 화전민들에게 자손이며 가축이며 대대로 번창하라는 산멕이굿을 해주려고 도성 밖 어느 산신당에 불려갔다 했다.

—일어나.

눈이 때꾼했다. 밤새 축 늘어진 나를 들쳐업고 먼 길을 헤맨 탓이었다. 순라군의 박달나무 딱따기가 부딪힐 적마다 어린 마음이 부대꼈을 것이다.

—어쩌자고……

—미안해요. 정말 미안해요.

—내가……, 좋아?

—예.

—고작 닷새 만에? 난 남편하고 십오 년 가까이 살았어도 너처럼 그런 마음이 없어. 어떻게 그래?

—모르겠어요. 그런데, 그렇게 됐어요.

—그래서……, 어쩌려구? 나랑 살기라도 하려구?

—예.

—평아!

—그럴 거예요.

—네 맘대로? 내 맘한텐 물어보지도 않고 그냥 네 맘대로?

—누이도……

—내가 왜 네 누인데?

—누이도 그렇게 될 거예요.

순진하고 무모한 고집이 단어 하나하나를 조이고 있었다.

—그럼 향이는? 우리 향이는? 내 딸 향이는? 내 새끼는?

—그건……, 누이……

마른침에 엉겨붙어 있던 녀석의 목소리가 눅진해지면서 잦아들었다.

—그냥…… 포기해요. 정말, 미안해요.

파르르 일어서는 나를 녀석이 끌어안았다. 절박한 몸짓이었다.

—미안해요, 미안해요, 미안해요……

—나를……, 왜 나를…… 평아아아아아!

몸부림치며 새되게 고함지르는 한참 동안, 녀석은 나를 참으며 놓지 않았다. 마음을 결정해야 했다.

처음엔 돌아가려고 했다. 어떻게든 향이 곁으로 가야 한다고 생각했다. 하지만 돌아가기만 하면 능사가 될 일이 아니었다. 가족도 아닌 남녀가 함께 사라졌다는 건 그렇고 그런 이유밖에 없었다. 그러니 집에 닿는 때가 곧 내가 죽을 시간이었다. 남편이 가만있지 않을 것이었다. 아무런 변명도 통하지 않을 것이었다. 결백, 쓸모없는 단어였다. 아무리 애원해도 믿지 않을 것이었다. 약국에선 존경받고 인정받을지 몰라도 지아비로서는 잔인한 사람이었다.

그래도 명색이 어미라면 당연히 새끼를 우선했어야 했다. 그러나 선택의 순간에 나를 떠민 건 모성을 뛰어넘는, 남편에 대한 두려움이었다. 새끼 버린 어미는 이 세상의 모든 욕을 앞뒤로 다 갖다붙여도 모자라는 존재이지만 그것까지도 감수할 만큼 남편이 무섭고 겁났다. 아마 나는 집에 도착하기도 전에 지레 죽고 말 것이었다. 하나 내겐 죽고 싶은 마음이 없었다. 치사하게도 살고 싶었다. 그것도 아주 강렬하게 그리고 간절하게.

한낮, 여름

사람들은 마음을 감추지 못했다.
더위를 참는 동안 이성은 계속해서 되바라졌고 옷자락과 더불어
마음까지 풀어해쳤다. 그렇게라도 속을 덜어내고 나면,
살갗에 맺힌 땀방울이 식으면서 체온이 내려가듯 한결 시원해졌다.
한낮이었고, 여름이었다. 넘치기에 좋았다.

*

열기는 불편부당했다. 대궐 편전에 입시한 당상과 반촌의 백정을 가리지 않았다. 그늘 없는 자리도 모두에게 고루고루 곤경이었다. 날벌레조차 날개를 접고 제자리서만 할랑거렸다. 마당 한 귀퉁이에선 다북쑥이며 환삼덩굴이며 쓴너삼이며 쐐기풀이 카랑카랑한 햇살에 마르면서 어둠을 벼르고 있었다. 모기발순에 신경이 발작난 사람들은 해떨어지기가 무섭게 열심히 모깃불을 피웠고, 탄 자리는 아침까지도 따뜻했다.

사람들은 마음을 감추지 못했다. 더위를 참는 동안 이성은 계속해서 되바라졌고 옷자락과 더불어 마음까지 풀어헤쳤다. 그렇게라도 속을 덜어내고 나면, 살갗에 맺힌 땀방울이 식으면서 체온이 내려가듯 한결 시원해졌다.

못물이 청록색으로 끓으며 조금씩 졸아들었다. 마른땅의 흙먼지가 젊은 나그네의 미투리를 파고들어 흰 버선을 더럽혔다. 활연관통豁然貫通

을 소망했지만 기휘에 거꾸러질 수밖에 없었던 영혼의 소복과도 같은 색을, 그렇게 아무렇게나 말이다. 나그네는 개의치 않았다. 무력한 두개골과 비겁한 심장보다는 흙 묻은 버선발이 오히려 정갈했다. 안식은 요원해 보였다.

한낮이었고, 여름이었다. 넘치기에 좋았다.

희우의 첫번째 이야기

듣자 하니 농번기라고 일반 서당에선 벌써 방학에 들어간 모양이었다. 농번기다 농한기다 해서, 번다하고 한가한 시기가 따로 있다는 것이 새삼스러웠다. 우리 문중의 서당은 명절이나 길흉사가 아닌 다음에야 따로 휴일이 없었다. 폭서철이나 혹한기에도 단지 수업시간만 조금 줄어들 따름이었다. 한창 학문에 열중해야 하는 학도가 천재지변도 아닌 고작 날씨 따위에 휘둘려서는 안 된다는 엄격함이었다.

문중의 서당은 부실한 나 하나 때문에 꾸려졌다고 해도 과언이 아니었다. 사부학당 중의 하나인 서부학당이 집에서 그리 멀지 않은 광화문 근처에 자리잡고 있었지만, 먹는 일이 문제였다. 자칫 방심하면 어김없이 속탈로 이어지다보니, 익숙지 않은 바깥 밥에 몸이 크게 축나지나 않을까 하는 어른들의 염려였다. 문중의 또래들도 반기는 내색이 역력했다. 나이가 제각각인 학동들이 백 명 안팎으로 버글거리는 학당이 썩 내키지 않았던 것이다. 게다가 학당의 자부심도 전만 같지 않으니 굳이 불편한 기숙을 고집할 연유가 없기도 했다.

『근사록近思錄』을 마지막으로 서당에는 더이상 나가지 않아도 되었다. 그 동안 배운 게 철철 넘쳐날 지경이었다. 이제부터는 각자 요령껏

생원진사시를 준비해야 했다. 하지만 나는 아무래도 과거가 내키지 않았다. 옛말에 '天下最純潔之身, 一生不踏科場之人천하최순결지신, 일생부답과장지인'이라고, 세상에서 가장 맑고 깨끗한 사람은 일생 동안 과거시험장을 밟아보지 않은 사람이라 일렀을 정도로 오류와 허점투성이인 제도가 과거였다. 물론 극단적인 의견이었지만 솔깃했다. 사람이든 이념이든 그 무엇과도 부대끼고 싶지 않았다.

어쨌든 한숨은 돌린 셈이었다. 내년 정월에 관례를 치르고 본격적인 과거 준비에 들어가기 전까지 몸은 놀리고 마음은 쉬게 할 참이었다. 겸사겸사 광기의 문재 현동玄同 이안중李安中의 시를 구해 더불어 미쳐볼까 하던 요량이기도 했다.

— 오라버니!

— 응?

— 그리 놀다가 꾸지람 들어도 나는 모른다?

미소 띤 표정이 짓궂었다. 요즘 들어 통 보기 어려워진 어릴 적 개구쟁이 모습이었다. 그새 키가 나만해져 있었다.

난이는 별난 아이였다. 네 살 땐가 다섯 살 땐가— 그러고 보니 나는 난이의 나이를 한 번도 제대로 알았던 적이 없었다. 집에 처음 오던 날부터 난이는 나만 보면 울었다. 그렇게 앙증맞은 계집아이를 가까이서 본 적이 없어 나는 신기해 죽을 지경인데 난이의 반응은 시종일관 거칠었다. 단풍잎 같은 손이라도 한번 쥐어볼라치면 간이 덜덜거리게 자지러졌다. 발개진 눈에서 물이 사방으로 흘러넘쳤다. 흘러도, 흘러도, 여전히 흐를 게 남은 눈물의 근원이 경이로웠다. 간혹 얼굴이 오톨도톨해지기도 했다. 눈물자국이 따끔거린다고 자꾸 문대다보니 자잘한 소금기에 여린 살갗이 긁힌 탓이었다. 어린것을 못살게 군다고 어머니한테서 야단도 많이 들었다. 바짝 약이 올라 심통을 가리고 교묘하게 집적거리기도 해봤으나 막다른 골목 같은 아이의 완강한 거부에 심란해져 고만두었다. 나도 첫 공부가 버겁던 차였다.

작은할아버지의 첫 증손인 숙길의 돌이었다. 생일이 지난 지는 스무 날 가까이 되었지만 아기가 이질을 앓는 바람에 미루던 잔치였다. 숙길이 위독했을 때 무녀를 불러 고사를 지낸 일로 할아버지가 진노했었지만 아기의 회복은 모두로 하여금 서둘러 그 사실을 잊게 했다. 더운 날의 외출이 번기로울 수도 있었지만 어른들은 모두 안도하며 즐거워했다.

집안 어른들의 부재가 주는 달짝지근한 긴장감에 맘을 다잡지 못한 채로 혼자 학선재에서 글씨 연습을 하던 중이었다.

—글씨는 그저 글씨만이 아니다. 한 사람의 마음이고 정신이다. 종이를 펼치자마자 되는대로 써내려가서는 아니 된다. 우선 눈으로 줄을 그어서 그 간격을 미리 가늠해야 한다. 곧 익숙해질 게다. 글씨를 쓸 때도 손이 아니라 네 영혼을 움직인다 생각하고 써야 한다. 지나치게 꾸미려고 해서도 안 되지만, 그렇다고 특징 하나 없이 너무 평범해서도 못쓴다. 가장 너다운 걸 찾아라.

가장 나다운 것. 모호한 말이었다. 쓰다보면 찾아지겠지. 그 또한 막연한 생각이었다.

여르쐬 여르쐬, 매미 소리가 사방에서 들끓으며 열기를 돋우었다. 더위 먹어 늘어진 공간을 생기 있게 하기에는 그 무엇으로도 역부족인 한낮이었다. 식솔들도 하루를 자포자기하고 있었다. 나 또한 기력이 없었다. 도저히 아니 되겠다, 지필묵을 치우지도 않고 그대로 나오다가 발을 헛디뎌 문설주에 이마를 부딪혔다.

—아!

분명 부딪힌 자리가 아파서 지른 소리였다. 하지만 느껴진 건 가슴을 후비는 급작스런 불안감이었다. 등허리로 식은땀이 흐르면서 정신이 아득해지더니 잘 벼린 칼에 찔린 듯한 두통이 시작됐다. 부딪힌 정도에 비해 터무니없는 통증이 당황스러워 맘이 주춤했다. 가슴도 격렬하게 덜거덕거렸다. 심장의 쿵쿵거리는 울림이 위를 압박해 점심 먹은 게 다 올라올 지경이었다. 입을 틀어막고 서 있자니, 문득 불길한 기운이 소숙헌 쪽에서 밀려들어왔다. 다급해지는 마음과는 달리, 누군가를 부를 엄두조차 내지 못할 만큼 입이 달라붙고, 물이 가득 찬 신을 신은 것처럼 발이 무거워졌다. 엇갈리는 몸과 마음이 버거웠다. 하지만 수레에서 빠져나온 바퀴가 언덕을 굴러내려올 때처럼 가속도가 붙은 보이지 않는 힘이 나를 소숙헌으로 힘껏 내밀쳤다.

연못에 떠 있는 건 분명 난이였다. 석가산 옆에 꽃분홍치마가 절망적으로 부풀어 있었다. 무릎이 꺾였다.

—난아!

무작정 덤벼들었다. 비도 없이 뜨겁기만 한 날씨 덕에 연못의 물이 반은 졸아 있었다. 그래도 물은 어떻게든 나를 거꾸로 뒤집어놓으려는 듯 가슴께에서 안달을 했다. 고작 여덟 살 난 사내아이가 어디서 그런 힘을 끄집어냈는지 모르지만 난 용케 넘어지지 않고 난이를 끌어내오는 데 성공했다.

입술이 새파래진 난이가 나를 보고 오들오들 떨었다. 사레가 들려 기침할 적마다 물을 게우면서도 내게서 시선을 놓지 않았다.

—연못엔 왜 들어갔는데? 죽을 뻔했잖아!

소리지르는 내 앞에서 난이의 겁먹은 얼굴이 머뭇머뭇 석가산을 돌아보았다. 초록의 덤불 사이에 한 점으로 찍힌 분홍색이 맹랑했다. 꽃이었다. 감국이 점령한 석가산에서 가을이 오기 전에 몰래 홀로 핀 용기였다.

—저 꽃 때문에? 저 꽃이 갖고 싶어서?

주억거리던 난이가 결국 눈물을 떨구었다. 당장이라도 그 분홍색 점을 떼어내 난이에게 주지 않으면 안 될 것 같은 초조함이 나를 사로잡았다. 다시 물속으로 걸어들어갔다. 제어할 수 없는 자신감이었지만 의욕만큼 사정이 좋지는 않았다. 돌아나오는 데 시간이 배로 걸렸다. 꽃이 젖을까봐 한쪽 팔을 번쩍 치켜들고 걷다보니 균형이 잘 잡히지 않아서였다.

손바닥을 조심스레 오므려 꽃을 받아들고는, 난이가 활짝 웃었다. 예뻤다. 은빛 결정체들이 눈부시게 튕겨올랐다가는 다시 눈앞으로 쏟아졌다. 골방에 불을 들여놓은 듯 마음이 환해졌다. 누군가를 행복하게 안아주고 싶을 때 그런 기분이 든다는 걸 그때 처음 알았다.

—오라버니, 나 배고파.

난이에게서 처음 듣는 오라버니 소리였다. 귀까지 빨개지면서 마음이 간지러웠다. 어디든 긁고 싶었다. 그때는 몰랐다. 오, 라, 버, 니, 이 네 글자가 가차없이 벌려놓을 인연의 간격을.

—오라버니는 배 안 고파?

아닌 게 아니라 나도 그렇기는 했다. 생사를 오고 갔다고 혼까지 다 빠져서는 말 한마디 할 기운조차 없었지만 갑자기 생생해진 허기를 모른 척할 순 없었다. 아무도 없는 부엌에 들어 눅눅해진 누룽지를 사이좋게 나누어 먹었다. 그날 이후로 난이는 나를 보고도 울지 않았다.

—오라버니, 기억나?

서너 해 전 난이가 알려준 바에 의하면 그 꽃은 패랭이꽃이었다. 그렇다면 석가산 감국 틈바구니가 아주 남의 집은 아니었던 셈이다. 패랭이꽃을 다르게는 천국화라고도 부른다니, 같은 국菊자를 쓴다는 점에서 아마도 감국의 형제나 자매쯤 될 것이었다.

—난이가 꽃띠가 되더니 눈에 띄게 조신해졌어. 그럼, 그래야지! 이쁘구나, 아주 이뻐.

할머니의 흐뭇한 그 말이 뜻하는 바를 처음에는 몰랐다. 훗날, 그게 소녀에서 여인으로의 입문, 달거리를 의미했다는 걸 알고는 서글퍼졌다. 헤어짐의 시기가 바짝 다가와 있었다.

난이가 그때를 기점으로 변한 것은 사실이었다. 난이는 더이상 폴짝폴짝 토끼처럼 뛰어다니지 않았다. 높은 곳에 오르겠다고 치마를 걷어올리지도 않았다. 하여 툭하면 떨어지고 다치고 하는 일도 함께 없어졌다. 신을 내던지고 우물가 대추나무에 대롱대롱 매달렸다가 한나, 뚜울, 셋 하고 뛰어내리는 일도 그만두었다. 까르르 숨넘어가게 웃지도 않았다.

무엇보다도 호칭의 변화가 컸다. 그전만 해도 어머니는 어머니마님, 할머니는 할머니마님이라 부르던 난이였다. 제 딴에도 고민한 흔적이었다. 그런데 어머니마님이 그냥 마님이 되었다. 할머니의 경우엔 오히려 더 정다워져서 마님이 떨어져나가고 할머님이 되었다. 어머니가 서운해했다.

난이와 나 사이엔 비밀이 많았다. 어려서는 대부분의 놀이가 그랬고 얼마 전부터는 꽃차가 그랬다. 복숭아꽃, 잇꽃, 호박꽃, 봉선화, 도라지꽃, 익모초, 국화 그리고 능소화. 집에 있는 대부분의 꽃들이 꽃차의 재료가 되었다.

어머니의 꽃은 금지된 영역이었다. 마치 피고 지는 것까지 모두 어머니의 계획하에 이루어지고 있다는 생각이 들 정도로, 꽃들은 어머니의 완벽한 손길 아래 엄격하게 격리되어 있었다. 그래도 난이는 그 틈을 들고 날 줄 알았다. 어머니한테 걸려 야단이라도 맞으면 어쩌나 하는 내 염려와는 달리 난이는 꽃들 앞에서 늘 자연스럽고 당당했다. 그렇게 어렵게 창조된 꽃차는 난이를 제외한다면 이 세상에서 나 혼자만 마시는 차였다.

집에 있는 차란 드물게 감선사에서 보냈거나 어렵게 중국에서 가져왔거나, 그 둘 중 하나였다. 귀하기로야 어느 것이 더하다 매길 수 없었고, 집안 어른들이 부러 시간을 내 즐기는 우아한 입사치였다. 하지만 내 혀는 수긍하지 않았다. 앞의 것은 심심하다 불평했고 뒤의 것은 진하다 타박했다. 꽃차는 달랐다. 향은 말할 것도 없거니와 난이 저고리 색을 닮은 한숨 돌린 빛깔이 즐거웠다. 그리고, 난이 같은 맛. 난이 같은 맛. 난이 같은…… 난이.

한가위를 열흘쯤 지나 난이가 사라졌다.

— 한방에 자면서도 내 그걸 몰랐다. 내가 늙었어. 아무짝에도 쓸모없는 늙은이가 된 게야.

할머니가 모랫둑 무너지듯 주저앉았다. 어머닌 말할 것도 없었다. 피가 쓸려나간 듯 하얗게 질린 얼굴에 빨간 균열이 일어난 눈동자가 위태로워 보였다. 할아버지는 노복들을 죄다 풀어 수색을 재촉했고, 아버진 그런 아이가 우리집에 있었는가 하는 당혹스런 표정으로 침묵을 지켰다.

한나절 만에 행랑아범이 뒷산 처녀바위 아래 쓰러져 있는 난이를 들쳐업고 왔다. 맥은 아무 일 없다는 듯 뛴다는데 한참 동안 의식이 돌아오지 않았다. 무서웠다. 연달아 떠오르는 온갖 비극적인 상상에 정말이지 내가 먼저 죽는 줄 알았다. 족히 손가락 한 마디는 되게 눈이 꺼져들어갔다. 차마 흘리지 못하고 삼킨 눈물이 속에 고여서는 몸을 움직일 적마다 출렁거렸다.

—엄마가 젖 준다고 해서 따라갔어요. 밤새 실컷 먹었더니 어찌나 배가 부르던지 움직이지도 못하고 앉았다가 그냥 잤어요.

서너 식경 만에 깨어난 난이가 천진스레 말했다. 웃음이 나오니, 속으로 원망하는데 할머니가 기함을 했다.

—아이고, 난이 에미가 나한테 한이 깊은 게야. 이 늙은이 빨리 죽으라고 그런 짓을 벌인 게야. 제 딸한테 내가 정붙인 게 싫었던 게야. 아이고, 날더러 얼른 죽으란 소린 게야.

할머니가 곡기도 끊은 채 끙끙거리며 맘을 앓았다. 그러곤 삼칠일 만에 의연히 떨쳐일어나 난이의 뒷그림자가 되었다. 난이가 어디를 가든 할머니가 그 뒤를 따랐다. 사붓사붓 내딛는 할머니의 발걸음이 자못 경건해 보였다. 나는 점점 바질거렸다. 나를 보는 할머니의 눈길이 어색하고 조심스러워 전처럼 난이를 허물없이 대하기가 힘들어서였다. 결정적으로 꽃차를 마실 수 없게 되었다.

그 몇 달이 내겐 영겁이었다. 더럭 겁이 났다. 난이를 볼 수 없는 날이 언젠가는 올 것이었다. 그렇다고 내가 아흔아홉 가지 약을 집어먹고 낭떠러지에서 몸을 던질 위인이 아님은 누구보다도 나 스스로가 제일 잘 알고 있었다. 너끈히 살아갈 수 있으려면 연습이 필요했다. 구실은 확실했다. 과거 준비, 그것도 산사에서의 정진. 허락이 떨어졌다.

천하 만물이 얼어붙어 귀신도 운신을 포기한 정월 초아흐레, 평현 김씨 인추공파 십구 대손이자 찬선 김태겸의 독자인 나, 김희우는 여러 쟁쟁한 종친들 앞에서 성인이 되었음을 사당에 고했다. 내 나이 열일곱이었다.

관례를 치르고 축하연이 있던 그날 밤 할머니가 돌아가셨다. 지병도 없었고 사고도 없었다. 의원은 그저 알 수 없는 이유로 심장이 갑자기 멈춘 듯하다고만 했다. 그 얘길 들은 아랫것들이 아무래도 마님 꿈에 하연이가 나온 모양이라며 수군거렸다.

난이 몸이 축날까 염려스러웠다. 제 언니 첫 기일이 오기도 전에 당한 또다른 상이었다. 죽음이 지나치게 흔했다. 생각하면 죽음도 삶의 한 과정이기는 했다. 생로병사에서 앞의 세 가닥을 아우르는 마지막 단계이니 그럴 수밖에 없었다. '생로병'만큼의 '사'는 당연했다. 그래도 그 죽음이 유독 난이만 총애하고 있었다. 차례로 죽어나간 이들의 목소리가 난이의 귀를 울릴 것이었다. 난이의 세상을 귀신들이 지배하고 있었다.

희우의 두번째 이야기

어린 날 굉장했던 배앓이 후 찬모는 내가 속병이 날 적마다 항상 멀건 흰죽에 간장종지를 함께 차려 내왔다. 맛이 없었다. 나물 간에는 손끝이 여문 찬모였지만 죽은 망탕으로 쑤는 모양이었다. 죽은 어머니의 손에서 끓어야 제 맛이 났다. 특히나 오지뚝배기에서 바글바글 풀어진 해송자죽은 부드럽고 고소해서 두 길 길이의 장이 두루두루 편안했다. 그렇다고 내 배앓이를 때마다 일일이 고할 순 없었다. 몸이 강건치 못해 종종 애를 먹이는 것만으로도 송구스러웠다. 하여 필순이 편에 찬모에게만 조용히 일러 따로 끼니를 준비하게 하는 것으로 어머니의 시름을 조금이라도 덜고자 했다.

찬모의 흰죽을 두고 불만을 드러낸 적은 없었다. 어리기는 해도 사내였다. 좀스럽고 치사해 보이면 어쩌나, 생각만 해도 자존심이 상했다. 그러다보니 탓도 할 수 없는, 그 밍밍하고 맛없는 죽이 먹기 싫어서라도 항상 배앓이를 조심하게 됐다. 자연히 입맛이 까다로워졌다. 쉽지 않은 내 입맛을 찬모가 마땅치 않아한다는 건 눈치로 다 알았다.

한데 그날은 달랐다. 작은 소반 위에 달랑 놓인 죽 한 그릇이 몽글몽글 김을 올리면서 알 수 없는 향기를 피웠다. 재료의 정체를 감잡기도 전에 배꼽 근처에 힘이 들어가고 온몸이 헐거워지는 기분이 들면서 아주 오랜만에 시장기가 돌았다. 창망함에 젖어 있던 오장육부가 안면몰수한 사기꾼처럼 갑자기 신바람으로 밥을 독촉했다. 낭패감으로 손을 뒤척이다가 수저로 한 술 그득 떠 입에 넣었다. 몇 번 씹지도 않았는데 죽이 어물쩍 녹으면서 따끈한 기운이 목으로 흘러내려갔다. 달았다. 그리고 곧, 이유 없이 마음이 아파오기 시작했다. 아프면 못 먹어야 하는데 계속 먹고 싶은 모순이 어지러웠다. 젖꼭지와 국부 사이가 아릿아릿했다. 오줌을 한참 참을 때처럼 아랫배가 묵직하고 시큰했다.

집에서의 첫 밥이었다. 분명 찬모의 솜씨는 아니었다.

—예 있다고 해서 짐이 덜리는 건 아니지요. 더군다나 마음에 든 병의 치유는 더더욱 아니지요. 외려 몸만 더 상하겠습니다. 가십시오. 내려가십시오.

스님의 강권으로 내쫓기다시피 돌아오고 나서였다.

집안의 염려와는 달리 나는 산사에서의 생활을 은근히 기대했다. 아니 간절히 바랐다. 눈에서 멀어지면 마음도 멀어질 거라고 믿었다. 내겐 순리를 거스를 만한 용기가 없었다.

어디건 사찰이 있는 곳은 다 비슷하겠지만 조정이 꾸준하게 추진하고 있는 송목금벌松木禁伐 제도의 혜택을 가장 많이 본 곳은 감선사였다. 질 좋은 소나무숲이라 해서 벌채를 금하는 금산禁山으로 지정된 금산金山

에 위치한 감선사에선 소나무도 부처에 들었다. 내가 유난히 소나무를 좋아하는 데 별 이유가 있는 것은 아니었다. 옥골선풍의 선비라서 소나무가 가진 그 절개를 흠모해서도 아니고, 백성을 위하는 마음이 지극하여 다양한 쓰임새를 귀히 보는 것도 아니었다. 그저 단순하게 솔향이 좋을 따름이었다.

감선사는 아주 아주 오래 전, 지방 토호의 딸로 왕의 마지막 부인이 된 소용 이씨의 사가에서 시주하여 지은 절이다. 순전히 힘의 분배에 난 예민한 사내들 때문에 선성으로 치른, 혼사 같지도 않은 혼사였나. 운명과 숙명을 믿은 그녀였지만 입궐은 부득이한 편입에 불과했다. 궐문을 들어서는 순간부터 당연시된 외로움에 맘이 절기 시작했고, 습관이 된 긴장으로 몸이 졸아들었다. 외모가 그저 그랬으면 남다른 총명함이 그 빈 데를 메워주든가, 최소한의 대접은 알아서 챙길 만큼 눈치라도 발달하든가 해야 했지만, 이씨는 그 어느 것도 타고나질 못했다. 게다가 임금의 큰딸보다도 어린 나이였다. 대장부 같은 왕후가 총명하고 다부진 아들들을 끼고 서슬 퍼렇게 살아 있었고, 소용 이씨 말고도 후궁이 열이나 더 있었다. 간택이건, 자신처럼 정략이건, 임금과 눈이 맞았건, 적지 않은 숫자였다. 그리고 그녀들이 생산한 알토란 같은 자식들이 또 있었다. 사방팔방에서 숨을 조이며 그녀의 몰락을 재촉했다.

이씨의 친정어머니가 가여운 딸을 홀로 두지 못하고 그 먼 데서부터 풀방구리에 쥐 드나들듯 뻔질나게 드나들며 형편을 살폈다. 하지만 그녀는 늘 헛헛해했고 갈수록 식탐만 늘었다. 그녀의 입에선 언제나 쿠리텁텁한 냄새가 났다. 이씨는 그리 먹고도 마른 가랑잎처럼 바스락거리다가 결국 스물아홉에 간신히 딸 하나만 남기고 죽었다. 어쩌면 삭막한 궐의 한기에 무방비로 노출된 무른 심지가 맥없이 감염되어서였을 것이다. 변변찮게 주목 한번 받아보지 못하고 홀대당하며 구석에 찌그러져 살던 후궁답게 실록에 성씨 한 자 적히는 소박한 권리조차 누리지 못했다.

열셋에 입궐해 스물아홉에 죽기까지 십육 년간의 그리움과 서러움이 함께 묻혔다. 그리고 그 넋이나마 편안히 모시겠다고 대궐 가까운 자리를 골라 세운 절이 감선사였다. 불교에 대한 탄압이 자심하던 시절이었다. 불사는 사적으로 조용히 그리고 소박하게 이루어졌다. 그래도 지존의 아내였던지라 단청에 왕권을 상징하는 해와 달을 은근슬쩍 그려놓았다.

세월이 얼추 흐르고 나자 그 위로의 의미는 퇴색했다. 그저 눈 감고 죽지 못한 여인의 한이 해코지라도 할까, 후손들이 그것만 저어한 까닭이었다. 하여 무슨 날만 되면 떼를 지어 찾아와 먹을 걸 차려놓고는 손을 비비며 궁기 들린 그녀의 넋을 달랬다. 그러곤 끄트머리마다 잊지 않고 자신들의 안위를 당부했다.

의외로 절은 규모가 작았다. 평범한 사대부의 와가보다도 못한 박소함이었다. 본존을 모신 대웅전이 정면 세 칸, 측면 한 칸 반이니 다른 곳은 굳이 보지 않아도 짐작할 만했다. 왼편 뒤쪽에 자리잡은 원통전은 자비로운 관세음보살님을 모신 곳으로, 대웅전보다 반 칸씩이 적고, 오른편 뒤쪽의 삼성각은 산신과 칠성 그리고 독성을 한꺼번에 모신 곳으로 사방이 딱 한 칸씩이다. 그리고 그 뒤 좀더 떨어진 곳에 요사 적묵당이 있다. 그게 전부였다. 그래도 기원이 임금의 아내라고 짜임새가 오밀조밀한 것이 품위가 있었다. 당시 일을 추진했던 도편수의 안목이 높았음을 대번에 알 수 있었다. 특이한 것은 대웅전의 문이었다. 열 짝 중 양쪽 맨 끝의 문만 옆으로 열 수 있고 나머지는 모두 접어 올려야 했다. 앞이 훤했다.

감선사는 드나드는 사람들도 많지 않았다. 민심은 대체로 큰 것을 선호했다. 사찰이 뉘 집 행랑채보다도 작을 거면 지리산이나 계룡산처럼 산이라도 거하게 영험하든가, 산이 그저 그렇게 크다 말 거면 절이라도 웅장하든가 해야 했다. 작은 절의 부처는 불력도 달린다고 여기는 모양이었다. 감선사는 그 두 가지 면을 다 충족시키지 못했다. 스님도 고작 둘이었다. 현각과 도혜가 그들인데, 그중 현각 스님은 외가와 인연이 깊은 모양이었다. 그 인연이 나에게까지 이어지고 있었다.

법당 처마 아래 그늘이 좁았다. 그래도 내리꽂는 햇볕을 막았다고 더위가 한결 덜했다. 잠깐 기대서 있자니, 의지와 따로 노는 기억이 그새 예닐곱 살로 돌아간 난이를 내 앞으로 불러내었다.

— 오라버니!

집에서 처마 아래는 놀이명당이었다. 정해진 하루치 공부가 끝나면 작은 깔개 위에 난이와 바짝 붙어앉아 아버지 몰래 공기놀이를 했다. 까매진 손마디뼈를 바로 씻기만 하면 들킬 일이 없었다. 가을엔 밤송이도 깠다. 박집사가 가르쳐준 대로 벌어진 밤송이를 두 발로 살짝 잡아당겨 속을 막대기로 툭 밀면 밤알이 굴러나왔다. 탱글탱글하고 반짝거리면서 단단한 밤을 골라 겉을 벗기면 속껍데기가 하얗고 부드러운 것이 손톱으로도 발라지곤 했다. 오도독, 날밤 깨물어먹는 소리가 경쾌했다. 간혹 통통하고 말캉한 흰 벌레가 기어나오기도 했다. 열이면 열, 난이가 진저리를 치며 울었다.

겨울엔 따뜻한 공기가 위로 올라가다 말고 처마에 걸려 아래를 데웠다. 말잇기를 하다 말고 쪼그려앉은 난이가 고드름 구경에 정신을 팔았다.

— 오라버니, 나처럼 할 수 있어? 이렇게 입 벌리고 기다리면 고드름이 녹으면서 차가운 물이 입 안으로 똑, 하고 떨어진다?

— 오라버니, 나 빠르지? 잘못했으면 고드름 떨어질 때 그냥 맞을 뻔했는데. 얼굴에 또 멍들면 어머니마님이 진짜로 혼낸다 그러셨거든, 많이 많이.

— 오라버니, 하나 따주면 안 되나?

저절로 고개가 위로 들렸다.

— 아!

날카로운 햇살이 눈을 찔렀다. 시큰한 통증이 두개골을 관통했다. 눈꺼풀이 눈을 덮었다. 움직임이 잼다. 반사적인 나의 방어본능이 한심했다. 발광하는 주홍빛 어두운 허공에서 안개가 풀색, 남색, 자색으로 너울거렸다. 잠시 후 눈을 뜨고 조심스레 다시 올려다본 하늘엔 고드름 대신 연꽃이 활짝 피어 있었다. 처마 공포에 조각해넣은 꽃이었다. 초행길엔 발견하지 못했었는데 채색이 밝고 고왔다. 난이도 보았을까 싶었다.

— 오라버니!

— 응?

— 오라버니!

— 왜?

— 오라버니!

— 고만 해.

— 오라버니! 까르르르르!

오방색 까치저고리에 다홍치마 입은 난이가 팔랑거리며 안채를 뛰어다녔다. 말간 웃음소리가 마당을 굴렸다.

기껏 저 보라고 어렵사리 잡은 나비인데 얼른 놓아주라 재촉하며 울음을 터뜨렸다.

널뛰다가 발목을 삐끗하는 바람에 방에 갇히다시피 한 난이가 한 번만 업어달라고 졸랐다. 등에 납작 달라붙어 내 목을 꼭 끌어안은 난이가 가뿐했다.

학선재에 몰래 숨어들었다가 할아버지에게 걸린 일을 계기로 정식으로 글을 배우게 됐다면서 길게 자랑을 했다. 짐짓 근엄하게 뒷짐을 지고 선 모습에 내가 아주 오래 웃었다.

축 늘어진 난이가 행랑아범에게 업혀왔다.

울보 난이, 물보 난이, 눈물 빠진 자리 다시 채우느라 하루 종일 물고기처럼 물만 먹는대요, 그렇게 놀렸다고 단단히 삐친 난이가 이틀 동안이나 말을 안 했다.

책이 시키는 대로 했다면서 첫 꽃차를 들고 와서는 아주 공손하게 시음을 부탁했다. 내 기색을 살피는 얼굴에 솜털이 오종종했다.

눈이 마주치기가 무섭게 고개를 뒤로 꺾고 악을 쓰며 울었다.

담현당 마루에서 손가락을 빨며 엎드려 자던 난이가 잠결에 배시시 웃었다.

첫 바느질에서 옷감 대신 손가락에 구멍을 뚫은 난이의 입술이 파랬다.

말 타고 외가에 가는 길, 내 앞에 포개앉은 난이가 내가 숨을 쉴 적마다 목덜미가 간지럽다면서 몸을 배틀었다. 떨어질 뻔한 걸 용케 내가 붙잡아 앉혔다.

가는귀먹은 유모 뒤에서 엄마가 보고 싶다며 조용하게 훌쩍거렸다.

속곳 차림을 들킨 난이가 도망가다가 문지방에 걸려 넘어졌다.

나를 놀래주겠다고 사랑문 뒤에 숨어 있다가, 담 벽에 붙어 꿈틀거리는 벌레 한 마리에 제가 먼저 놀라서는 비명을 질러댔다. 그 바람에 사랑에 든 손님들이 기절초풍했다.

언니마저 죽은 걸 알고는 하얗게 탈색된 난이가 그 자리에서 정신을 놓았다.

소숙헌 연못에 국화 보러 한 번만 같이 가주면 다시는 공부 방해 않겠다고, 마루 아래 버티고 앉아 고개를 좌우로 까딱거렸다.

장작가리에 오르다 무너지는 장작들과 함께 굴러떨어져 이마에 청자색으로 멍이 들었다.

할머니의 궤연에 상복 입은 난이가 엎드려 곡했다.

그리고, 나 듣는 앞에서 저는 마님과 어떤 관계인가요, 어머니에게 물었다.

꿈을 꾸었다. 하루도 거르지 않고 꼬박꼬박 난이가 나타났다. 모습은 매번 달랐다. 시간이 엉클어져 어린 난이와 큰 난이가 뒤죽박죽이었다. 그리고 하루가 다르게 생시보다 선명해졌다. 선잠이 불면이 되었다.

아랫배에서 죽치던 냉기가 사라졌다. 먹는 대로 죄다 살이 되었다. 몸이 마음과 거꾸로 가고 있었다. 기가 막혔다.

먼저 말을 꺼낸 건 스님이었다, 제사가 있으니 본가에서 사람이 올 거라고. 난이를 두고 하는 소리였다. 나도 알고 있었다. 세 여인의 위패가 감선사에 모셔져 있었다. 난이의 외할머니, 난이의 엄마 그리고 난이의 언니. 난이가 혼자라는 사실이 실감났다. 집에서는 막연했던 감정이었다.

스님이 말을 이었다, 아무래도 만나지 않는 것이 낫지 않겠느냐고. 두말 않고 긍정했다. 뚜렷한 변명거리가 있었다. 공부도 수행이니 빈틈을 보여서도 흐트러져서도 안 되는 일이었다. 절 뒤쪽으로 반나절 걸어내려가면 작은 암자가 있었다. 그곳에서 나흘을 숨어 있었다. 이

틀은 난이를 피하기 위해서였고 앞뒤 하루씩은 내 마음을 붙잡기 위해서였다. 억지였고, 무리였다.

초조함 때문이었다. 지금쯤이면 난이가 어디겠구나를 반복하다보니 아무것도 할 수 없었다. 그 결에 나도 모르게 솔잎을 뜯어 질겅거렸나 보았다. 문득 헛배가 부른가 싶더니 구역질이 났다. 고통스럽게 울컥대는데 이상하게도 정신은 더 말짱해졌다. 맨정신을 감당할 수 없었다.

달렸다. 부딪히고 긁히고 걸렸다. 그래도 달렸다. 쏟아버리듯이 아래로 나를 던졌나. 절벽 아래로 떨어져 몸이 깨신대도 좋았고, 튼실한 나뭇가지에 걸려 목이 부러진대도 상관없었다. 최선을 다해 뛰었다. 그러다 거꾸러졌다. 거칠게 폭발하던 호흡이 기세를 꺾었다. 순간 멈춤. 일시 정지. 한동안 잊고 있었던 하늘이 흠 하나 없이 파랬다. 산은 따뜻하고 고요했다. 나를 제외한 모든 것들이 알아서들 편안했다.

들이마신 숨이 소리가 되어 뱉어졌다.

—후우우으아아……!

맘껏 나뒹굴며 소리내어 울었다. 그날 내내 목소리에서 쇠 긁는 소리가 났다.

난이의 첫번째 이야기

다전茶田 송희자의 『화차花茶』에서는 꽃차의 재료로 막 개화한 꽃을 제일로 친다. 지나치게 핀 꽃은 덜 예쁜데다가 벌레마저 들어 좋지 않고, 미처 피지 못한 봉오리는 풋비린내가 나 향기도 없고 맛도 떨어진다는 게 그 이유였다. 꽃을 따는 때도 중요한데 이슬이 깨기 전에라야 좋은 꽃을 얻을 수 있다. 꽃이 밤새 대지의 기운을 오롯이 받아두었다가 아침이 되면서 그 기운을 뿜어내기 때문이라 했다. 그러니 그전에 꽃을 따야 한다는 것이다. 하여 나의 아침은 늘 이르고 바빴다.

외할머니는 감선사에 모셔져 있다. 희우 오라버니 외가에서 — 실은 내게도 외가인 셈이지만 — 주선했다 들었다.

동네 어르신들 사이에서 서른다섯 해 전 외할머니의 꽃상여는 충격이었다. 반경 오 리 안쪽을 훑어 고른 꽃들로 뒤덮인 상여는 새색시 꽃가마 대신이었다. 상여가 흔들거릴 적마다 꽃들이 아래로 떨어졌다. 그 꽃을 밟지 않으려고 이리저리 피하느라 상여를 따르던 가족들이 울다 말았다. 붉은 곤지를 찍고 붉은 비단으로 지은 활옷을 입어 새색시로서의 예를 갖춘 외할머니는 꽃가마가 된 꽃상여에서, 아니 꽃가마가 될 수 없는 꽃상여를 타고 붉은 불꽃이 되었다. 그리도 고왔다는 외할머니 구천길은 남의집살이를 하는 이들에겐 선망이었고, 땅이라도 부쳐 먹는 이들에겐 질투였으며 뛰어넘고 싶은 한계치였다.

— 아산댁 상여는 어째 선이 것만 못하네.

— 둥이 할배 상여는 그만하면 선이 것만큼은 한다고 봐야지.

아직도 유효한 비교평가의 기준이었다. 그리고 세대가 바뀌어 외할머니 꽃상여를 본 적도 없는 자손들이 대세를 이루는 지금까지도 입에서 입으로 학습되고 있었다. 살아서는 상전이 친동기간처럼 대해줬고, 황천 갈 땐 어지간한 양반네도 누리기 쉽지 않은 호사를 누렸으며, 죽은 지 수십 년이 흘렀어도 점잖은 절에서 따박따박 젯밥 얻어먹고 있으니, 혼례청에서 닭은 못 날렸어도 그 팔자가 복받은 팔자니라, 지금도 그런 말들을 한다. 그네들은 늘 잊고 있다. 그 복의 솔기가 우두둑 터지면서 무방비로 굴러떨어진 우리 엄마를.

외할머니 기일이었다. 엄마를 낳고 바로 돌아가셨다니 한 번도 얼굴을 본 적이 없기로는 나나 엄마나 마찬가지였다. 산행을 앞두고 엄마가 나를 아주 오래 씻겼다. 날 씻기는 엄마의 손이 거칠었다.

나를 씻기는 건 항시 언니 몫이었다. 언니가 준비하는 목욕물은 늘 뜨거웠다. 그래야 나 다음으로 언니가 씻을 때까지 물이 식지 않기 때문이었다. 김 오르는 목간통에 들어앉은 언니는 선녀였다. 다리 하나가 쪼그라들긴 했지만 선녀는 다리로 날지 않으니까 하늘로 오르는 일이 땅을 걷는 것보다는 편안할 거였다. 날개옷만 있으면 언니도 어엿한 선녀였다. 나는 믿었다, 하늘이 나를 어여삐 여겨 그 성의 표시로 미리 언니를 보내놓은 거라고. 언니의 육체는 불완전했지만 내겐 부르기도 아까운 사람이었다.

즐거운 일이었다. 내가 따라가게 된 것이다. 누가 만일 나에게 그 걸음이 위패 아래 엎어져 곡하는 서러운 엄마를 보는 게 전부라고 미리 귀띔해줬대도 나는 기꺼이 좇아갔을 것이다. 언니가 찔끔거렸다. 매번 엄마 혼자 산에 다녀왔기에 이번에도 당연히 그럴 줄 알았는데 나를 데려간다니 속이 상했던 것이다. 하지만 다리 한쪽이 불편한 언니가 감선사까지 동행한다는 건 힘에 부치는 일이었다. 곧 울어버릴 듯한 얼굴로 배웅을 하던 언니의 기울어진 모습이 어린 눈에도 안쓰러웠다. 언니에게 미안하다고 말하고 싶었다.

— 그날 미안했었어, 언니야! 나도 슬펐어, 언니야!

고작 그 말 한마디를 하는 데 아홉 해나 걸렸다. 하지만 언니는 들을 수 없었다. 물에서 건져올린 언니의 식은 몸을 나는 보지 못했다.

산자고는 앉은뱅이 작은 꽃이다. 다른 사람들은 모르고 지나치곤 하지만 내 눈은 꽃을 찾는 데 발달한 모양이었다. 산자고로 차를 만들려면 먼저 꽃을 깨끗하게 다듬어 그늘에서 이레 정도를 말린다. 그렇게 마른 꽃잎을 햇볕에 한 시진 넘게 더 말려서는 남아 있는 습기를 마저 없앤다. 그러곤 번철에 덖어 밀봉해두었다가 한 송이씩 잔에 넣고 끓는 물을 부어 우려내면 된다. 꽃이 언니를 닮았으니 언니가 퍽 좋아했을 것이다.

이맘때였다. 세상의 모든 색이 하늘에 놀러와 물로 흐르다가 내키는 대로 번지는 때. 그러다 모여들어 검게 깊어지기 전의 잠깐. 하루치 해에 대한 명랑한 조의.

먹빛 소맷자락이 합장하는 손을 따라 잠시 펄럭였다. 삶아놓은 달걀 같은 얼굴에 소나무 껍질 같은 손이었다. 빤히 쳐다보는데 엄마가 내 머리를 눌러 억지로 숙이게 했다. 흘겨보자니 벌써나 눈물이 엄마 눈에 방울지어 있었다.

점심 요기가 시원찮았던 탓에 내 뱃속에선 난리가 났는데, 엄마의 긴 곡소리는 끝이 보이지 않았다. 숨이 가빠지기 시작했다. 싫증이 나기도 전에 탐색이 완료될 만큼 절은 규모가 작았고, 낯선 곳의 쓸쓸한 일몰은 내 참을성의 영역 밖이었다. 막 들썩거리려는데 달걀 스님이 낡은 책 한 권을 내밀었다. 고운 꽃그림이 가득 들어 있는 책이었다. 눈물이 도로 쏙 들어가버렸다. 그림이 색을 입을 수 있다는 걸 처음 알았다. 훗날 글자를 익히고, 그 책이 색을 마시는 방도를 적은 것이라는 걸 알고 나면, 나는 엄마 발치에서 그만둔 울음을 다시 이어갈 것이었다. 그건, 그때만 해도 내가 너무 어리고 아는 게 없어 엄마에게 색을 마시게 해주지 못했다는 슬픈 죄책감 때문일 것이었다.

엄마는 한 번도 꽃인 적이 없었다. 늘 흑백의 배경이었다. 엄마에게 맡겨진 바느질감들은, 바탕으로 깔린 무채색의 엄마 앞에서 더 화사해지곤 했다. 나는 점점 빛이 바래가는 엄마가 속상했다.

돌아오는 길에 엄마는 그 달걀 스님의 법명이 현각이라고 일러주었다. 감선사에서의 이틀은 엄마와의 처음이자 마지막 나들이였다.

그해 여름 오라버니 집에서 나를 데리러 왔다. 땀에 젖은 손이 걷는 내내 끈적거리며 달라붙는데도 유모는 내 손을 한 번도 놓지 않았다. 키 작은 유모는 크게 소리를 질러야만 내 말을 알아들었다. 엄마만큼 답답한 사람이 또 있구나 싶었다. 한 사람은 작은 소리도 다 듣지만 대답이 없었고, 다른 한 사람은 작은 소리를 들을 수 없어 대꾸가 없었다. 세상에 말이 왜 있는가 싶었다.

그리고 희우.

오라버니를 보자마자 나는 그냥 울었다. 울 수밖에 없었다. 울지 않고는 견딜 수 없었다. 결국, 나는 너로 인해 죽겠구나. 그게 어떻게 알아졌는지 모르지만 저절로 알아진 걸 나도 어쩔 수 없었다. 물리고 싶었다. 사지로 어린 딸을 몰아낸 엄마가 미웠다. 하지만 엄마에게도 별도리가 없기는 했다. 매번 끼니를 걱정해야 한다는 점에서 집도 살 만한 곳은 아니었으므로.

망우초는 내가 제일 좋아하는 꽃이다. 심은 건 내가 아니지만 가꾸는 일의 반은 내 몫이나 다름없었다. 집에 있는 꽃들 중 대부분은 달걀 스님, 아니 현각 스님이 내게 준 책에서 본 것들이었다. 정말로 있는 꽃이라는 게 기꺼웠다.

망우초는 상처에 그 꽃잎을 찧어 붙이면 피를 멎게 하는 데 효과가 있다. 하니 꽃잎을 차로 마시면 마음에 생긴 상처가 아무는 데도 도움이 될 것이다. 그 하는 짓이 신통하고 기특하여 이름도 망우忘憂다.

꽃송이를 따서는 꽃잎을 하나씩 떼어내 말린다. 철이 철이니만큼 비가 많이 올 적에는 살짝 간한 물에 씻어 한 김만 입혀 말리면 잘 썩지 않아 좋다. 그렇게 말린 꽃잎을 서너 장쯤 잔에 넣고 끓는 물을 부어 우린다. 오라버니가 책 한 쪽 읽을 동안만 기다리면 마실 만해진다.

감선사에 오라버니는 없었다. 머물 적마다 번번이. 부러 나를 피하고 있었다. 굳이 찾진 않았지만 착잡했다. 피하는 오라버니가 순리인지 기다리는 내가 순리인지 알 수 없었다. 시간이 해결해줄 거라고 믿기로 했다. 가족을 차례로 잃고도 내가 생생히 살아 있는 것 또한 시간의 힘 덕이니 기대할 만했다. 하지만 아무것도 달라지지 않았다. 그리고 내 모든 것이 여전한 가운데, 온몸에 풀향이 밴 오라버니가 휘적휘적 산에서 돌아왔다. 끼니도 거른 채 자꾸 솔잎만 씹어 건강이 염려된다는 스님의 편지도 딸려왔다.

오라버니의 몰골은 말이 아니었다. 조막만해진 얼굴에 눈 주위까지 거뭇한 것이 병색이 완연했다. 입산하고 나서 보름도 지나지 않아 사람이 달라 보이게 살이 오르고 핏빛이 선명해졌다는 흐뭇한 전갈이 내려왔다는 걸 온 식구들이 다 알고 있었다. 엄청난 반전이었다.

—몸에 대해서는 특이한 소견이 없습니다. 장의 기운이 약한 거야 어제오늘의 일이 아니니 그 문제는 아니고……, 어흐흠, 울결鬱結입니다. 기혈이 가슴에 몰려 흩어지지 않고 꽉 막힌 거지요. 그것부터 풀어 식혀야 합니다.

의원의 진단이었다. 오라버니가 끝내 나를 소화시키지 못했던 것이다.

오라버니에게서 나는 풀내는 여름산의 풀향이라기엔 과하게 쓴 기운이 돌았다. 오래 전 약국집 그늘에서 착실히 마르던 약초 냄새보다도 진했다. 오라버니 근처에 한 번이라도 얼씬거렸던 식솔들은 한동안 이긴 했지만 죄다 입맛을 잃었다. 종잡을 수 없는 감정의 기복에 휘둘렸고, 잠을 설쳤다. 집을 장악하고 있던 풀내의 기세는 이틀쯤 지나면서 확연하게 꺾이기 시작했지만, 오라버니는 여전히 아무것도 먹지 못했고 심하게 몸을 앓았다.

—난아!

—예.

—니 오래비 말이다, 좀 도와주련?

오라버니가 그 지경으로 돌아왔는데도 마님은 끄떡없어 보였다. 달라진 게 있다면 오라버니의 끼니를 나에게 맡긴 것뿐이었다. 유모는 그런 마님의 의사를 찬모의 자존심을 살펴가며 조심스레 전달했지만, 신경쓰이는 끼니가 자기 손을 떠나게 된 것이 찬모는 좋기만 한 모양이었다. 나도 마님이 고마웠다.

얼마 동안이나 빈 채로 견뎠을지 모르는 오라버니의 속이었다. 억지로 풀기를 없애려 하기보다는 낫낫하게 달래는 게 좋았다. 마죽이 제격이었다. 허로虛勞를 보해주고, 오장을 채워주며, 근골을 강하게 하고, 정신을 편안케 하는 게 마였다. 오라버니의 헛헛한 심신에 잘 받을 것이었다. 게다가 위장에 들어찬 유해의 것들을 잘 배설시켜준다니 풀독 제거에도 도움이 될 것이었다. 생마의 껍질에 손이 가려웠다.

약수의 쓴맛이 톡, 혀를 쏘았다. 동시에 귓속에서 폭폭폭, 거품이 터졌다. 동트기 한참 전부터 바지런을 떨어 받아온 물이었다. 뒷산 중턱 처녀바위가 주는 물줄기는 언제나 제일 먼저 간 놈이 임자였다. 해가 나고 사람 기척이 번잡스러워지기 시작하면 이상하게도 바위는 더이상 물을 내주지 않았다.

아궁이에서 불기운을 품은 참나무 향이 너울대며 내 몸을 데웠다. 참나무는 이름처럼 참을성 있는 나무다. 오래 타지만 불이 밖으로 새지 않는다. 가마솥은 나무의 뭉근한 불길이 편안했고 나는 한눈팔지 않는 나무의 심지가 대견했다. 죽 끓는 소리가 청안했다. 쌀알이 다 풀어질 즈음 깨금발로 따온 능소화 잎을 잘게 썰었다.

능소화는 안채에서 별채 담현당으로 가는 낮은 벽을 타고 흐르며 적황홍으로 섞인 채 터져 있었다. 양반도 아닌 주제에 이 꽃나무를 심었다간 끌려가 곤장을 맞는다는 말이 있지만, 정말로 그런 적이 있었단 얘긴 아직까지 들어본 적이 없었다. 그래도 저를 두고 도는 험한 말이 듣기 싫었는지 길게 삐져나온 수술의 끝이 마치 탄원이라도 하는 듯 억울해 보였다.

내가 붉은 꽃을 들고 제풀에 서러운 사이 눈물방울들이 부뚜막 위로 떨어져 자글자글 끓기 시작했다. 그러다 순식간에 마르더니 흰색의 결정체가 되었다. 짠맛이 돌았다. 그걸 소금과 섞어 간을 했다. 한 번도 그런 적이 없었지만 왠지 그러지 않으면 안 될 것 같아서였다.

능소화 잎을 죽 위에 고명으로 얹고 있는 동안 정신이 든 오라버니가 처음으로 밥을 찾았다. 죽을 먹고 나서 오라버니가 울었다. 내 눈물이었다.

희우의 세번째 이야기

새벽녘에 비가 내렸다. 들리지 않는 소리의 진동을 몸이 먼저 감지했고, 그러면서 잠이 깼다. 누운 채로 함께 젖었다. 어제가 칠월칠석이었으니 오늘 내린 비는 견우와 직녀의 이별의 눈물일 것이었다. 그들의 눈물은 늘 당연했고 자신만만했다.

마당은 적막했다. 물먹은 시간을 어둠이 반기고 있었다. 큰사랑의 기침도 조금 늦어질 것이었다. 느슨해진 발바닥이 미지근했다. 점점 강해지는 빗줄기가 내 몸을 뚫고 땅으로, 땅으로 스며들었다. 흠집난 몸뚱이가 가여웠다. 가끔은 나도 내가 불쌍했다.

칠석날의 포쇄는 해마다 겪어도 진풍경이었다. 장마가 끝났으니 일상에 꼬인 습기를 털어야 했다. 사폭서士曝書, 농폭맥農曝麥, 여폭의女曝衣라 하여 선비는 책을 말리고, 농부는 곡식을 말리고, 부녀자는 옷을 말리느라 각자 자리에서 분주했다. 바지런한 사내들은 짝을 지어 등산해서는 산꼭대기에서 바지를 훌러덩 벗어내리고 하초를 거풍했다.

포쇄는 굳이 칠석 당일이 아니어도 열엇샛날 기망까지 가장 맑겠다 싶은 날을 택일하여 대대적으로 시행했다. 칠석 당일엔 대체로 날이 흐리거나 비가 왔기 때문이다. 견우와 직녀의 시위성 짙은 눈물바람이었다. 만났다고 기뻐 울고, 헤어지니 슬프다고 또 울었다. 그래서 비도 쇄루우灑淚雨라는 운격 있는 이름을 얻었다. 눈물 뿌리는 비라는 뜻이다. 헤어진 게 언젠데, 지금까지 차곡차곡 먹어온 나이가 얼만데, 이젠 한 해 한 번의 만남에 길이 들 법도 하건만 십중팔구 그저 그런 날씨를 풀어 유세를 떠는가 싶었다.

그중 우리 집안의 폭서는 매년 한 번도 거르는 법이 없었다. 엄격하기가 궐에서도 대체로 이 년에 한 번인 실록 포쇄에 뒤지지 않았다. 책은 거개가 종이로 만들어졌기 때문에 장기간 공부방에만 보관할 경우 습기가 차 썩거나 벌레가 먹게 마련이었다. 책찜질은 필수였다. 학선재의 책들이 모처럼 볕을 만나고 바람을 쏘였다.

뜰에 나란히 누워 볕바라기하는 책들은 건드리면 건드리는 대로 먼지가 일었다. 재채기를 가리며 조심스레 살피다보면 새삼 눈에 드는 책이 생기곤 했다. 그러면 횡재라도 한 듯 배가 다 불렀다. 학선재 책들의 저자들은 대부분 면면이 화려했다. 『성리대전性理大全』을 비롯해 제목들도 더할 나위 없이 거창했다.

나는 한문이든 언문이든 이야기책도 곧잘 읽곤 했다. 할아버지에게만 들키지 않으면 되었다. 할아버지는 소설을 질색했다.

—그런 이야기, 만고에 쓸 데가 없느니. 죽는 날까지 세상의 경전조차 다 담지 못하는 것이 사람의 변변치 못한 머리이거늘, 쯧쯧쯧! 마음을 약하게 하고 정신을 미혹하는 게 소설이니, 희우 너는 행여라도 그런 잡설 따위 가까이 할 생각, 추호도 말거라.

하나 마음만 먹으면 소설은 얼마든지 구할 수 있었다. 때론 비린내 나는 세상을 완곡하게 풍자한 것이 성현의 따끔한 직언보다 더하기도 했다. 이야기 속에선 충고도 알아듣기가 쉬웠다. 표리부동한 인물들의 거대한 담론보다 받아들이기 편안했다.

또한 가혹한 운명이며 억울한 인생이 책 속 도처에 널려 있었다. 비슷한 설정도 흔했지만 아무리 읽어도 면역이 생기지 않았다. 줄거리들을 단순한 이야기로 내버려두지 못하고 내내 간섭하다가 제풀에 지치기도 했다. 무엇보다도 현실적이지 못한 내 상황이 감정적으로 이입되었다. 납득하기 어렵고 만족할 수 없는 내 처지에 대해 동의를 얻고 싶었다. 물론 모르는 바는 아니었다. 나는 결코 그들처럼 합리적으로 순리에 맞는 해결을 볼 수 없었다. 이야기 속 주인공들에겐 신조차 설득하는 힘이 있었지만 그건 허황 그 자체였다. 이야기를 붙들고 위로나 구걸한다는 건 그저 저열한 자기 기만일 뿐이었다.

학선재에서 네번째로 떨어진 담 안에서는 우물을 쳤다.

우물은 언제나 고요했다. 공돌 안의 순환은 정직했고 돌과 돌 사이의 틈을 흐르는 호흡은 단순했다. 물은 어김없이 재생되었고, 소일 삼아 우물 속으로 질러댄 소리가 먹먹하게 받아쳐질 때마다 식솔들은 그 파동의 습기에 마음을 놓았다.

우물은 땅의 드러난 눈이기도 했다. 지나치게 고요하여 자신의 저 깊은 데 무엇이 있는지 전혀 보여주지 않는 우물 벽에 매달려, 사람들은 마치 안정된 눈동자를 가진 사람 앞에서처럼 조금씩 기가 죽곤 했다.

달구와 모지리가 우물을 치는 동안 아녀자들은 퍼낸 물로 안팎을 닦았다. 두레박이 우물을 드나들 적마다 바가지가 분주히 손을 탔다. 물소리, 말소리, 발소리가 소란스러웠다. 집이 순식간에 식었다.

퍼낸 물에 간혹 이파리가 떠 있곤 했다. 그럼 시집 안 간 종들이 서로 바가지를 주고받으며 지나가는 과객이 물 한 그릇을 청한다는 둥, 물에도 체하니 살살 드시라는 둥, 몸을 틀며 희롱을 했다. 그러곤 행여 소리라도 샐까 간신히 참아내며 조용히들 자지러졌다.

—염병할 년들, 하라는 일은 안 하고 꼴값들 허구 자빠졌네.

행동거지가 잔망스럽고 입 걸기로는 어딜 가도 빠지지 않는 행랑어멈이 욕을 하며 쥐어박는 시늉을 했다. 여종들이 눈을 흘기며 다시 한 번 잔지러졌다.

우물 치는 일이 끝나고 박집사의 초벌검사까지 통과하고 나면 아버지의 꼼꼼한 재검사가 이어졌다. 할 수만 있다면 줄을 타고 내려가 밑바닥까지 살펴보아야 직성이 풀릴 아버지였다. 우물 속으로 몸이 반이나 꺾어져들어간 아버지가 간당간당했다. 한참 만에 몸을 일으킨 아버지의 눈두덩이 그새 살짝 부어올라 있었다. 거꾸로 피를 받은 얼굴이 불그레했다.

—어험, 됐다. 수고들 했구나.

긴장이 풀어지며 안도의 한숨이 여기저기서 터져나왔다. 그리고 서둘러 상을 차려놓고는 칠성제를 드렸다. 오래 살게 해주십사, 원하는 거 이루게 해주십사, 새끼들 무탈하게 커가게 해주십사, 제법 엄숙하게 빌고 또 비는데 달구가 분위기를 깼다. 모두 들으라는 듯이 필순에게 장가들게 해달라고 냅다 소리를 지른 것이었다. 옆에 섰던 모지리가 달구의 뒤통수를 치고, 둘 사이에 가벼운 실랑이가 일어나는 바람에 우물가가 잠시 어수선해졌다.

제가 끝나자 붉은팥을 얹어 찐 시루떡이며 밀국수와 밀전병, 그리고 과일화채가 연달아 나왔다. 시중드는 행랑어멈을 달구가 연삭삭하게 찔렀다.

—떡타령 한번 질러보소.

정월 보름 달떡이오 이월 한식 송병松餠이오 삼월 삼진 쑥떡이로다 떡 사려 떡 사려

사월 파일 느티떡에 오월 단오 수리취떡 유월 유두에 밀경편이로다 떡 사려 떡 사려

칠월 칠일에 수단이오 동짓달 동짓날에 새알심이 섣달에는 골무떡이라 떡 사려 떡 사려

세 귀 발쪽 호박떡 네 귀 발쪽 인절미로다 먹기 좋은 꿀설기 보기 좋은 백설기 시금털털 증편이로다 떡 사려 떡 사려

키 크고 싱거운 흰떡이오 의가 좋은 개피떡 시앗 보았다 셋붙이로다 떡 사려 떡 사려

글방 도령님 필낭떡이오 앞집 아가씨 실패떡 세 살 둥둥 사레떡 떡 사려 떡 사려

뭣 때문에 심사가 꼬였는지 내내 구시렁거리던 행랑어멈의 입이 누그러지면서 흘러나온 수럭수럭한 장단이었다. 행랑어멈은 입으로 하는 건 말이고 소리고 다 시망스럽고 걸쭉했다. 참새를 까먹은 듯 시끄럽다고 주위에서 지청구도 잦았다. 하지만 맘이 넉넉하고 희떠운 데가

다분해서 그녀와 진득하게 말을 섞어본 사람들은 하나같이 해갈이 난 표정으로 즐거워하곤 했다. 행랑어멈의 펑퍼짐한 엉덩이가 들썩거릴 적마다 흥들도 들락날락했다. 떡 사려 떡 사려, 후렴마다 우물가에 늘어선 마음들이 함께 놀았다.

아버진 우물 속을 번갈아 드나든 달구와 모지리에게 이미 동이째 나간 막걸리 말고 따로 술을 내렸다. 달구와 모지리는 한 살 터울인데 서로 맞먹었다. 달구가 원숭이, 모지리가 닭, 해서 띠만 다르다뿐이지 달수로는 두 달 차이밖에 안 난다는 게 그 이유였다. 두 달 먼저인 쪽이나 나중인 쪽이나 손해 보는 것 없이 서로 합의하에 내린 결정인 모양이었다.

내 입에는 복숭아화채가 맞았다. 수박화채는 시원하지만 어김없이 배앓이를 몰고 왔다. 은행잎 모양으로 얇게 저며 단물에 절인 복숭아 과육이 보기만 해도 설렜다. 고작 요것밖에 안 주느냐 짐짓 못마땅한 기색을 비추니 탈난다며 난이가 짧게 잔소리를 하고 갔다.

난이는 내게 누구인가. 반상의 구별이 없다면 난이는 내게 이종사촌누이인 셈이다. 그러나 아무도 그렇게 말해주지 않았다. 그럼 차라리 남이 될 수는 없는 걸까. 누구도 그럴 수 있다고 말해주지 않았다. 더이상 묻지 않았다. 외할아버지의 피가 흐르기에 남이 될 순 없지만, 그 피만으로는 가족이 될 수 없는, 여기저기가 조금씩 부족한 관계. 어머니처럼, 할머니처럼, 그저 난이라고만 해야 했다. 앞뒤 다 생략하고 오로지 난이라고만. 모르고 살았음 평안했을 것이다. 그런 아이가 있다더라, 듣기만 했을 때처럼 아무것도 아닌 채로 일안했을 것이다. 하지만 아무것도 아닌 게 아니게 만들어놓고 이제 와 날더러 어쩌라는 건지 때때로 부아가 났다.

들뜬 밤이었다. 비슷비슷했던 일상에서 벗어나 휴식마저 생기가 돌던 하루의 마지막이었다. 아버지에게서 받은 술의 영향이었겠지만 달구와 모지리가 늦게까지 잠을 이루지 못하고 군소리를 늘어놓더니, 출출함을 달래겠다고 감자를 꺼내와 구울 채비를 했다. 알이 굵었다. 마른 솔가지가 한 무더기 쌓이고 불이 붙었다. 소나무는 맘대로 벨 수는 없어도 긁어모을 수는 있었다. 좋은 땔감이었다. 탁 타닥 탁 탁, 연거푸 터지는 소리가 귀에 따끔거렸다. 불 속에서 감자가 익는 동안 연기가 된 솔향이 내게로 건너왔다.

꿈틀거림, 그게 맞겠다. 머릿속에 똬리를 튼 채 꼼짝도 않던 기억의 실타래가 갑작스레 움직인 모양에 대한 적절한 표현 말이다. 흐르는 솔향을 따라 기억들이 가장 최근 것부터 풀려나오기 시작했다. 내 의지로는 통제가 불가능한 해체였다. 한참 동안 시간이 거꾸로 흘렀고 난이는 점점 작아지고 어려졌다.

그렇다면 마지막은 당연히 유모 손을 잡고 문을 들어서던 난이의 모습이어야 했다. 새카맣게 겁먹은 눈동자를 끔벅이며 오른손 엄지를 입에 넣은 채로 엉거주춤 서 있던 난이의 깡똥한 무명치마여야 했다. 그 기억이 내가 의식하는 난이의 최초였다. 하지만 하나가 더 있었다. 올이 다 풀려나가고 나자 드디어 홀쳐맨 매듭이 드러났다.

어려 어머니 바느질을 보면서 언제나 기특했던 게 매듭이었다. 매듭진 자리는 뒤집지 않으면 눈에 보이지 않는 곳이었다. 하지만 매듭은 그곳에 단단히 붙어서 실이 끝까지 다 가도록 결코 빠지지 않고 버텨주었다. 손가락 두 개로 돌돌 말아 빚은 작은 알갱이의 힘이었다.

기억의 매듭이었다. 그 하나의 기억이 최후의 보루가 되어 다른 기억들의 소실을 막고 있었다. 그건 난이가 태어나던 날의 냄새였다. 너무 놀라 아무도 모르게 마비되었던 내 유년의 불완전했던 심지였다.

난이의 기원이었다.

그저 북수간에서 벌어지는 일에 대한 호기심을 이기지 못했을 뿐이었다. 어머니와 유모에게 나 말고도 중요한 것이 또 있다는 사실이 내심 불안했을 따름이었다. 그래서 잠깐만 들여다보고 모른 척할 셈이었다. 문틈으로 나뭇가지 타는 냄새와 알 수 없는 비린내가 훈김에 업혀 왔다. 물 끓는 소리가 조마조마했다.

—언내가 너무 작아서……

고함치는 듯한 유모의 말끝에 어머니가 무어라 했지만 내 귀에는 들리지 않았다. 김 오른 물통에서 건져낸 선홍색 살덩이가 버둥거리며 울었다.

감선사에서 집으로 돌아온 이후 줄곧 난이가 내 끼니를 챙겼다. 돌이라도 씹어 먹을 나이에 어째 그 모양이냐고 집안 어른들이 염려했지만 내 의지로는 해결이 불가했다. 음식을 삼킬 적마다 그것이 지나는 길의 속살이 느껴졌다. 거칠고 부드러움, 차고 따뜻함을 그대로 알 수 있었다. 냉기가 들어찬 배에 좋다며 어머니가 인삼과 생강을 함께 끓여 물을 내주었다. 하지만 물 자체가 한두 번이면 벌써 배가 불렀다. 그 다음은 홍삼이었다. 홍삼은 물보다도 먹기가 망했다. 먹을 때마다 꼬박꼬박 빠뜨리지 않고 짜증을 냈더니 난이가 이런저런 궁리 끝에 편으로 만들어주었다. 홍삼을 얇게 저며 끓는 물에 데친 다음 물기를 빼고 꿀에 재웠다가 졸여 꾸덕꾸덕하게 말린 것이라 했다. 일삼아 한두 조각씩 먹었는데 꽤 먹을 만했다. 게다가 신기하게도 먹고 나면 아랫배가 슬그미 뜨뜻해졌다. 난이는 무엇보다도 내 속을 달랠 줄 알았다. 난이에 대한 의존도는 날이 흐를수록 꾸준하게 상승했다. 내 몸과 마음이 그렇잖아도 간당간당한 의지를 반복해서 배신하고 있었다.

희우의 네번째 이야기

반듯하게 뚫어놓은 살창 밖으로 쥐엄나무가 살벌했다. 팽팽하게 솟구쳐나온 가시다발은 그 존재감만으로도 충분히 위협적이어서 그 무엇도 감히 반동을 도모하지 못할 듯했다. 나 또한 심약한 밤엔 날선 그림자에 겁을 먹기도 했다. 그래도 나는 학선재를 벗어나지 않았다. 가시가 흉기가 되는 꿈을 견뎠고, 서책들의 검은 꾸짖음을 감내했으며, 내가 다른 사람이 되는 꿈을 이해했다.

학선재에서의 한 해는 지지부진했다. 틀어잡힌 숨구멍 아래서 생각과 생각이 통째로 충돌하며 이리저리 쏠려다녔다. 뭉툭해진 의견들은 하루가 다르게 자신감을 잃어갔고 나는 무의식을 배회했다. 시선을 벗어나는 글자들을 방치하면서 나는 나를 늙혔다. 입 안으로 숨어드는 말들을 무시하면서 나는 나를 말렸다. 그새 힘이 세진 더위가 마음을 졸랐다.

난이가 자꾸만 뒤처졌다. 생사로 짠 명주를 연녹색으로 물들인 기다란 쓰개가 아무래도 갑갑한 모양이었다. 뜨문뜨문 인적이 드문 곳에선 쓰개를 내리고 발갛게 달아오른 볼을 식혔다. 손부채로 바람을 만들어주었다. 감질나긴 하겠지만 보고만 있기가 딱했다. 내가 아는 난이는 워낙 더위를 못 견뎌하는 체질이었다. 어려서는 여름마다 꼭 한 번씩 더위병을 앓곤 했다. 그늘로만 골라서 가는데도 발밑이 뜨거웠다. 입산하기 전만 해도 함께 말을 타고 지나던 길이었다. 그때는 더운 줄 몰랐었는데, 이젠 난이가 그러고 다니면 남우세스러운 나이가 되었다.

모지리가 보따리를 들고 신이 나서 따라왔다. 며칠간 묵으며 받을 대접에 들뜬 때문이었다. 듣자 하니 달구와 내기를 해 이번 길에 나설 기회를 딴 모양이었다. 부모님과는 박집사가 동행할 것이 분명하니 달구는 내년까지 참아야 했다.

외할머니는 울기부터 했다. 걸어서 한나절이면 닿을 거리에서 천천히 늙고 있던 외할머니는 저번보다 더 줄고 주름져 보였다. 옷고름으로 연신 눈가를 찍어대는 외할머니를 난이가 살포시 안았다. 몸이 더워졌다. 그 포옹의 상대가 마치 나이기라도 한 것처럼 가슴이 아릿하게 스멀거렸다. 그 살가움에 대한 보답으로 외할머니도 난이의 등을 두덕거렸다. 주름이 자글자글한 손을 따라 내 눈도 난이의 등을 가만히 쓸었다. 마당은 뜨거웠다. 그래도 범절이라는 게 있어, 어머니의 안부에서 시작해 아버지의 근황을 거쳐 할아버지의 건강에서 끝나는 인사가 마당에서 부지런히 오고 갔다.

별채로 들자마자 군것질거리들이 들이닥쳤다. 잔치를 앞둔 터라 맛뿐 아니라 모양도 낸 귀한 것들이었다. 제일 먼저 오미자냉차가 나왔다. 얼음 몇 조각이 말갛게 떠 있었다.

해마다 이맘때면 반빙頒氷이 들어왔다. 반빙은 매년 여름철에 나라님이 내려주시는 얼음인데, 아무나 받는 것이 아니었다. 여러 관사와 종친 및 문무관의 당상관, 내시부의 당상관, 칠십 세 이상의 퇴직 당상관이 그 대상이고, 활인서의 병자들과 의금부 그리고 전옥서의 죄수들도 혜택을 받았다. 본가의 경우엔 아버지와 할아버지 덕이었다. 현직 당상관인 아버지와 칠십이 넘은 퇴직 당상관인 할아버지. 하나 외가에는 그럴 인물이 없었다. 대제학이었던 외증조부가 세상을 떠난 지 벌써 십 년도 훨씬 넘은 때였다. 그럼에도 때마다 얼음이 아쉽지 않은 건 재물의 힘이었다.

—여어, 이게 누구신가? 내 귀한 조카님 아니신가?

외숙부 제현의 걸걸한 목청이었다.

—나리 목청 말이여, 똑 막걸리에다가 톱밥을 한 뭉텅이 타설랑 연

거푸 몇 사발 들이켠 것 같지 않어?

전에 달구가 모지리더러 한 소리였다. 탁월한 표현이었다.

제현 외숙은 짧고 단단한 사내다. 네모지고 넙적한 얼굴에 거칠고 질겨 보이는 잿빛 피부의 그는 십 년 전하고 별로 달라진 것이 없어 보였다. 나이를 가늠하기 어려운 얼굴이었다. 젊어서야 나이 들어 보이는 외모가 손해 같았겠지만 늘 한결같은 걸 보면 늙어서는 그 반대가 될 것이었다.

외숙부의 얼굴에서 무엇보다도 유별나고 예사롭지 않은 건 눈이었다. 두드러지게 탁하고 불투명한 흰자위에 지나치게 맑고 검은 눈동자였다. 풍기는 분위기가 상극이었다. 어찌 보면 상스럽기가 천하잡놈의 상이었고 또 달리 보면 깨달음이 깊은 선승의 분위기였다. 성품은 너그럽다기보다는 대범하고 호탕했다. 무슨 날이고 때고 없이 이것저것 가리지 않고 싸들려 보내기도 잘했다. 본가에 있는 진귀한 물건들 중 대부분은 외숙부로부터 온 것이었다. 어머니는 한 번도 사양하지 않았다. 예의상 그런 적도 없었다. 그 사실을 누구보다도 아버지가 당연하게 받아들였다.

외숙부는 어머니 앞에서만큼은 말이며 행동이 다 조곤조곤했다. 생김새나 성격과 너무도 달라서 보는 이들의 낯이 다 간지러웠다. 입양 전만 해도 사촌지간이었던 어머니에 대해 약간의 동경 비슷한 감정을 품고 있었는지, 명목상 누이인 어머니에게 대단히 예의가 바르고 물질에 후했으며 응대에 소홀함이 없었다.

또한 배포가 커서 외할머니 생신이면 언제나 들썩들썩하게 동네잔치를 벌였다. 한가위보다 더 잘 먹는다는 소리까지 돌았다. 안채와 바깥채 가득 차일을 치고, 신속한 손님 접대를 위해 간이부엌도 따로 마련했다. 가리지 않고 잘 차린 상 뒤에서 좌중의 시선을 그러잡고, 얼큰한 얼굴로 과시하듯 외할머니의 만수무강을 비는 외숙부를 보기 위해,

부모님은 외할머니 생신 전날인 나흘 뒤에 도착할 것이었다.

끼꾹.

오미자냉차 한 모금에 약과를 베어물던 난이가 딸꾹질을 시작했다. 그 바람에 냉차를 조금 엎질렀다. 갑자기 찬 게 들어가 속이 놀랐다는 게 외할머니의 진단이었다. 당황한 난이가 손을 겹쳐 입을 막고 눈치를 보았지만 딸꾹질 사이사이 새어나오는 웃음까지는 막지 못했다. 호흡을 고르는 일마저 순조롭지 못했다. 들숨과 날숨 사이에 끼꾹이 자꾸만 끼어들었다. 난이의 손을 끌어와 내 손 안에 품었다.

끼꾹.

난이 손은 참 작았다. 이 손으로 뭘 집을 수 있을까 싶었다. 어려서도 단풍잎 같던 손이었다. 그 손 한번 잡아보겠다고 설쳤다가 난이를 울린 적도 여러 번이었다. 비싼 손이라고 놀렸다가 귀청이 떨어지는 줄 알았다. 키가 훌쩍 크고 나서도 난이의 손은 그대로 작은 채였다.

끼꾹.

난이 손은 참 따뜻했다. 오래 전이었다. 창자가 끊어지는 듯한 복통이 일어 글방 앞마당에 허옇게 주저앉아 옴짝달싹도 못하고 있는데 언제나처럼 난이가 놀러 왔다. 유모를 부르러 갈 것이라는 짐작과 달리, 뜻밖에도 난이가 치맛자락을 야무지게 말아쥐고는 내 앞에 동글게 쪼그리고 마주 앉았다. 그러곤 내 손을 꼭 감싸쥐고 주무르기 시작했다. 아파서 괴로울 만큼 세게도 아니고 간지러울 만큼 약하게도 아니었다. 흐르던 피도 잠시 쉬어가고 싶어할 만큼 편안했다. 위축되었던 몸의 근육이 풀어지면서 뱃속으로 온기가 스며들기 시작했다. 체기가 내려가듯 곧 단단히 뭉쳐 있던 통증이 사라졌다. 약손이었다. 열다섯이나 먹은 사내녀석의 얼굴에 눈물길이 트였다. 체면 따위 차릴 계제가 아닐 만큼 살아났다는 안도감이 벅차올랐다. 눈을 한참 들여다보고 있자니 난이가 배시시 웃었다. 하지만 나는 아니었다. 고개를 숙여 난이 무릎에 이마를 박고 더 울고 싶은 마음을 애써 참았다.

끼꾹.

잡았던 손을 슬쩍 미끄러뜨려 난이 두 손의 엄지와 검지 사이에 내 엄지를 갖다댔다. 시키지 않았는데도 난이가 입을 오므리고는 숨을 들이마시기 시작했다. 있는 힘껏 눌렀다. 참고 있다가 힘을 푸니 난이도 알아서 숨을 뱉어냈다. 난이가 딸꾹질을 할 적마다 내가 쓰던 방법이었다. 그러기를 서너 번. 어느덧 끼꾹 소리가 들리지 않았다.

—아팠지?

대답 대신 난이가 고개를 끄덕였다.

내 엄지의 흔적이 붉고 깊었다. 안쓰러운 마음을 애써 표 안 내고 살살 문질러주는데 외할머니가 의좋은 오누이다, 한 문장으로 내 가슴에 대못을 박았다. 못 박힌 가슴이 쩌억, 하고 갈라지더니 속이 틀어지며 요동을 쳤다. 난이가 손을 뺐다. 그러곤 치마에 얼룩이 생겼다고 걱정을 했다. 오미자 물이 지워지겠느냐며 딴소리를 했다.

희우의 다섯번째 이야기

반쯤 걷어올린 갈대발 아래로 난이가 잠시 어른거렸다. 제비부리댕기가 자줏빛으로 팔랑거리며 눈을 흐렸다. 자박자박 소리라도 미리 들려주었더라면 마음의 채비라도 하고 있었을 것을, 꿇고 있던 무릎이 속으로 떨었다.

발의 테두리는 베로 둘러놓았는데 군데군데 나달거리는 것이 오래

된 기색이 역력했다. 발은 조만간 치워질 것이었다. 별채에 발이 걸리는 기간은 상당히 짧았다. 담현당엔 그늘이 많았고, 그게 유일하게 고마운 계절이 여름이었다. 소서까지 지났으니 여름도 때가 다 된 것이나 다름없었다.

손도 대지 않은 화채그릇에 파리가 날아들었다. 소리없는 비행이 현란했다. 무모하게 수직하강하는 기세가 가상하여 어머니도 나도 바라보고만 있었다.

—꽃을 살피러 온 걸 거야.

—……예.

—더 가벼워진 것 같으다. 불면 날겠어.

—……예.

앙다문 주먹에 힘이 들어갔다.

—어려선 그리도 바스락거리더니…… 차라리 그게 나았지 싶으다. 소리가 너무 없으니 오히려 짠해.

—……예.

어머니의 시선은 서안에 비스듬히 머무른 채였다. 목소리는 계속해서 나를 비껴갔고, 그 목소리의 뒤를 따라가며 내 대답은 단순해졌다.

—요즘 속은 편안하고?

—예.

—현각……, 감선사에서 네가 무탈하냐고 묻더구나.

—면목이 없습니다.

—그 말 듣자고 한 소릴까?

—송구합니다.

어머니가 잠시 침묵하며 서안을 가만히 쓸었다. 손가락이 비어 있었다. 나는 달빛을 닮은 어머니의 호박가락지를 좋아했다. 하지만 어머니가 가락지를 끼는 일은 드물었다.

—혼담이…… 들어왔다.

—……예.

—한성판부사, 그 댁 셋째라는구나. 그 대감이 평소 존경해마지 않던 이가 네 할아버님이시라……

—예.

아주 오랫동안 한성판윤으로 불렸던 한성판부사는 굳이 따지자면 정이품이다. 정이품이면 중앙관서의 육조판서와 같은 품계다. 하나 실권은 판서보다 우위에 있는 것으로 안다. 행정, 사법, 외교에 치안까지 아우르는 업무의 특성상 대개 덕망 있고 능력도 있는 큰 인물이 제수된다. 그 말은 곧, 나를 사위로 우리 집안을 사돈으로 낙점한 이가 그래도 믿을 만한 인물축에 든다는 뜻이었다.

—아이가……, 판부사댁 그 아이 말이다, 심성이며 품행이 나무랄 데가 없다더구나.

—예.

—게다가 참으로 곱다더라.

—예.

—희우, 네 복이다.

—(복……)

—꽃차가…… 속에 맞니?

—아셨습니까?

—그래. 기특하구나…… 참 기특해.

—예.

—내가 알더라고 난이에게 내색하지는 말고.

—예.

어느 결에 파리가 두 마리 더 늘어나 있었다. 배가 부른 듯 그릇 가장자리에서 호기롭게 빈둥대는 한 마리는 처음부터 있던 놈일 테고, 과육에서 과육으로 분주히 움직이는 두 마리가 아마도 새로 온 놈들일 것이다. 어머니 손이 순간 움찔했다. 하지만 어머닌 파리를 쫓는 대신 필순을 불러 화채그릇을 도로 가져가게 했다. 파리가 방정맞게 날았다. 요란한 날갯짓을 좇아 무심히 돌아가던 내 눈길을 어머니가 붙잡았다. 어머니의 눈빛이 내 속을 헤집었다. 오래 바라보기가 힘들었다. 한 호흡 뒤에 어머닌 밖으로, 난 아래로 고개를 돌렸다.

—정 내키지 않음, 에미한테 말해도 된다. 도와주련?

—예?

—……아니다.

—……

—더위가 아직 성하구나. 힘들지 않니?

—견딜 만합니다.

—다른…… 것도?

—무슨 말씀이신지.

—희우야, 내 아들!

—예, 어머니……

—에미는 네가 따뜻하게 살았으면 한다.

아버지와 어머니 사이의 차고 마른 기류가 예의바른 건 어제오늘의 일이 아니었다. 흐름이 일정해 사람을 당황스럽게 하지도 않았고, 늘 예고되어 있어 갑자기 놀랄 일도 없었다. 그래도 더 유리하고 덜 불리한 입장이란 게 있게 마련인데, 내가 보기엔 아버지 편이 약자였다. 어머니의 영향력이 미치는 딱 그만큼의 거리에서 시시때때로 흔들리는 쪽이 아버지였기에 그건 분명했다. 그 편파적인 아쉬움이 진즉 공개되어버렸다는 것을 당사자인 아버지가 알 리 없었다. 설사 알았대도 결코 인정하려 들지 않았겠지만 말이다. 부부가 강자와 약자로 나뉘어 세勢가 오고 가기도 하고 한쪽으로 쏠리기도 하는 것을 나는 정녕 이해할 수 없었다.

—그럴 수…… 있겠니?

—애써보겠습니다.

—인연은 키우지 않으면 남보다도 못하지.

—예.

'夫'와 '婦'는 같은 '부'로 읽힘에도 의미는 완전히 다르다. 거기서부터 재앙이 시작된다. 다른 것을 같은 이름으로 부르며 한데 묶어놓았으니 여기저기 결리기가 피차일반이다.

결국은 필요한 조건을 찾는 일이었다. 평생의 안위를 보장해주는 든든한 배경을 고르는 일이었다. 자칫 잘못된 선택은 한 집안을 멸하기도 하고 많은 사람을 생이별의 고통으로 내몰기도 했다. 그러하기에 인륜지대사였다. 그 절차를 혼인이 대행할 따름이었다. 내 아직 약관의 나이이나 그만한 것쯤은 대강 보고도 알 수 있었다.

세 가지를 가린다. 첫째는 반상이다. 양반이냐, 문반이냐 무반이냐, 적자냐 서얼이냐. 둘째는 벼슬의 위아래다. 열여덟 품계를 가리고 그 안에서도 당상이냐 당하냐를 따진다. 마지막으로 당이다. 남인이냐 서인이냐, 노론이냐 소론이냐, 벽파냐 시파냐 따위를 구별해 모이고 흩어지기를 여지껏 반복해왔다. 대개 같은 색으로 모여들게 마련이나 정치 문제가 끼어들면 상황이 돌변하기도 했다. 어제까지 윽박지르던 상대 집안과도 기꺼이 사돈을 맺는다. 한 남자와 한 여자, 그 둘 사이의 심적 궁합은 애초에 고려의 대상이 아닐뿐더러 혹 유념한다 해도 그건 한참 나중의 일이었다.

—어머니!

—음?

—……

—에미한테 말해보거라. 그게 무어든, 무슨 일이든.

소리지르고 싶었다. 난이를……, 난이를 왜 데려오신 겁니까? 도대체 왜 데려오신 겁니까? 절더러 어쩌라고 그리 하신 겁니까? 대들고 싶었다.

—아닙니다.

어머니의 눈동자가 팽창하고 있다는 생각이 드는 순간 어머니가 말을 이었다.

—난이…… 말이다. 계속 데리고 있을 거다.

—어찌 그런 말씀을…… 어머니껜 딸이고 제겐 하나밖에 없는…… 누이……, 누이입니다. 그러니 당연……

—그래, 당연하지. 누이지. 그러니…… 괜찮겠지?

—……예.

—내 아들이 혼인을 한다니.

—……

—나가보거라.

대화는 진부했다. 나아가 유치한 사기극이었다. 맞물린 채 뒤틀린 애정 문제라는 점에서, 그리고 주고받는 말 속에 진실이 결여되었다는 점에서 그러했다.

별채문 뒤로 난이가 보였다. 물 빠진 풀색 치마가 잔뜩 구겨져서는 조심성 없이 흙을 쓸었다. 아프고 난 뒤끝이라 그런지 저고리가 헐렁해져 겉돌고 있었다. 내가 다 지나가도록 난이는 고개를 들지 않았다.

뒤통수가 땅기는 기분이었다. 그대로 끌려가고 싶었다. 머릿속이 휑해지기 시작했다.

한 발짝 내디뎠다. 휘청. 도저히 걸을 수 없을 듯했다. 여기서 뒤돌아서면…… 다시 한 발짝. 휘청. 진땀이 흘러내렸다. 흑갑사 복건이 이마에 달라붙어 머리를 조였다. 또 한 발짝. 휘청. 알은체하지 마라…… 부디……

—오라버니!

—……응?

—장가가?

—……응!

—그렇구나.

난아!

마비를 거스르며 간신히 돌아온 방에서 나는 차마 앉지 못했다.

나흘 후, 난이가 보이지 않았다. 어머니와 감선사에 다니러 갔다고 필순이가 일러주었다. 그 말이 하도 고마워서 하마터면 필순이를 와락 끌어안을 뻔했다.

난이의 두번째 이야기

오라버니는 김, 희우, 이고 나는 최, 난이, 다. 잎이 다르니 뿌리도 달라야겠지만 파내다보면 한 점에서 만날 수밖에 없었다. 류호. 전 대제학 류진원의 맏아들이자 담현당 마님 묘연의 아버지. 오라버니에게는 외할아버지고 내게도 외할아버지인 셈이 되는 남자. 하염없는 시간을 내 몫으로 창조해낸 장본인. 한 번도 본 적은 없지만 내 삶을 조종

하고 있는 그가 늘 선연했고, 생전에 그가 길들여놓은 집에 머물 적마다 나는 꼭 답사라도 하는 듯한 기분이 들었다.

—어떠하냐? 난이 네 눈에도 곱지? 할미가 이거 붙들고 하마 시름을 잊느니라. 맘에 드는 걸로 하나 고르련?

노마님은 할머니란 호칭을 기왕부터 허락했다. 호강이 분에 넘칠 지경이었다. 그런 만큼 내 입에서 마님이란 단어가 여전하게 떨어질 적마다 노마님은 서운해했다.

노마님은 당신이 직접 수를 놓아 만든 갖가지 규방의 소품들을 내 앞에 펼쳐놓고 맘껏 만지게 했다. 연꽃무늬를 수놓은 옥색 두루주머니. 길상문吉祥紋이라 해서 십장생과 나비를 금박으로 입히고 한가운데 연꽃을 수놓아 잠자리매듭으로 끈을 장식한 귀주머니. 오색 항라조각보. 조각천을 이은 후 가운데만 홀치기로 꽃무늬를 수놓은 모시조각보. 연분홍 꽃을 수놓은 누비버선. 자투리천을 연결하고 잎 다섯 장짜리 꽃을 돌아가며 수놓은 쌈지.

잎이 다섯 장인 꽃은 주문의 도구로 아주 쓸모가 있었다. 꽃잎 한 장을 뜯어내며 사랑한다, 두번째 꽃잎을 뜯어내며 사랑하지 않는다, 그러면 마지막은 으레 사랑한다, 로 끝이 났다. 알고도 속는 일이었고 부러 시치미 떼는 짓이었다. 시작을 사랑하지 않는다로 하면 당연히 마지막도 그렇게 끝날 것이었다. 하지만 그렇게라도 하고 나면 염치없게도 하늘이 내 편인 것 같아 뿌듯했다.

꽃을 아끼는 것도 내력인가보았다. 노마님 솜씨는 꽃들로 인해 더 빛이 났다. 아직도 눈이 밝아 수놓는 데는 아무런 지장이 없으나 어깨가 결려 오래는 못 한다는 게 노마님의 푸념이었다. 그러곤 내가 시집갈 때 쌈지를 선물하마고 덧붙였다. 철렁, 했다. 명치께가 울렁울렁했다.

노마님이 기거하는 동별당은 특이했다. 팔작지붕에 목조와가라는, 양반가 건축기법의 기본틀만 따를 뿐 조금씩 별난 구석이 있었다. 완만하게 기울어진 땅에 돌을 가지런히 쌓아 중간쯤에서 높이를 맞추고 황토로 단단하게 다진 자리부터가 아녀자의 거처치고는 우러러봄 직했다. 하지만 정면 네 칸, 측면 두 칸으로 올라선 별당은 인위적인 소박함으로 지나치게 심심했다. 모양이란 모양은 일절 들이지 않겠다고 작정이라도 한 것처럼 기교라고는 전혀 없었다. 곡선을 배제한 채 바로바로 떨어지는 직선의 공간이 눈에 버거웠다. 건성으로 잘라 던져놓은 것 같은 일곱 개의 돌계단도 투박했다.

댓돌 위에 신발을 벗어놓고 왼쪽으로 틀면 나오는 방이 노마님의 둥지로, 동별당에서 유일하게 닫힌 장소였다. 나머지 공간은 벽 대신 들어올리는 문을 달아 한겨울 말고는 내내 열어두었다. 겨울이라 해도 정면을 제외한 집 둘레를 나무들이 빼곡하게 메우고 있어 그다지 외풍이 센 편은 아니었다. 방도 앞과 뒤에 커다란 창을 달아 젖혀놓았다. 늘 열린 문 때문에 노마님의 방은 마루와 하나였고 바람과도 하나였다. 다 열어놓은 동별당은 멀리서 보면 마치 커다란 정자 같았다. 십수 년 전에 감선사의 개방된 구조를 본떠 수리했다고 했다. 대체로 아기자기하고 화려한 집에서 마치 오기라도 부리듯, 지리적으로나 정서적으로 동떨어진 장소가 바로 노마님의 동별당이었다. 그곳에서 노마님과 이틀을 자고 감기에 걸렸다. 며칠 뒤 마중 나간 나를 보자마자 달떠 보이는 안색이 아무래도 수상쩍다며 내 이마부터 짚어본 담현당 마님이 아이를 또 차게 재웠다고 노마님한테 싫은 소리를 했다. 얼마 만에 보는 딸년인데 첫인사가 참 다정하기도 하다며 노마님이 눈물을 글썽였다.

여름 한낮인데도 동별당의 안과 밖은 기온차가 심했다. 햇살은 뜨겁고 눅눅하고 텁텁했지만, 방 안에선 거짓말처럼 소름이 돋았고 이마에 수백 개의 뾰루지가 동시에 발진하듯이 두통이 심했다. 입이 마르고 내막을 알 수 없는 묘한 환각이 들락날락했다.

등이라도 펼 요량으로 잠깐 기댄다는 것이 까무룩 잠이 든 모양이었다. 정신을 차려보니 앞뜰을 향한 창과 오른편으로 꺾인 단 하나의 벽, 그 사이 모서리에 이마를 대고 몸은 반쯤 틀어진 채 팔이 뒤로 가 있는 불안한 자세였다. 흐트러진 몸이 제풀에 민망했다.

몸을 꼼지락거리려다 말았다. 오라버니였다. 군내나는 살냄새가 없는 걸 보면 분명 노마님은 아니었고, 그게 아니어도 오라버니는 그냥 알 수 있었다. 등이 간지러웠다. 마르고 긴 오라버니가 바위처럼 꿈쩍도 않고 내 뒤에 앉아 버티고 있었다.

—후우우! ……후우우!

한숨, 한숨 그리고 또 한숨. 바닥이 내려앉고 흙이 무너지고 땅이 갈라져 곤두박질치게 하는 한숨. 소리는 크지 않아도 무거운 한숨이었다. 그 무게에 짓눌린 가슴이 내려앉았다. 그러면서 낙하. 정신이 파묻히는 급작스런 어둠이었다. 그리고 회전. 의식은 끝내 열을 이기지 못했다.

—난아!

아주 어려 소숙헌 연못에 빠졌을 적에도 오라버니는 나를 그렇게 절망적으로 불렀다. 그러곤 나를 구했다. 하지만 이번엔 그럴 수 없을 것이었다.

—난아!

오라버니가 나를 끌어안았다. 여전한 풀향이 앞섶을 비집고 스며나왔다. 정신을 놓으면서 오라버니의 손힘이 의외로 세다고 생각했다. 노마님의 생신잔치에 끼지 못했다.

—난이와 함께 돌아가겠습니다.

— 더이상…… 시간을 허투루 쓰지 마라.

— 오래비가 아픈 누이 곁을 지키는 것이 왜 허튼 일이 됩니까?

— 이젠, 난이도 어린아이가 아니오.

오라버니의 부탁과 마님의 만류에도 참찬 어른은 뜻을 굽히지 않았다. 섭섭했다.

— 그예……

마님의 마지막 단어였다. 그들이 돌아가고, 모처럼 문 닫은 동별당에서 나는 혼자서 이틀을 더 앓았다.

이레 만에 돌아온 집안이 어수선했다. 오라버니에게 혼담이 들어왔다고 했다. 담현당이 진지했다. 발 틈으로 툭툭 잘려나오는 말소리가 건조했다. 별채문 뒤에서 나도 타들어갔다. 연기를 뱉지 않는 싸리불처럼 나도 그렇게 속으로, 속으로 나를 태웠다.

모자간 대화의 끝은 내가 결국 오라버니의 누이라는 사실이었다. 오라버니와 내가 오누이가 아니란 것을 누구보다 잘 알고 있는 당사자들끼리의 최면이었다.

— 도와주련?

마님이 오라버니에게 물었을 때 예, 하고 대답하며 나설 뻔한 걸 참느라 내 몸을 내리눌러 땅바닥에 주저앉혔다.

— 예?

그 속내를 읽지 못하고 치켜묻는 오라버니가 야속했다.

— 오라버니!

— ……응?

— 장가가?

— ……응!

불러 돌려세우고 싶었다. 부르면 돌아올지도 몰랐다. 하지만 그러지 않았다. 아니, 그럴 수 없었다.

산에 오르는 내내 마님은 아무 말이나 다 하는 것처럼 보였다. 나는 늘 마님의 목소리를 잊었다. 말과 말 사이의 간격이 지나치게 넓었던 때문이었다. 한데 흙길을 따라 쉼표 없는 말들이 불안하게 이어지고 있었다. 당신이 쏟아낸 말의 부피에 눌린 탓인지 마님은 감선사에 당도하기 한참 전부터 지친 티가 역력했다.

서두르는 밤에 치여 산이 동요했다. 한창 더 캄캄해지기까지 사방에서 소리들이 쏟아졌다. 해가 가라앉고, 구름이 부산하게 지나고, 벌레들이 집을 찾아가고, 별이 스스로 밝을 준비를 하고, 나뭇잎들이 하루를 털었다. 그리고 바람이 솔숲을 건넜다.

오래 전, 어미의 제를 지내고 온 나를 좌의정 할아버지가 소숙헌으로 부른 적이 있었다.

—난이는 금산이 어떻더냐?

—……

—좋은 솔숲이지. 나무들이 손때를 안 탔느니. 하룻밤 유숙에 혹시라도 건진 게 있더냐?

—……

—누가 언제 그랬는지는 모르지만 솔숲에 이는 바람을 구분해놓은 게 있다. 바람이 솔잎을 스쳐갈 때 그 세기를 보고 슬성瑟聲, 송운松韻, 송뢰松籟, 송도松濤, 그렇게 말이지. 그저 솔솔 불기만 하는 바람은 거문고 소리 같다고 해서 슬성이라 하고, 잔잔한 바람은 울림 운韻자를 써서 송운, 약한 바람이 스치면서 내는 '쉬이익' 소리는 퉁소 소리 같다고 퉁소 뢰籟자를 써서 송뢰, 그랬느니. 그럼 송도는 무엇인지 알겠느냐?

—모르겠습니다.

—큰 물결 도濤다. '솨아' 하는 소리가 파도소리 같다고 여긴 게지. ……우리 난이가 바다를 본 적이 있던가?

—아니요.

—보여주고 싶구나…… 난아, 다음에 감선사에 가거든 바람소리를 잘 들어보거라.

—예.

—바람은 말이다, 머물지 않느니. 지나가게 돼 있거든. 잡으려고 애쓰지 마라.

좌의정 할아버지의 목소리가 오히려 습성 같았다.

홑이불 한 장을 마님과 어색하게 나누어 덮고는 소리 하나하나마다 귀 기울여 구별하느라 이슥토록 잠을 이루지 못했다.

—서운……하니?

—아니요.

—희우……, 네 오래비가 친영 가고 나면…… 사람을 보낼 것이니 그때 집에 오너라. 지금은 난이 네 몸이 집안 돌아가는 분위기를 감당하기 힘들지 싶으다.

—예.

—숲이 너한테 큰 도움이 될 게야.

—예.

—조금이라도 불편한 게 있으면 스님께 바로 이르고.

—예.

다음날 새벽, 조반도 마다하고 마님이 돌아갔다. 잠긴 목소리로 엮은 인사말 몇 마디가 오고 간 후였다. 흙에 맺혀 있던 이슬이 마님의 붉은색 당혜에 밟히면서 터졌다. 뒤에 남은 땅이 진하게 젖어들었다. 마님은 한 번도 돌아보지 않았다. 오히려 박집사가 자꾸만 고개를 돌려서는 주름이 자글자글한 얼굴을 보여주었다.

나는 '누구' 인가? 외동딸 대접을 받고 있으나 딸은 분명 아니며, 따지고 들면 질녀라고도 할 수 있겠으나 그러기엔 죽은 엄마의 신분이 불안했다. 그렇다고 남도 아니었다.

사람들은 나를 일컬어 그저 좌의정댁 난이라고만 했다. 식구들 모두 원래 가진 제 이름 말고도 각각의 입장과 처지에 따라 마님, 대감, 노련님, 십사, 잔보, 행랑아범, 머슴, 문지기 등으로 구별되어 불렸지만, 나는 그 어떤 호칭으로도 따로 불리지 않았다. 하다못해 나면서부터 미친 듯이 짖어대는 바람에 '그만이'라는 이름을 갖게 된 행랑채의 사나운 개조차도 좌상댁 청삽사리 그만이였지만, 나는 언제나 앞이 잘려나간 채 바로 난이일 뿐이었다. 만일 오래 전에 약국을 떠나지 않았다면 나도 언니처럼 약국집 딸 난이가 됐을 것이었다. 세월이 흐르면서 사람들은 대부분 그 사실을 잊은 모양이었고, 간혹 기억력 좋은 이들조차도 최약국 딸로 시작한 말을 좌의정댁 난이로 맺어버렸다. 여기저기서 무심하게 불릴수록 내 이름은 점점 가벼워지고 하찮아졌다.

나는 언제나 '누구'가 되고 싶었다. 어려서는 마님의 딸이 되고 싶었고, 나이 들면서는 오라버니의 각시가 되고 싶었다. 하지만 나에겐 그 '누구'가 불가했다. 그러면 '무엇'이라도 되어야 했다. 그 '무엇' 조차 될 수 없다면 나는 아무것도 아니었다. 물론 '누구'이면서 '무엇'일 수도 있다면야 더 바랄 게 없겠지만 그럴 수 없으니 문제였다. 열여덟에 목숨을 버려 중천에 갇힌 귀신이 된 향이 언니처럼, 이제 열여덟이 된 내가 될 수 있는 그 '무엇'이 분명 있을 것이었다. 그런데 생각해보니 귀신조차도 '누구'였다. 아무리 제정신이 아니라도 나타난 귀신더러 너는 누구냐, 하지 너는 무엇이냐, 하지는 않을 것이었다.

그렇다고 '누구'가 될 수 없어 '무엇'이 되려 한다고 해서, '누구'가 될 수 없다는 절망감이 '무엇'이 되기 위한 밑거름은 아니었다. '누구'와 '무엇'은 완전한 별개였다. 그럼 도대체 나는 '무엇'이 될 수 있는 걸까? 그늘? 꽃? 위로? 약? 아님 또다른 그 무엇?

하지만 그전에 '누구'에 대한 모든 마음의 역사부터 뜯어내야 했다. 어쩌면, 으로 시작했던 실낱같은 희망의 소멸을 집에서 확인할 자신이 없었다. 떠나야만 했다.

—스님!

원통전에서 나오는 현각 스님을 불렀다. 돌아보는 눈이 다정했다. 아버지의 눈빛이었다. 세상 모든 딸들의 간절한 이상과도 같은 부성이 잔잔하게 반짝이고 있었다. 장삼자락이 바람결에 펄럭이면서 제 맘대로 나를 품다 말다 했다. 한 발짝 물러서는 스님을 나도 모르게 잡으려다 주춤했다. 문득 오라버니에게로 생각이 미치면서 오금이 뻐근하게 저려왔다.

오라버니와 나의 포옹은 언제나 엉성했다. 아주 어려서는 오라버니가 너무 컸다. 오라버니가 우는 나를 달래보겠다고 장난스레 끌어안으면 가슴 아래로 얼굴이 파묻히면서 숨이 막혔다. 그럼 나는 버둥대다 풀려나선 한소끔 더 우는 것으로 답하곤 했다. 나이도 들고 키도 비슷해지고 나서는 포옹이랄 것도 없는 어색한 접촉이 있을 뿐이었다. 아픈 내 몸이 오라버니 품으로 떨어진 적이 있기는 하지만 그나마 내가 모로 누운 상태였다. 단 한 번도 가슴과 가슴을 맞대고 제대로 안아본 적이 없었다.

—한마디만 해볼 것을…… 조르기라도 해볼 것을……

내 안의 비밀스런 남녀상열지사가 낯뜨거웠다. 하지만 이젠 다 끝이었다. 심장의 통증에 전염된 갈비뼈 마디마디가 욱신거리기 시작했다.

—스님!

희우의 여섯번째 이야기

子夜歌 자야가

暗憶少小事 암억소소사
含羞面發紅 함수면발홍
郎性好戲劇 낭성호희극
道妾再嫁儂 도첩재가농

풀이하면 이런 뜻이 된다.

소꿉놀이 각시가
어릴 적 그때 일을 가만히 돌아보고
부끄러워 얼굴이 붉게 물든 건
장난을 좋아하는 낭군께서
절더러 놀리기를 내게 두 번 시집왔구나

방약무인했던 자의 척박한 심중이 보기와는 달라도 어지간히 달랐나보았다. 이안중. 비분강개를 절제하지 못해 종종 눈물을 뿌리고, 몰락한 집안과 이루지 못한 출사의 꿈으로 패배의식에 사로잡힌 채 괴이한 행동을 일삼아 세인들의 비판에서 자유롭지 못했던 이. 내내 불우했던 그가 아녀자들의 아기자기한 정서에 몰두할 수 있었다는 사실이 그저 놀라웠다. 그런 그가 끝끝내 행복하게 오래오래 잘 먹고 잘살았다더라의 주인공으로 거듭나지 않은 걸 보면 「자야가」는 섬세한 관찰력이 빚어낸 창작이거나, 드러낼 수 없었던 자신의 비극적인 사랑에 대한 반어법이거나, 그럴 것이었다.

난이도 내게 시집온 적이 있었다. 제현 외숙의 혼인잔치에 다녀와 며칠 후의 일이었다. 그렇잖아도 농익은 가을 햇살 아래 공들여 치장한 꽃가마가 오고 가는 걸 몇 번 봐둔 터였다. 빠져 죽을 뻔한 일을 겪고도 여전히 연못 주변에서 얼씬거리기를 그만두지 않는 난이 때문에 조바심이 난 내가 한동안 난이를 감시하다시피 하던 시기이기도 했다. 서당이 파하자마자 부리나케 달려간 소숙헌 정자에 난이가 붉게 잠들어 있었다. 무료하고 따분했는지, 아님 그저 평소처럼 뭐든 건드려보지 않으면 직성이 풀리지 않아서였는지, 산수유를 짓찧어 나온 붉은 즙을 이마와 양 볼에 바르고서였다. 손에도 물이 들어 얼룩덜룩했다.

잠에서 깬 난이는 제가 어떤 모습인지 잊은 듯했다. 서너 숨이 지나 짓이겨진 열매를 보고 나서야 내게 자랑하기 시작했다.

—오라버니, 나 예쁘지? 꼭 새색시 같지?

—새색시?

—응, 새색시는 다 이렇게 하던데?

—근데 난이는 새색시가 아니잖아.

—새색시도 아닌데 이렇게 하고 있으면 혼나?

—아마도……

—으아앙……

—그럼 이렇게 하자. 난이가 오라버니 색시 하는 거야.

—정말? 그래도 돼? 내가 진짜 오라버니 색시 해도 되는 거야? 야단도 안 맞고 계속 예뻐도 되고?

—그렇지! 그러니까 울지 마세요, 우리 난이! 오라버니는 난이가 우는 게 세상에서 제일 무서워요.

—응! 그럼 지금부터 나 오라버니 색시 한다?

그러곤 설날 세배하듯이 내게 절을 했다. 제 딴엔 심각했는지 진지하고 다소곳했다. 나도 성심껏 절로 답하고 공손히 읍했다. 그렇게 단 한 번, 난이는 기꺼이 내 각시가 되어주었다.

격식을 차린 예禮랄 것까지는 없었다. 동뢰同牢는 그저 복잡다단한 혼례 의식에 시달리느라 지칠 대로 지친 신랑 신부의 기운을 돋우고자 하는 순수한 배려일 따름이었다. 찻잔보다 조금 큰 담청색 사기그릇에 담긴 건 흑임자죽이었다. 보기에도 입이 쌂을 것 같은 사위인 나도 나시반, 막 시집간 딸의 긴장된 속을 부드럽게 달래주고 싶었던 장모의 마음이었을 것이다. 앞으로 이틀 동안 처가에서 쓸데없는 억측이 난무하지 않게 하려면 억지로라도 먹어야 했다. 하지만 혀에 소금이라도 한 줌 얹어 놓은 것처럼 입 안이 짜고 목구멍은 지독하게 썼다. 게다가 내 위는 끝내 경솔하기로 결정한 모양이었다. 손으로 구역질을 틀어막아야 했다.

한동안 섭생을 소홀히 한데다가 며칠 전부터는 아예 음식을 입에 대지 못해 내 체력은 위험수위에 도달해 있었다. 떠난 자와 남은 자의 차이였다. 강제 추방이 아닌 다음에야 떠나는 사람에겐 무엇보다 스스로의 의지가 개입되게 마련인지라, 집을 나서는 순간부터 돌아오는 때까지 모두가 자신의 선택하에 있다. 덤으로, 맞닥뜨린 공간이 낯설면 낯설수록 두고 온 사람에 대한 그리움과 간절함이 얼마큼은 밀려나고 말 터이니 아무래도 여유롭다. 능동의 영역이다. 그렇지만 남겨진 사람은 다르다. 그저 남아, 떠난 사람이 돌아오기만을 기다려야 한다. 익숙한 공간에서 떠난 사람의 흔적을 감당하는 일이 고통스러워도 남은 채로 있는 것 외에는 달리 방법이 없다.

내가 그랬다. 난이가 없다는 상황은 같았지만 감선사에선 훨씬 견딜 만했던 것이 집에서는 그렇지가 않았다. 목구멍으로 밥을 넘기는 일이 그렇게 어려운 일이었나 새삼스러웠다.

—희우야, 내 아들! 지금이라도 접으랴?

혼례 전날 밤, 어머니의 젖은 목소리가 나를 흔들었다.

—어찌 그럴 수 있겠습니까?

어찌 그럴 수 있겠는가.

어쨌든 고작 죽 반 수저이긴 했어도 아내와 함께 음식을 나누어 드는 것으로 부부의 연은 구체적으로 시작되었다.

아내에 대한 칭찬이 허언은 아니었다. 생김새며 몸가짐이 다 얌전했다. 마음 씀씀이도 따뜻해 보였다. 남편과의 첫 대면에서 보이는 내숭이라 여기기에는 그 모든 것이 자연스러웠다. 그러니 앞으로 살면서 일어나는 모든 악재는 다 내 탓이 될 것이었다. 결국……, 아내를 사랑해야 하는 걸까? 절실해지는 막막함에 옷을 입은 채로 밤을 새웠다.

친영을 다녀오면 돌아와 있을 거라던 난이가 보이지 않았다. 내 끈질긴 질문의 눈빛을 막아내지 못한 유모 말에 의하면, 난이를 데리러 산에 올랐던 행랑아범이 현각 스님에게서 달랑 편지 한 장만 받아들고 귀가했다고 했다. 그 편지 내용은 아직 어머니 외엔 아무도 모른다고도 했다.

현구고례見舅姑禮가 진행되는 동안 어머니는 가죽부대에 물을 채울 때처럼 조금씩 팽창하고 있었다. 그러면서도 덕담은 차례대로 오고 갔고 신혼부부 대접에는 소홀함이 없었다. 하지만 어머니는 내내 나와 눈을 마주치려 하지 않았다. 아내, 운영에겐 미안한 일이었지만 혼례의식 한가운데를 뭉텅 들어내버리고 바로 난이에게 집중하고 싶었다. 하나 그럴수록 시간은 더디기만 했고 적막한 담현당이 힘껏 어두워지고 나서야 나는 어머니 앞에 무릎을 꿇을 수 있었다.

—그렇지, 천하에 둘도 없는 오래비지. 어련하시겠는가. 그 오래비가 누이 안위를 걱정한다는데 당연하고말고. 허나 새삼 걱정할 게 무어겠는가. 돌아올 날짜를 잠시 미룬 것뿐인데. 새아가나 잘 챙기시게. 그게 맡은 바 소임이시네.

나를 향한 첫 존대가 그렇잖아도 귀에 선데, 어머니가 말 한마디, 한마디 날을 세웠다.

—어머니!

—흐흡!

심지에 매달린 불꽃이 요동했다. 더불어 어머니의 그림자가 내 맘보다 먼저 몸부림을 쳤다. 어머니는 비어져나오기 시작한 눈물을 막지 않았다.

—어머니!

—나는 이제 맘 편히 죽지도 못할 거야. 하연이 볼 낯이 없어서.

—어머니!

—부르지 마라. 나는 지금 네가…… 밉다.

—난이, 어디 있습니까?

—알아 뭐 하게? 데려다 뭐 하려구?

어느새 물기 거둔 어머니의 목소리가 깔깔했다.

—난이, 지금 어디 있습니까?

—……

—어머니!

같은 질문을 일백 번 더 한다 한들 침묵하기로 작정한 어머니의 고집을 꺾을 수 있을 것 같지 않았다. 난아! 아!

다시 밤, 가을

부엉이 소리에 받친 풀벌레가 처처하게 울었다. 파동이 길었다.

물기 빠진 잎사귀들이 떨어져내렸고 나무들은

제각각 덜린 무게가 헛헛해 서러웠다.

또 밤이었고, 가을이었다. 버리기에 좋았다.

*

부엉이 소리에 받친 풀벌레가 처처하게 울었다. 파동이 길었다. 물기 빠진 잎사귀들이 떨어져내렸고 나무들은 제각각 덜린 무게가 헛헛해 서러웠다.

苦苦苦 機上苦 고고고 기상고

田中苦 廚下苦 十二時何時不苦 전중고 주하고 십이시하시불고

괴로움 괴로움 괴로움일러라

베틀 위에 앉아도 괴로움 밭 가운데 들어도 괴로움 부엌 아래서도 괴로움 열두 때 어느 땐들 괴롭지 않으리야

공글러 속으로 밀어넣어두었던 마음들이 추야장 잘깃한 괴로움을 어쩌지 못하고 제풀에 매워졌다. 더불어 말들도 독해졌다. '숫제 죽는

게……', 그 말을 듣고 초풍하여 쥐어뜯은 가슴에 멍이 들었다. 몸이 상했든 맘이 망했든 자식은 자식이었다. 정신을 놓고 봉두난발로 배회하는 딸년을 채와 그러안고 그 밤 내내 모성이 울었다.

위배된 것들은 많았다. 산과 들이 한 해를 털어내는 걸 보면서 사람들은 자신의 삶을 정돈하고 싶어했다. 하지만 계절이 부여한 일시적인 역량이었다. 기록으로 영원히 남을 결과가 두려운 사람들이 다시 마음을 접어넣었다.

또 밤이었고, 가을이었다. 버리기에 좋았다.

기현의 첫번째 이야기

팔의 움직임이 둔하고 뻣뻣하다. 채마밭과 차밭에서의 반복된 울력은 내 근육을 거칠게만 단련시켜놓은 모양이었다. 동작이 부드럽게 펼쳐지지 않을뿐더러 연결마디 마디에 힘을 골고루 나누어 싣는 일 또한 생각처럼 쉽지 않다. 호흡을 가다듬고 나는, 내 몸에 좀더 집중해들어간다. 눈을 감는다. 시선이 어둠에 반사되어 뒷걸음을 치더니 텅 빈 몸속을 조명한다. 휑한 공간에 심장의 울림만이 나지막이 공명한다. 칠일 금식기도의 증거였다.

—내 업이다. 내 탓이다. 나 때문이다.

다시, 아주 신중하게, 어깨관절을 움찔거려본다. 한 번, 두 번, 세 번, 그리고 한번 더. 뼈들이 맞물린 채 삐거덕거리며 서로를 북돋아주자, 근육들도 그에 질세라 저마다의 자리에서 수축하고 이완하기 시작한다. 드디어 파동이 파르르, 하고 밀려내려간다.

—후우!

몸을 앞으로 약간 기울이면서 팔을 곧게 뒤로 뻗는다. 평소와 다르게 익숙지 않은 방향으로 당겨진 힘줄이 낯섦에 대한 반발로 잠시 부르르 떤다. 숨을 천천히 들이마시면서 반원을 그리듯 양팔을 하늘로 추어올려 잠시 멈추었다가, 참았던 숨을 크게 뱉으면서 팔을 아래로 내리꽂듯 힘주어 밀어내린다. 공기가 저항하며 부딪혀온다. 팔이 무겁다.

퍼드득, 퍼드득, 퍼드득. 풍성한 잿빛 날개는 아마도 그렇게 소리낼 것이다. 기류만 잘 탄다면 고단하지 않을 것이며, 운이 따라준다면 염치없는 영혼 따위는 감히 넘볼 수 없는 거룩하게 높은 곳으로 들려올라갈 수도 있을 것이다. 무엇보다도 수령이 오래된 단풍나무가 빼곡하게 둘레를 친 감선사가, 소나무 천지인 금산에서 해마다 어떻게 붉은 원이 되는지 볼 수 있을 것이다.

절에서 반나절 더 걸어올라가면 금산 정상을 바로 한 치 앞에 두고 느닷없이 절벽이 나타난다. 점잖은 산 어디에 그런 오기가 숨어 있었는지 가파르기가 만만치 않다. 비상에의 유혹이 강하다. 함부로 가까이 다가가서는 아니 되는, 아주 위험천만한 곳이다. 그러나 나는 무방비 상태로 발아래의 아슬아슬한 허공을 응시한다. 몸이 오그라드는 것 같은 공포가 국부에서부터 방사형으로 퍼져나간다. 그래도 진득하게 견디다보면 결국 심장은 요동을 멈추게 되어 있다. 언젠가는 날 수 있겠지, 나 스스로의 힘으로, 따위의 꿈은 물론 꾸지 않는다. 다만 나의 의지를 시험할 따름이다.

출가를 후회한 적이 있다, 그것도 아주 여러 번. 입산할 때만 해도 나는 세상에 추구할 만한 가치가 하나도 없다고 믿었다. 분명 들다 만 나이 탓이었겠지만, 나는 나 자신을 몰라도 너무 몰랐던 것이다. 자신 있게 외면했고 두말없이 버린 세상이었지만 선천적으로 나는 속물이었다. 엎어지고 자빠지며 갈팡질팡했을 테고, 먹는 마음마다 겪는 일마다 낭패였겠지만, 내가 있을 자리는 세상이었다. 그걸 깨달은 때문이었다.

처음에는 산 그리고 절이라는 장소가 도피처로 아주 그만이었다. 역겨운 현실은 동심과 도저히 화합할 수 없는 것이었기에 그 현실로부터 과감히 도망쳐나왔지만, 망가진 동심은 이미 회복이 불가능한 상태였다. 하지만 더이상 어린아이일 수 없다고 해서 바로 어른이 되는 것은 아니었다. 불안정한 착지상태에서 균형을 잃고 소동하는 나를 산은 적절히 가려주었고 절은 성심껏 달래주었다.

—용타.

그 먼 길을 물어물어 찾아든 어린 나를 보고 큰스님은 짧은 한마디로 모든 걸 대신했다.

순천 송광사는 선과 무사도를 하나로 여기는 선검일여禪劍一如와 선무일여禪武一如의 엄격한 선방생활로 이름이 높았다. 몸이 고단했다. 매일 매일 위아래 구별 없이 이루어지는 예불과 공양, 울력에 한눈팔 새가 없었다. 하지만 그럴수록 마음은 차분해지며 평온함이 자리를 잡았다. 그 한시적인 평안함을 소명으로 오해했던 것이다.

스걱스걱. 머리카락을 밀 때 칼 가는 소리가 났다. 머리카락 수만큼, 집착과 미련도 함께 끊어져 떨어졌다. 마른땅을 막 적시기 시작한 옅은 빗방울처럼 후두두, 그렇게 버려졌다. 두개골을 덮은 피부가 마치 콩고물을 묻히기 전의 인절미처럼, 뜨기 전의 수제비 반죽처럼 차져서는 손바닥 아래서 미끈거렸다. 시원하기도 했고 맨살이 아리기도 했다. 하지만 뿌리는 그대로 남아 있었다. 머리카락은 바로 다음날이면 검게 싹을 틔우며 금세 까슬까슬해졌다. 놀라운 성장이었다. 미련도 마찬가지였다. 잊지 않고 잘라주지 않으면 어느새 눈에 띄게 자라나 마음을 검게 덮었다. 그런 내게 큰스님은 현각玄覺이라는 법명을 내림으로써 나를 외람되게 했다. 게다가 될 수 있는 한 집에서 멀어지고 싶다는 내 속마음을 들여다보면서도 감선사를 주선해 나를 당혹스럽게 만들었다. 그러나 나는 곧 순순해졌다. 스승은 내게 심오한 깨달음을 기대한 것이었겠지만, 내가 한계를 극복하고 무언가 깨닫게 된다면 그 바탕은 결국 검고 어두울 것이기 때문이었다.

아버지는 육신의 자유를 부단히 실천했다. 그 자유의 실체를 정확히 몰랐을 적에는 뜬구름처럼 부유하는 아버지가 근사해 보였다. 하지만 그 자유에의 의지는 너무나도 이기적이어서 당연한 의무를 망각했고 마땅한 책임을 방임했다. 아버지가 누리는 자유의 지경이 넓어질수록 경계가 맞닿은 가족들은 조금씩 침식당하는 제 영토 안에서 가까스로 운신하며 점점 숨이 막혔다.

누이들이 무탈했다면, 나는 어느 정도 흉내일지언정 중 노릇에 만족하면서 어영부영 살아냈을 것이다. 그러나 묘연 누이의 편지글이 조금씩 길어지면서 나의 죄의식도 함께 깊어졌다. 무엇이든 함께 나누었어야 했다. 한데 내가 가장 사랑하는 두 여인이 내가 털어버리고 나온 찌꺼기까지 감당하느라 온전한 그늘 하나 없는 땡볕에서 지쳐가고 있었다. 결정타는 하연이었다. 그녀가 죽고 나서 나는 처음으로 파계까지도 고려했다. 무책임한 건 결국 나였다.

하연은 제현의 눈치를 많이 보았다. 그렇다고 제현이 불순한 의도로 하연을 해코지하거나 대놓고 무시한 것은 아니었다. 그래도 하연은 제현이 드러내는 그 별개의 표정, 오직 자신에게만 보여주는 그 구별된 얼굴을 어려워하고 서러워했다. 나중에는 제현의 그림자만 보아도 절로 기가 죽었다. 묘연 누이가 출가한 후로는 그 정도가 더 심해져서 제현을 피하는 일이 하루의 일과가 될 지경에까지 이르렀다. 원래 겁이 많기도 했거니와 외로움도 많이 타던 아이였다. 혼자인 시간이 길어지면서 앞뒤 분간할 의지마저 꺾여버린 하연은 덜컥 최약국에게 시집가는 것으로 골수에 스민 수모감을 모면하려고 했다. 하지만, 그것은 덫이고 함정이었다. 빠져나오지 못할 깊은 수렁이었다.

처음 얼마간은 하연도 최약국 부녀에게 정을 붙이려고 무던히 애를 썼다. 향이 또한 어미 잃은 새였기에 본능적인 모성이 활발히 움직여주기도 했다. 어머니가 저를 두고 그랬던 것처럼 따뜻하게 향이를 보듬었다. 그러나 그녀는 곧 지쳐버렸다. 자신과는 눈도 마주치려 하지 않으면서도 입성과 식성만큼은 제대로 대접받고자 했던 알량한 자존심의 남편을 거뜬히 감내해낼 재간이 하연에겐 없었다. 게다가 어린 시절 조악했던 소꿉놀이보다 못한 구차한 생활이 그녀만의 책임이 되었다. 삯바느질에 매달리면서 하연은 모든 것에서 마음을 거두어들였다. 제가 낳은 난이에게서조차도. 언젠가 하연은 최약국이 자신을 후인이라 불렀다며 절망을 토했다. 그러곤 눈물에 엉망으로 불어버린 얼굴을 쓰개로 가리고, 그 고백을 수치스러워하며 서둘러 산을 내려갔다.

하연이 산에 올 적마다 몇 마디씩 흘리고 가는 말들이 내 속에 고여들어 점점 깊어지고 어두워졌다. 그 검은 물의 위력은 대단했다. 하연이 죽으면서 엄청난 파괴력으로 쏟아져나와 나를 후려쳤다. 나는 쓰러졌다. 하지만 끝이 아니었다. 얼얼한 심정으로 시작한 기도가 겨우 안정을 찾기 시작할 즈음, 나는 다시 넘어졌다. 희우와 난이의 일은 내가 결코 예측하지 못했던 재난이었다.

묘연의 여덟번째 이야기

흰 구름이 뒤덮은 하늘 아래로 중첩담을 따라 연못이 끝도 없이 펼쳐졌다. 마름이며 물옥잠이며 연이며 물달개비 같은 갖은 수중식물들이 빼곡히 들어찬 연못은 물 보일 틈 하나 없어 땅이라고 해도 믿을 정도였지만, 작은 물벌레들이 규칙적으로 물을 튀기며 옮겨다니는 것으로 그 아래의 깊은 물을 증명하고 있었다.

눈의 호사였다. 마름은 희게, 물옥잠과 물달개비는 푸른 자주로, 그리고 연은 붉고 노랗게 꽃을 피워올리고 있었다. 넓적한 잎사귀에서 물방울들이 굴렀다. 정신이 어릿어릿해졌다. 나는 고만 물로 뛰어들고 싶었다. 하지만 흐무러지기 직전의 나를 상엿소리가 붙들었다.

—어어야 디에야……

상두꾼은 어디에도 보이지 않는데 그가 메기는 가락이 끊기지 않고 바람에 감겨왔다.

—어여쁜 우리 님 가시는 먼먼 길에……

그러더니 열대여섯 정도 돼 보이는 계집아이들이 여덟 자 길이, 두 자 나비의 만장을 들고 쪼그려앉은 내 등뒤를 차례지어 지나가기 시작했다. 상여도 없이 앞으로만 진행하는 흰 무리가 아득했다. 망연히 바라보고 있는데 문득, 한 사내가 뒤로 걷고 있는 것이 보였다. 흐느적거리는 걸음새가 눈에 익었다.

—아버지!

아버지의 눈빛이 투명했다. 나는 일어나 아버지를 좇았다. 하지만 아무리 걸어도 제자리걸음이었다. 어느새, 그가 돌아서서 내게 등을 보이고 있었다.

—아버지! 아버지!

아버지를 놓칠까봐 기겁을 했지만 그는 여전히 뒤로 걷고 있었다. 그가 점점 가까워졌다. 나는 걷기를 멈추고 가만히 서서 기다렸다. 익숙한 향내가 반갑다, 하는 순간 아버지가 돌아섰다. 아니, 희우가 돌아섰다.

—희우야!

갑작스런 어둠의 나락이었다. 나는 더 당황했다. 사물의 윤곽이 서서히 눈으로 들어왔다. 속적삼이 축축했다.

결국 희우는 난이를 버리기로 했나보았다. 그 이떤 말로 에둘러 치장한들 버리는 건 곧 버리는 것일 뿐, 결코 버리는 게 아닌 게 되지는 않을 터이니 결국, 버린다는 표현이 옳았다.

거슬러봄 직한 세상이라고 생각했다. 희우는 남편과 달랐다. 세상에 대한 포부도, 휘어잡힌 이념도, 죽기 살기로 지켜야 할 이상도 없었다. 나는 희우가 지킬 수 있는 것을 지키며 살아내길 바랐지만 아들의 마음은 움직이지 못하고 있었다. 희우는, 그리고 난이는, 내가 나서서 임의대로 손쓸 수 없는 영역이었다. 책임은 져야 하면서 간섭은 할 수 없는 고충이었다.

시전지를 꺼냈다. 글귀를 궁리하다가 나 자신이 한심해서 웃었다. 전할 안부도, 묻고 싶은 안부도 없는데 도대체 무엇을 꾸미려고.

사나흘 후 난이를 데리고 가겠네. 혼사 준비의 번다함을 난이가 어찌 감당하리. 희우가 친영 떠나는 대로 행랑아범을 보낼 터이니 그리 알고 우례于禮 때까지만 보살펴주시게. 마음을 미리 다스려놓으라고 내 걸음에 앞서 기별을 놓네.

아우님이 지척에 있어 때마다 내 마음 비빌 수 있으니 진정으로 다행이네.

기현의 두번째 이야기

그녀는 말 그대로 미친년이었다. 물 본 지 오래된 산발한 머리에 시든 꽃을 공들여 꽂고, 땟국이 줄줄 흐르는 낡은 치마를 긴 손가락으로 배배 꼬며 천진난만하게 웃고 있는 모습이 전형적인 미친년이었다. 그래도 사람은 사람이었다. 펄떡펄떡 살아 숨 쉬는 사람. 하지만 눈빛은 아니었다. 귀기 어린 섬광에 눈이 아닌 머리가 다 부실 지경이었다. 더럭 겁이 나면서 가슴이 두방망이질을 쳤다. 돌멩이 하나 던지지 못했다. 아홉 살의 어린아이에게 미친년은 혼자 감당하기 버거운 존재였다.

—이년 보래? 허구 많은 집 다 놔두고 왜 하필 우리집 앞서 얼쩡거리구 지랄이래. 아침부터 재수 옴 붙었구마는.

시커멓게 그은 중늙은이였다. 누군가 튀어나와줬다는 사실이 무턱대고 반가웠지만 그의 시선은 나를 비켜가 미친년에게 꽂혀 있었다.

—눈이 때꾼한 게 허기져 그러는 모양이라. 에고, 불쌍한 인생. 그놈의 사랑이 뭐라구 정신까지 다 팔아먹구, 쯧쯧! 저게 얼마나 고왔는데 저렇게 거지꼴을 해가지구. 솜아, 배고프냐? 집에서 밥 안 주드나?

눈이 아래로 순하게 처지긴 했어도 옹골져 보이는 아낙이었다. 목소리가 나긋했다.

—집어치우지 못하겄나? 하나밖에 없는 아우가 집 나가서 거렁뱅이로 굴러먹다가 목욕재계하고 형님, 하면서 돌아온대도 두들겨 내쫓을 판에 어디서 저런 걸 집 안으로 끌어들이려구? 그리구 저년 애비에미가 그치한테 받아챙긴 돈이 얼만데 아까운 내 밥을 줘? 야, 이년아! 얼렁 안 가냐?

—다정도 병이라, 컬럭컬럭! 워낙에 심지가 부드러우니 못 이기고

저리 망가졌을 터. 너무 몰아세우지 마라. 아이가 너무 아깝다, 컬컬!

—아부지는 고만 들어가시우. 기력도 없으시담서 이차저차 상관 마시구.

구부정한 노인네가 다독였지만 사내는 찌그러진 인상을 풀려 하지 않았다. 아낙이 한숨 몇 자락을 마당에 던져놓고 미친년에게 향했다.

—솜아, 오늘은 아니 되겄다. 다음에 오니라.

—다음은 무신 다음이여! 너 이년, 한 번만 더 내 집 앞서 눈에 띄었다간 허리를 꺾어버릴지도 몰러. 몸 성하게 조용히 살고 싶음 다시는 여기 얼씬거리지두 말어. 알아들었냐? 안 그래도 되는 일 하나 없이 사는 게 폭폭해 죽겄구만 별게 다 눈을 어지럽히구 난리라.

—아이고, 그 인심 한번 흉하기도 하지.

—이놈의 여편네가!

—솔직히 솜이 무슨 죄래요. 단물만 쪽 빼먹고 나 몰라라 하는 류혼지 유혼지 하는 그 인간이 벼락 맞아 죽을 놈이지. 그런 기생오래비 같은 작자가 뭐가 그리 대단하다구, 에휴! 그래도 그 인간 오래는 살지 싶소. 벼람박에 똥칠할 때까지. 욕을 엔간히 얻어 처먹었어야지.

흘려듣기만 했지 한 번도 마주친 적 없던 아버지의 진실이 백주 대로에 뚝뚝 시퍼렇게 떨어지고 있었다. 멍의 색이었다. 검붉은 피가 살갗 속에 맺히면 푸르게 보이듯이, 몽둥이에 맞아 피 흘리며 거꾸러진 사랑이 미쳤다는 이유로 왜곡된 채 퍼렇게 잠겨 있다가 내게 들킨 것이었다.

매무새가 뒤죽박죽인 그녀의 흐트러진 뒷모습을 보면서, 나는 태어나 처음으로 하늘이 무너지는 듯한 절망을 느꼈다. 그리 험한 욕을 듣고도 노여움 한번 타지 않고 여전히 새새거리는 그녀의 갈라진 웃음소리를 들으면서, 나는 살면서 처음으로 땅이 꺼지는 듯한 현기증을 느꼈다. 살아 있다는 것이 부끄러웠다. 무엇보다도 아버지 류호, 그의 피로 내가 건설되었다는 사실이 견딜 수 없었다. 장사 지내야 할 것은 미친년의 사랑이 아니라 내 피여야 했다. 아버지에 대한 나의 무지를, 사랑에 대한 아버지의 무심을, 미친년에 대한 세상의 무례를 용서할 수 없었다.

그믐달

한은 정향나무에 맺히고
눈은 황톳길을 향하네

풍은 이전에 다니던 하늘길을 잃었고
강은 새로이 삼도내의 물길을 얻었으니

가을 연못에 밤비 넘쳐 연꽃 다 죽을 제
미친년 주저앉아 백 번 울고 천 번 우네

만력 임오년 가을에 씀

만력 임오년이면 정확히 백팔십사 년 전이었다. 누렇게 바랜데다 군데군데 맞붙기까지 한 종이가 그 역사를 증명하고 있었다. 일반 서책을 반으로 접은 크기의 언문시첩은 씌어진 시대에 비해 그 내용이 파격이었으나, 공들인 제본만으로도 책에 대한 저자의 애정이 얼마만큼이었는지 짐작할 수 있었다. 하지만 표지와 본문 그 어디에도 저자의 이름은 없었다.

미친년.

미친년의 역사는 그만큼 깊었다. 조금만 품을 팔면 정신에서 이성이 분리된, 하여 자신의 상처에만 전념하는 여린 영혼들의 구구절절한 사연들이 옷자락을 붙잡고 늘어졌다. 그중 운좋은 한 미친년이 시로 되살아나 나를 쫓았다.

그날 이후 나는 꿈속에서 늘 미친년에게 덜미를 잡혔다. 미친년이 내 가슴을 가르고 심장을 꺼내 우적거리는 동안 먼발치서 아버지가 낄낄거리며 웃었다. 깨고 나면 지린 오줌으로 아랫도리가 축축했다. 춥고 덥고에 상관없이 항상 맨바닥에서 잠을 잤다. 도둑빨래에 진저리가 났다.

집에 붙어 있을 수가 없었다. 정말로 미친년이 나를 찾아 집으로 쳐들어올 것 같았고, 아버지가 내 죽은 몸을 치대며 비웃는 모습이 자꾸만 상상되었다. 아버지는 더이상 나의 보호자가 아니었다. 잠재적인 범죄자로, 기피하고 경계해야 할 대상이었다. 피해자가 가해자와 함께 밥상머리에서 밥술을 나눌 수는 없는 일이었다. 밖에서 배회하는 시간이 점점 늘어났다.

내겐 모성조차도 적의에 차 있었다. 아버지의 유일한 아들로 어떤 모양으로든 아버지의 성정을 내려받았을 거란 의혹과, 그래서 언젠가는 내 아랫도리가 벌이고 다닐 망측한 잡사를 내다보는 듯한 멸시의 눈길이 늘 부대꼈다. 내 발목을 묶은 천륜의 끈이 점점 약해지며 가늘어졌다. 한 해 동안 조숙한 역마살에 시달린 나는 결국 집을 나와버렸다.

법당 안에 널브러져 꿈틀대는 여문의 뒷모습은 기억 속 그 미친년의 이성異姓이었다. 나는 여문의 실성한 정신을 괄시할 수 없었다. 남을 해코지하기는커녕 오히려 제 심장을 뜯어먹힌 절체절명의 영혼을, 돌무덤에 갇혀 죽은 전생의 간절한 상사相思를 홀대할 수 없었다. 그러면서 두려웠다. 혹여 난이의 정신이 미끄러져 깨지기라도 한다면, 그건 어린 날 겁먹었던 시에서 그칠 일이 아니었다. 아마도 내 제문이 될 것이었다.

행으로 난이는 미치지 않았다. 아주 오랜 시간 습관이 돼버린 감정은 펄펄 날뛰는 대신 아무도 모르게 썩어 문드러지기로 한 모양이었다. 사실은 그게 더 치명적이겠지만 난이는 온전히 자신의 몫을 감당하고 있었다. 보기가 힘겨웠다. 나도 모르게 자꾸만 산 아래를 더듬었다. 행랑아범이 어서 나타나주기를 기다렸다.

기현의 세번째 이야기

이곳에서 갈대숲을 처음 보았습니다. 해마다 가을이면 바람을 쓸어모아 잔뜩 품고 있다가 이리 굴리고 저리 굴리는데, 새벽녘 마당에 비질할 적 소리가 납니다. 요란하게 흔들리는 모양새에 비하면 그 소리는 그리 크지 않으나 마음의 먼지까지 다 걷어내니 재주가 제법입니다. 낮이고 밤이고 상관없이 원怨이며 한恨을 풀기에 적당한 자리입니다.

후인은 대체로 고집스런 것들을 편애했다. 세게 우겨본 적도, 길게 끌어본 적도 없는 자신에 대한 반발일 것이었다. 여주는 거기에 맞는 땅이었다. 특히나 여강은. 여강驪江은 여주驪州에 있다고 여강인 모양이지만, 원래는 같은 남한강 물줄기에 든다. 하지만 여주 쪽 백 리만을 뚝 잘라 그예 여강으로 해버린 그네들의 고집이 쓸 만하다며 후인은 즐거워했다. 낯선 삶을 호의로 시작해서인지 그녀는 여주에 빠르게 적응했다. 그리고 그 신통한 사실을 조곤조곤 적어보내기도 했다. 그녀의 글은 묘연 누이의 글처럼 우아한 멋은 없었지만 이름난 약국의 손답게 얌전하고 솔직했다.

남편은 이제 뱃사람이 다 되었습니다. 처음엔 배가 뒤집히지나 않을까, 노 젓는 게 서투르니 엉뚱한 데로 흘러가버리는 건 아닐까, 혹여 잘못돼 물에 빠지기라도 하면 어쩌나 노심초사했는데 이젠 물에 길이 다 들었습니다. 성실하고 경우가 바르다고 조포나루 사람들에게 인정도 받고 있습니다.

무엇보다 다행스러운 것은 도혜 스님에게 가지고 있는 남편의 원망이 이젠 거의 쇠한 듯하다는 것입니다. 하나밖에 없는 동생을 고립무원의 지경에 버려두고 출가해버린 야속한 형님이라고 그리도 미워하더니 이젠 철이 들었습니다. 게다가 저희들이 이렇게 자리잡고 사는 것이 다 누구 덕인데 끝까지 배은망덕할 수가 있겠습니까. 잘한 것 하나 없이 내내 퉁퉁거리기만 하는 아우에, 자식 버리고 도망 나온 패륜의 제수를 끝내 모른 척하지 않은 후건 아주버님의 속이 어떠했을지, 제가 아무리 몹쓸 년이라도 짐작하고도 남음이 있습니다.

여주는 도혜 스님의 고향이다. 속세에서 후건이었던 도혜 스님은 외할머니와 아우 후평, 그렇게 셋이 더불어 살았다. 늘 불법佛法을 갈망했지만 가장으로서의 책임감 때문에 차일피일 미루기만 하다가 결국 외할머니가 돌아가시자마자 바로 출가를 했다. 당연히 고향을 등지게 됐고, 그러면서 죄없는 아우가 끈 떨어진 연의 처지가 되어버렸다. 자신이 외면한 어린 아우를 가슴에 묻고 비본질로부터의 떠남에만 몰두하려고 애쓰던 도혜 스님은, 자신이 출가할 적에 열세 살이었던 후평이 삼 년 만에 훌쩍 큰 떠꺼머리가 되어 향이 어미, 후인을 데리고 산사에 나타났을 적에 잠시 흔들렸다. 형과 가까이 있고 싶어 도성 안 최국까지 흘러든 아우의 원초적인 외로움과, 제 형과 동갑내기인 한참 연상의 여인에게 빠져버린 근원적인 허기를 보았기 때문이었다.

후인과 후평은 마치 아귀가 잘 맞는 문짝처럼 찌걱거리는 법 없이 부드럽고 자연스러웠다. 아주 오래돼 길이 잘 든 듯한 관계였다. 수십 년을 해로한 부부의 말년 같았다. 향이가 잘못되지만 않았다면 오밀조밀한 잔재미 속에서 그럭저럭 평화롭게 살았을 것이다.

향이가 떠나고부터는 모든 기운이 전만 같지 않습니다. 몸가짐이며 행동거지가 뒤숭숭한 것이 남편에게 그저 짐만 되고 있습니다. 그래도 시들시들 시드는 마음에 비한다면 몸은 성한 편입니다. 물가에 살다보니 아무래도 습한지라 때때로 무릎 통증이 심하긴 하지만, 그건 오히려 감사할 일입니다. 그마저도 없다면 제 지은 죄를 까맣게 잊어버릴 테니 말입니다.

이년의 처지가 참으로 편안합니다. 무엇보다도 남편이 제게 한결같으니 더 바랄 게 없습니다. 고작 서른여섯의 장년이 쉰을 넘긴 늙은 아내를 두고 애탄지탄하느라 겉늙는 것이 안쓰럽기까지 합니다. 새끼 버린 에미의 팔자가 이리 순탄해도 되는 것인지 늘 미안하고 죄스럽습니다. 자식이 없는 것이 흠이라면 흠이겠지만, 있던 새끼도 건사하지 못한 제가 언감생심 무엇을 바라고 또 원망하겠습니까. 다만 제 핏줄 한번 보듬어보지도 못하는 남편이 딱할 따름입니다.

—스님! 집으로는 갈 수 없어요. 사실은, 제 집이 어딘지 이젠 그것조차 모르겠어요.

짐작했던 말이었지만 막상 들으니 먹먹했다. 맘을 쉴 집이 없다는 건 저주였다. 내가 알았다. 내가 중이 된 이유였다. 내가, 네 집이 됐어야 했거늘. 잘못했다, 난아! 내가 잘못했어. 죄책감의 포로가 된 그 밤, 난 불당에서 밤을 새웠다.

어디든 가겠다는 난이를, 나는 말리지 않았다. 난이의 삶이었고 난이 스스로의 선택이었다. 그렇다고 내게 쉬운 결정은 아니었다. 누이와 희우의 원망이 고스란히 내게로 쏟아질 게 분명했지만 그게 염려된 것은 아니었다. 옳은 일이라면, 결과가 끔찍해지더라도 감당할 수 있었다. 하지만 자신이 없었다. 난이가, 그리고 난이를 도우려는 내가 옳다는 확신이 없었다. 그럼에도 결국 여주까지 간다는 상단에 청을 넣어 난이를 딸려보내기로 했다. 후평과 후인이 향이를 보듯 난이를 거둬줄 것이었다.

남장한 난이는 희우와 많이도 닮아 있었다. 서로에게 낱낱이 흡수되어 같아질 만큼 상대에 대한 아이들의 집중력은 무척 깊고 강한 모양이었다. 그게 아니라면 원래는 하나였던 몸이 둘로 나뉜 흔적일 것이었다. 난이는 그렇게 희우의 모습을 온전히 가지고 담담하게 우리를 떠났다. 난이에게는 후인을 외할머니의 먼 친척이라고만 일러두었다.

편지는 뒷장으로 이어졌다. 추신이 아니라, 갑자기 등장한 새 글이었다. 앞서 적은 글을 마무리하다 말고 나중에 덧붙인 것 같았다. 글씨가 긴장한 듯 바짝 조여 있었다.

스님.

물으신 난이의 안부에 대해 저희 부부는 그저 당혹스러울 따름입니다. 스님이 보내신 편지를 보자니 난이 그 아이가 저희와 함께 있다는 것을 전제로 하신 말씀이 분명한데, 난이가 여기에 온 적이 없으니 말입니다. 오지 않았습니다. 그럼……

오지 않았습니다. 오지 않았습니다. 오지 않았습니다.

눈길이 글자의 삐침에 걸려 휘청거렸다. 일곱 개의 글자가 맹렬하게 맴돌면서 나를 몰아붙였다.

오지 않았습니다. 오지 않았습니다.

―이를…… 이 일을……

기다리고 기대하던 난이의 안녕은 어디에도 없었다. 난이의 행방을 걱정하는, 또 내가 난이를 그들에게 보낸 곡절을 궁금해하는 두 줄짜리 문장만이 허무하게 늘어져 있을 뿐이었다. 오장육부가 내려앉았다.

내 불찰이었다. 함께 갔어야 했다. 하연을 죽게 한 내가 이젠 난이까지 잃은 것이었다. 먹을 가는 동안 검은 물이 튀어 바닥에 얼룩을 만들었다. 붓을 쥔 손이 끝내 진정하지 못하고 덜덜거렸다.

누이 보십시오.

난이가 여주에 도착하지 않았답니다.

도중에 무슨 일이 있었는지 알아보겠습니다.

놀라지 마시오, 누이. 제발 고정하시오, 누이. 내가 잘못하였소, 누이. 별일 없을 터이니 안심하시오, 누이. 그따위의 말들로 편지를 너절하게 만들 수 없었다. 산을 내려가 인편에 편지를 보내고 상단이 묵었던 객주를 다녀와보니 숨이 턱에 닿은 모지리가 나를 기다리고 있었다.

현각.
心驚淚萬行.
당장 오시게.

심경루만행. 마음이 놀라 만 줄기 눈물이 흐르네.

칠흑빛 열 글자로 압축된 누이의 격정이 소리없이 버럭대고 있었다. 편지를 움켜쥔 손이 망연히 아래로 떨어졌다.

— 스님, 어여 채비를 하시지요.

모지리가 은근히 재촉했다.

— 마님께서, 무신 일이 있어도 꼭 뫼셔오라고.

기현의 네번째 이야기

원망하고 미워하는 마음이 어찌 아우님께만 향하랴. 깊은 규방에 묻혀 그저 시론만 탓할 뿐이네.

지난번에 보내준 꽃씨를 도로 보내니 서운해 마시게. 난이가 사라지고부터 꽃에서 손을 뗐으니 그 많은 씨앗이 내게 무슨 필요가 될까. 아무 일도 없다는 듯이, 그게 그렇게 흐무러지는 걸 차마 못 견디겠어서 마음까지 동여맸거늘.

그런데도 철마다 여전한 꽃들이 무심하고 야멸치네. 얼마 전엔 소숙헌에 가지꽃이 어찌나 곱게 피었던지 색깔만으로도 집 안이 다

향기로웠네. 정정하신 아버님의 부지런한 보시 덕분일세.

인달방 어머니 건강은 조금 불편하시네. 제현 아우가 일일이 고해오지 않아 별 걱정 않았는데, 저번 생신 때 뵈니 소갈이 생겨 섭생마저 어려운 모양이시라 내 언짢았네.

그런 형편에 어깨까지 결려하시면서도 아직도 수를 놓으시네. 난이가 돌아오면 푹신하게 맘까지 덮어주라고 고운 화문단畵紋緞 이불 한 채를 지어주셔서 들고 왔네.

난이 얘기만 나오면 그저 하염없이 우시니 내 괴롭네. 당신께서 찬 데를 좋아한다고 다니러 온 난이까지 차게 재워서는 매번 감기에 걸리게 한 게 맘에 쓰인다며 자책이 과하시네. 한데 어머닌 이상하게도 건령 어멈한테는 영 정을 못 붙이시네.

보시게, 아우님.

난이가 그리운 이 심정을 하루하루 어찌 다독일지.

萬古之哀만고지애라. 미어지는 내 속을 남들이 어찌 알리.

송연묵松煙墨의 푸른빛이 맑았다. 상처 입은 소나무에서 비롯된 관솔의 그을음이 단서가 되어 흰 종이 위에 굼실거리고 있었다. 눈에 익은 식물성의 문체였다. 아우님. 누이는 내게 더이상 화내지 않기로 했나 보았다.

사 년이라는 시간이 흐르는 동안 묘연 누이는 땅속까지 파보는 수고도 기꺼이 감수했으며, 기회가 주어질 적마다 주저 않고 곳곳을 뒤지고 들었다. 그곳이 도적의 소굴이든 거지굴이든, 심지어 문둥이촌이든 개의치도 가리지도 않았다. 그리고 틈틈이 희우를 원망하고 비난했다. 그렇게라도 해야 기운이 나는 모양이었다.

사 년이라면 나라가 망한 자리에 새로운 나라가 들어서고도 남을 만큼 긴 시간이었다.

—무슨 일이 있어도 삼 년 안에는 찾아내야 해. 그때까지도 못 찾으면 죽은 거고, 그럼 나도 죽어야 해.

난이가 사라지고 아무 성과 없이 이태가 훌쩍 지나가버렸을 즈음부터 누이가 주문처럼 외던 말이었다. 하지만 이렇게 가다가는 다섯번째 가을마저 허투루 보내지 않을 거라 장담할 수 없었다.

누이는 아낌없이 울었다. 내게로 오는 편지마다 대여섯 개의 글자가 번져 있었다. 누이는 잘 울지 않는 사람이었다. 그로 인해 어머니에게 항상 매정하다는 핀잔을 듣곤 했지만 내가 볼 때 누이는 울지 않는 게 아니라 흘리지 않는 것일 따름이었다. 그 눈물이 물꼬 터진 것처럼 솔직하게 쏟아졌고 나는 젖었다. 하지만 이제 누이는 글자로 울면서 나를 몰아붙이지 않았다. 혈육에 대한 향수일 것이었다. 그러기에 나는 더더욱 그 어떤 감정도 내색할 수가 없었다. 다 내 탓이므로.

국상國喪중에 관직에서 밀려난 사랑의 기운이 전 같지 않아 걱정이네. 양심을 칼같이 벼려 당신 스스로를 겨냥하며 살던 이가 불명예스럽게 퇴임했으니 그 비참함이 오죽하겠는가. 가여워하고 걱정해 주시게.

희우는 다시금 학선재에 들어앉아 좀처럼 기척이 없으니 불안하고 또 불안하네.

누가 봐도 타살이었지만 사람들은 쉬이 입을 놀리지 않았다. 임금마저 쥐도 새도 모르게 죽어나가는 나라는 분명 뻔뻔했지만 땅 부치고 물질해 먹고사는 백성들에겐 그 염치없음을 비난할 힘이 없었다. 그들에게 나라란 생명줄을 틀어쥔 거대한 두려움이었다. 나도 무지막지한 나라가 무섭기는 마찬가지였다. 개혁적인 군주의 소멸이 절망스러웠고, 바를 정자가 발붙이기 힘든 후안무치한 세상에 오만 정이 떨어졌다.

희우의 승서는 순조로웠다. 과거성적이 우수하기도 했고, 김익루와 김태겸 부자를 겪은 임금이 눈여겨본 덕도 있었다. 승서는 첫 보직인 정구품 예문관 검열檢閱에서 시작해 같은 예문관의 정팔품 대교待教를 거쳐 승정원의 정칠품 주서注書에 이르기까지 차근차근 이루어졌다. 특히 주서는 왕과 신하들이 만나는 자리에 동석해 거기서 나오는 말과 행동을 일일이 기록해야 하니, 당하관이기는 해도 임금을 지근에서 보필한다는 점에서 요직이다. 그전까지 희우가 보여준 처신에 비추어볼 때 과거급제는 물론 승승장구한 승서는 가히 파격이라 부를 만했다.

감선사에서 희우의 과거 준비는 한마디로 건성이었다. 학문과 과거를 별개로 여기기도 한데다가 입산의 목적이 다른 데 있었으니 어찌 보면 성실을 기대한다는 것 자체가 무리였다. 집으로 돌아간 후에도 별반 달라진 게 없어 매형에게서 야단을 많이 들었다. 그랬던 희우가 달라진 건 혼례를 치르고 난이가 행방불명되는 일을 겪으면서부터였다. 몰입은 무서웠다. 단기간에 이루어낸 당당한 장원급제에 매형조차 놀랄 정도였다. 업무에 임하는 자세 또한 열렬했다. 퇴청이 늦었고 궐에서 밤을 새우기도 일쑤였다. 열정을 가장한 상실감의 시기였다. 규장각 소속의 초계문신抄啓文臣이 되었을 때가 그 정점이었다.

초계문신이란 정부에서, 특히 임금이 지대한 관심으로 직접 관리하겠다고 나선 재능 있는 젊은 인재들이었다. 서른일곱 살 아래의 당하관들로 본래의 직무가 면제되는 혜택은 물론, 연구에만 전념할 수 있도록 생계 또한 보장해주었기에 착실히 따르기만 하면 되었다. 마땅히 시험도 잦았다. 게다가 임금이 친히 강론에 참여하거나 시험을 채점하기도 했으니 광영이었다. 졸업하면 국정 운영에 귀히 들여 쓰겠다는 의지였다. 희우는 오로지 그런 임금의 기대에만 과장되게 몰두했다. 하지만 임금이 죽었으니 그 임금에게서 막대한 영향을 받은 초계문신들 또한 곧 해체될 게 자명했다. 새로이 권력을 잡은 집단은 죽은 임금의 뜻과는 다른 길을 걷는 무리들이었다.

그런데 그보다 앞서 매형 태겸이 참찬에서 강제로 퇴임당하게 되면서 희우 또한 자연히 정계에서 격리되었다. 매형이 울분을 참지 못해 한동안 맘을 잡지 못했던 것과는 달리, 희우는 자신에게 탓이 돌아올 리 없는 휴식을 떳떳하게 받아들였다. 그러곤 마른 종이 냄새와 묵향뿐인 학선재의 수많은 서책 사이에서 두문불출했다.

희우는 최선을 다해 자신을 지키고 있었다. 누이는 편지마다 희우가 날이 갈수록 매정해진다며 걱정했지만 내가 보기에는 그 또한 자기방어의 수단일 것이었다. 마음에 빗장을 질러놓지 않았다면, 바람 든 무처럼 구멍 숭숭 난 희우의 가슴에서 무엇이 어떻게 흘러나올지 몰랐다. 하지만 굳게 닫아놓았다 해서 알게 모르게 새어나오는 것까지 막을 수는 없는 게 또한 사람의 마음이었다.

사람은 누구나 타인이 알아채지 못하는 자기만의 암호로 자신의 상처를 꾸준히 드러내게 마련이다. 무의식적인 구조 요청이라고 보면 되겠다. 다행히 그것을 해독할 수 있는 누군가 나타나준다면 그때부터 치유는 수월해지지만, 그렇지 않은 경우 상처는 늘 발열상태를 유지하며 정신의 면역력을 떨어뜨리고, 심지어는 훗날 죽어 육신이 없어지고 나서도 한恨이라는 이름으로 남아 한참 동안 이승을 배회한다.

이태 전쯤인가 감선사로 찾아온 누이가 물어온 것이 있었다.

—구혈초라는 게 뭘 말하는지 혹시 아시는가? 어떤 글자를 쓰는지 몰라서 말이네. 구혈의 뜻이 어디 한두 가지여야지. 매형한테 묻자니 전후좌우부터 설명해야 할 테고, 그러다보면 괜히 일만 커질 것 같아

서. 아시는가? 혹시 구혈이 토혈吐血, 그걸 말하는가?

그 말을 듣는 순간 가슴이 옥죄여왔다. 구혈초嘔血草. 토할 구嘔와 피 혈血, 즉 피를 토하는 글이라는 의미. 약 삼십 년 전, 스물일곱에 요절한 천재시인, 역관 이언진李彦瑱의 글을 두고 하는 말이었다.

—얼마 전에 희우가 소숙헌 구석에서 뭘 태우고 있기에 가보니 시문 같은 걸 잔뜩 적은 종이들 아니겠는가. 그래 뭘 태우느냐 물었더니 날 쳐다보지도 않고 넋 나간 듯이 간신히 한마디 하는데 구혈초, 그랬던 거 같아서.

요절한 이들이 남기고 간 글에는 독이 있다. 한 번에 보내는 맹독이라기보다는 시간의 힘을 빌려 체내에 차곡차곡 쌓이다가 결국엔 중독과 마비를 동반하는, 하지만 처음엔 표 하나 안 났을 그런 독. 그들이 남기고 간 글에서는 또한 묘한 냄새가 난다. 매혹적인 불안함과 야릇한 평안함을 동시에 던져주고는 잘난 척, 독자의 영혼까지 구석구석 집적대는 여하간의 냄새. 이언진이 남긴 글도 그러했을까?

이언진은 죽을 즈음에 남겨봤자 쓸데없다며 원고를 태웠기 때문에 남은 시가 그나마 몇 편 되지 않는다. 나 또한 그의 시를 직접 접해본 적 없고 다만 들어 알 따름이었다. 희우도 그렇지 않을까 했다. 이언진의 시 자체보다는 구혈초라는 세 글자짜리 단어가 희우의 앙다문 가슴, 빈사의 영혼을 건드린 것 같았다.

피를 토하는 글이라는 게 어떤 것인지 어렴풋 짐작은 해도 나 같은 땡추가 알 리 만무했다. 눈물 흘리는 글이라면 또 모를까, 피를 토하는 글이라니. 울 적마다 피를 철철 토하고 그 피를 도로 삼켜 밤새도록 제피에 취해 귀촉도, 귀촉도 운다는 새처럼, 처절한 심정으로 희우가 쓴 것은 무엇이었을까?

—저도 모릅니다.

아주 거짓말은 아니었다. 구혈초가 무엇을 말하는지에 대해서라면 엉성하게나마 주워섬길 수 있겠지만, 구혈초가 어떻게 가능한지에 대해서는 나도 아는 바가 전혀 없었으므로.

희우는 내게서 완전히 등을 돌린 셈이었다. 난이가 실종되고, 뒤늦게 내가 외숙인 것까지 알고 나서는 아예 감선사로의 발길까지 끊어버렸다. 무엇보다도 내가 제 상심을 더이상 알은척하게 두지 않았다. 간혹 집을 찾아가도 오셨습니까, 살펴가십시오, 단 두 문장으로 내 존재만 겨우 인정할 따름이었다. 나의 부성 자체가 어차피 가상의 감정이긴 했지만, 희우와 난이를 내심 자식으로 여겼던 만큼 연이은 상실의 충격은 마흔셋의 나를 아흔셋의 늙은이로 만들기에 충분했다.

기현의 다섯번째 이야기

침묵은 금金이기도 하고 또 금이기도 했다. 침묵이 값진 금으로 비유되는 것이야 만고의 진리이나, 그것만 가지고는 현실을 이해할 수 없으니 침묵은 흉기이기도 하다는 사실이 문제였다.

어려서 또래들과 사방치기를 할 때의 규칙은 엄정했다. 돌을 제자리에 차넣지 못하거나, 돌이 금 위에 얹어지거나, 놀이자의 발이 금을 밟으면 죽는다는 엄연한 사실에 목숨이 걸려 있었다. 그때의 금은 생사를 가르는 경계였고 틈이었다. 마찬가지였다. 아무리 희생으로 거룩하게 포장했대도 어리석은 침묵은 보이지 않는 금 긋기에 불과했고, 그 금 위에서 순한 마음들이 다치거나 죽었다.

제가 하는 말을 죽은 향이가 들을 수 있겠느냐고 여문이 물어왔을 때, 나는 차라리 너털너털 웃고 싶었다. 향이를 헤살놓지 않으려고 제 속을 썩여가며 줄곧 유지했던, 천금같이 귀한 여문의 침묵은 향이가 밟고 죽을 금이었던 것이다. 그러니 새삼 귀신에게랴.

장삼을 입은 것만으로도 다른 사람의 속내를 들을 자격이 되는 모양이었다. 사람들은 내가 결코 동의한 적이 없는데도 제 임의로 권리를 부여해놓고는, 너무나도 당연하다는 듯이 자진해 내 앞에서 무너졌다. 그것이 무릎 꿇은 자백이든, 눈물로 버무린 고백이든, 아님 무장해제된 찰나의 실언이든, 그 어떤 형태를 취하든 그네들은 내 앞에서 솔직해지고 싶어했다. 별다르게 작정하거나 마음먹은 것 없이도 저절로 그래지는 순수함에 나는 매번 놀라곤 했다.

돌아서는 그들에게서 후회의 심정을 읽기도 있다. 어쩌자고 나를 이리도 드러내고야 말았는가, 하는 자책으로 기가 꺾인 눈빛을 바라볼 때마다 내가 가진 권리가 지겨웠다. 그럼에도 불구하고 그들은 나를 신뢰했다. 내 귀로 들어온 말이 적어도 내 입으로 빠져나가는 일은 없을 거라는 확고한 믿음이었다.

무엇보다 곤혹스러운 경우는 한 가지 사실에 대한 둘 이상의 입장을 온전히 이해해야 할 때였다. 안타깝게도 언제나 상반된 사실이 충돌했다. 유일한 진실이란 없었다. 한동안 도혜 스님과 나에게 고통스런 화두였던 후인의 문제만 해도 그랬다.

오래 전 후평을 따라 산에 잠시 머무는 동안, 후인은 단 한 번도 최약국을 언급한 적이 없었다. 아침마다 보여주는 퉁퉁 부은 눈이 간밤의 애사哀思를 증거할 뿐, 여주로 출발하기 전까지도 그녀의 입은 굳게 닫혀 있었다. 후평 또한 최약국을 절대 입에 올리지 않으려 했다. 단 한 번 후인이 자릴 비운 사이, 최약국이 그녀에게 꽤나 모질었던 사연을, 쓴 약 삼키듯 침 한번 삼킨 후에 간신히 들려준 것이 다였다.

하지만 최약국은 제정신이 아닐 적마다 하연을 후인으로 착각할 만큼, 결국엔 그녀의 부재를 견디지 못하고 아비 구실, 사람 노릇조차 포기할 만큼, 그녀에게 집착했던 모양이었다. 그렇지만 후평은 그러한 사실들을, 후인을 끌어들이기 위한 최약국의 지능적인 술수로 받아들였고, 후인에겐 단 한마디도 옮기지 않았다. 후인은 자신이 떠나고 나서 최약국이 어떻게 망가졌고 실종되었는지에 대해 지금까지도 전혀 알지 못한다. 아마 상상조차 해보지 않았을 것이다. 후평은 향이가 죽고 나서야 최약국 부부가 괴질로 죽었고, 향이가 그 때문에 자살했다고 후인에게 전했다. 그 거짓말을 도혜 스님과 나는 애써 모른 척했다.

기현의 여섯번째 이야기

누이의 집은 조용했다. 좌의정과 참찬이었던 부자의 눈부신 과거 같은 것은 흔적도 없었다. 다만 예상했던 유배를 면했다는 식솔들의 안심만이 조심스럽게 기척하고 있었다.

매형은 선왕과 각별했다. 그러나 사돈 어른 김익루와 마찬가지로 당파에 휘둘리지 않았던 덕으로, 실권을 잡은 이들에 의해 내쳐지긴 했으나 제거되지는 않은 운좋은 사내였다. 당사자인 매형 스스로는 지기들과 함께하지 못함을 부끄러워할지 모르겠으나 누이의 아우인 나로서는 다행, 다행, 또 다행이었다.

누이의 표정은 놀라움에서 반가움으로 그 다음엔 두려움으로 순식간에 달음박질했다. 제대로 잠을 이루지 못한 것으로 뵈는 열안熱眼이 가까스로 인내하며 나를 응시했다.

—어디 있는지 알았습니다.

—……

—최국에 있답니다.

—무어라, 최국? 최국이라니! 최약국, 거기 말이야? 그 최국?

그새 벼려진 누이의 목소리가 결 따라 짜개지며 사방으로 날아가 날카롭게 꽂혔다. 동시에 문 밖에서 덜커덕, 무너지는 소리가 났다. 희우였다.

—난이, 제 집에 있습니다.

처음엔 그 말을 알아듣지 못했다. 여문의 말이 너무 짧아 미처 붙잡지 못했기 때문이었다. 최국이라니. 찾아볼 생각도 안 한 곳이었다. 여문이 차지하고 앉은 최국은 더이상 난이가 돌아갈 수 있는 집이 아니었다.

—저는 미쳤는걸요, 스님.

그 오랜 시간 동안 아무도 알아채지 못했다는 게 어떻게 가능하냐는 내 물음에 대한 대답이었다. 답을 들으려고 한 질문은 아니었지만, 내 말끝을 물음표로 이해한 여문은 순진하게 곧이곧대로 고백해왔다. 철저하게 무시당하고 외면당한 그 시간이 가여웠다. 또한 자신은 원래 제 형제들조차 결코 집 안으로 들이는 법이 없었다고 자랑하는 여문이 순간 존경스러웠다. 향이 하나로 모든 것을 대신한 일편단심, 아니 충성심 때문이었다.

아무리 그래도 사 년이었다. 지척에 두고 아무도 몰랐으니 하늘 아래 기막힘이 이보다 더할 수가 없었다. 우리는 바보였다. 천치, 등신이었다. 그리고 그제야 알았다. 향이 젯날이면 번번이 법당에 죽치고 앉아 향아, 향아, 하던 여문이 지난 몇 년간 즉시로 바삐 하산했던 이유를. 향이 위패를 붙들고 소곤댔던 것은 아마도 난이의 안부였을 것이다. 나는 그것을 여문의 회복으로 이해했었다.

—박집사! 박집사아!

누이의 목소리가 폭발했다. 들이마신 숨이 가슴께로 몰려 부풀다가 쇳소리를 내며 터졌다. 허공조차 앞을 가로막아 성가시다는 듯이 황망하게 손을 저어 물리치며 서둘러 나서는 누이를 희우가 막아섰다.

—제가, 데리러 가겠습니다.

—네가 왜?

—어머니! 제가 가겠습니다.

—비켜라.

눈빛이 서로를 겨누었다. 노여움과 단호함이 충돌했다. 막상막하의 기운이었다.

십 년을 반으로 자른 만큼의 세월이 흐르는 동안 희우는 다른 사람이 되어 있었다. 얼굴이며 체격은 변한 것이 없었지만, 무언가 갑옷보다 단단한 그 이상의 것을 두르고 있는 것처럼 묵직하고 치밀해 보였다. 마치 철로 실을 자아 꼼꼼하고 견고하게 지은 고치 같았다.

—어머니!

정중했지만 우악스러운 억양이었다.

—……대신,

누이의 시선이 내게로 옮겨왔다. 당부라기보다는 명령에 가까운 눈빛이었다.

—스님과 함께다.

어둑해진 큰길을 말 두 필이 내달았다. 무리한 질주였지만 말릴 재간이 없었다. 희우의 뒤를 따라 달리면서 보았다. 좀 전만 해도 그리 단단해 보였던 껍데기가 흐물흐물 녹아내리고 있는 것을.

최국은 절반이 허물어져 있었다. 그러나 나머지 성한 쪽은 손질이 잘된 여염집과 다를 게 없었다. 걷어차다시피 문을 열고 들어간 곳에 여문이 제 그림자를 안고 오도카니 앉아 있었다.

—난이까지 죽어버리면 우리 집사람 슬퍼서 어쩐대요?

묵영默影이 드리워진 여문의 얼굴에 흰 이가 가지런했다.

—죽긴 누가 죽어.

혼잣말 같았지만 나도 여문도 희우의 거친 반응에 잠시 주춤했다. 어쩌면 희우의 그 믿음이 난이를 구할 수 있을지도 몰랐다.

난이는 짐작했던 것보다 훨씬 더 참혹했다. 곧 부러지게 생긴 가는 뼈 위에 피부만 살짝 덧발라놓은 것처럼 잡힐 만한 살이 하나도 보이지 않았다. 만지면 손 안에서 바스러질 것처럼 가늘고 푸석푸석한 머리카락은 여문이 어찌나 자주 감기고 빗겨놓았는지 깨끗하긴 해도 군데군데 끊어져 있었다. 핏기라곤 없이 창백한 얼굴에 다 드러난 실핏줄은 마치 가는 붓으로 아무렇게나 줄을 그어놓은 것 같았다. 무엇보다도 당혹스러운 것은 난이가 풍기는 냄새였다. 바싹 마른 낙엽을 긁어모아 태울 때의 그 씁쓸하고 매캐한 냄새가 방 안에 가득했다.

희우는 놀라울 정도로 침착했다. 가만히 무릎 꿇고 앉아 말 한마디 없이 난이의 얼굴을 쓸기만 했다. 손끝이 신중했다. 하지만 그 인내는 오래가지 않았다. 희우가 갑자기 떨기 시작했다, 마치 북풍한설에 맨몸으로 나앉은 듯 사정없이. 꾹꾹 눌러 덮어두었던 고통을 마음보다 먼저 기억해낸 몸의 본능적인 반응이었다. 나까지 덜거덕거렸다. 그래도 그저 막막하게 바라볼밖에 도리가 없었다. 아이들 사이에 끼어든다는 것이 불경스럽게 여겨지기까지 했다. 결국 내가 원인이 아니던가, 죄인으로서의 체념이었다.

펄펄 끓는 뜨거운 슬픔이 눈물까지 증발시킨 모양이었다. 앙상한 난이를 끌어안고 오열하듯 몸을 떨면서도 희우는 울지 않았다. 앙다문 입술이 마르면서 희우가 순식간에 쪼그라들었다.

—오라버니구나. 오라버니……! 얼마나…… 기다렸는데.

한참 만에 겨우 들린, 숨소리보다도 작은 목소리였다. 그리고 철저하게 숨겨졌던 진심이었다. 아무도 밝은 곳에 꺼내놓으려 하지 않았던 진실이었다. 또한 모순이기도 했다.

—꼭꼭 숨어라, 머리카락 보일라.

어려서 묘연과 하연 두 누이들과 나, 그렇게 셋이 숨바꼭질을 할 때면 나는 으레 술래를 자청하곤 했다.

—내 동생 기현이 최고.

—우리 기현 오라버니 최고.

무엇보다도 누이들의 그 말이 듣기에 좋았다. 게다가 하연이 같은 경우엔 움직임이 더뎌 술래로는 마땅치 않기도 했고, 묘연 누이는 너무 빨리 찾아내 싱거웠다. 하지만 그보다도 나는 숨는 일 자체가 곤혹스러웠다. 찾지 못하게 꽁꽁 숨지만 시간이 흐르면 어서 찾아주기를 원하는, 그래서 찾아주지 않으면 오히려 실망스러운, 하여 괜스레 심통이 나버리는 내 심리가 황당했기 때문이었다. 어쩌면 나는 숨기 시작할 때부터 언젠가는 나를 찾아줄 거라는 기대를 가지고 그에 마땅한 자리를 찾았는지도 모르겠다. 깊이 숨어들기도, 그렇다고 대충 숨기도 뭣해 안절부절못하다가 불명예스럽게 걸리느니 차라리 술래가 되는 게 속 편했다. 가만 보면 누이들도 크게 다르지 않았다. 내가 끝내 찾지 못하고 포기할 적마다 금세 재미가 반은 날아간 얼굴로 심드렁하게 나타난 걸 보면 말이다. 희우와 난이 또한 아주 긴 숨바꼭질을 했나보았다.

밤이슬을 맞으며 대문 앞에 몰려나와 있던 가솔들은 실망한 기색을 숨기지 않았다. 팔순을 바라보는 사돈 어른부터 아이 엄마가 된 필순에 이르기까지, 나를 향한 시선들이 난감했다. 왜 데리고 오지 않았느냐는 채근이 이어졌다. 거기서 예까지 먼 길은 아니어도 길을 나설 몸이 아니라는 걸 납득시키는 데 애를 먹었다.

—얼마나 상했는가?

—꽤…… 의원 말로는 며칠 두고 보잡니다. 희우가 지키고 있으니……

—희우는 믿을 게 못 되네, 특히 난이한테는.

—……희우댁은 어떻습니까?

—건령 어멈한테 난이는 그저 시누이일 뿐이네. 희우가 별다른 내색을 하지 않는 한 어멈이 다른 마음을 갖는 일은 없을 거네. 그리고 희우가 변한 걸 아우님도 아시지 않는가?

—(변한 게 아니라 참고 견딘 거겠지요.)

—다 그만두고라도 나는 건령 어멈을 믿네.

살면서 희우댁은 한 번도 누이의 심기를 거스른 적이 없었다. 부드럽고 조용하며, 자상하고 조신했다. 게다가 음식 솜씨도 훌륭했으며 누이만큼은 안 돼도 수도 곧잘 놓았다. 고부 사이에는 전폭적인 신뢰감을 기반한 평화가 유지되고 있었다. 하지만 한편으로 누이는 빈틈없는 며느리 운영을 부담스러워하기도 했다. 그 심리를 이해하자면 아이들의 혼례가 있던 날까지 거슬러올라가야 했다.

현구고례를 마치고 나면 시집오느라 고생했다는 의미로 신부에게 큰상을 내리게 된다. 떡, 편, 육, 포, 전은 물론이고 생실과며, 강정이나 약과, 다식 같은 조과에 견과까지, 이것저것을 망라한 형형색색의 고임상이다. 운영이 받은 큰상에도 구색을 갖춘 음식들이 백자고배高杯에 얌전하게 담겨 있었는데, 그중 눈에 띄는 것이 잉어찜과 전복조림이었다. 잉어는 알을 많이 낳는 물고기로 자손 번창의 의미였으며, 전복조림은 워낙에 귀한 음식이라 혼렛날의 주인공이나 되어야 맛볼 수 있기 때문이었다. 하지만 아무리 연회의 주빈이라 해도 신부가 시댁 어른과 처음 마주 앉은 자리에서 덥석덥석 음식을 먹는 일은 거의 없다고 봐야 했다.

—그런데 아이가 전복을 다 먹지 않았겠는가. 놀랐네. 먹는 걸 못 봤거든. 껍데기를 뒤집어서 예쁘게 쌓아 포개놨는데 참 당돌하지 싶었네.

난이 때문에 정신없던 누이를 대번에 긴장시킨 사건이었다. 그리고 나중에는 그 아연한 긴장감이 누이 혼자만의 것은 아닌 것 같다고 걱정했다.

—아이들이 좀…… 그렇네. 겉으로야 그냥저냥 잘 지내는 편이지만, 그래도 뭐랄까, 지나치게 진지하다고 하면 될까? 일상적인 사소한 일도 그 아이들에게만 가면 모양새가 아주 심각해지는 것이…… 범절도 도가 넘게 챙기고. 한데 그런 행동들이 오히려 모욕 같기도 하거든. 부부라면 살을 나눈 사인데, 제 살더러 그렇게 하는 사람이 어디 있겠나 싶어서. 크게 걱정하지는 않지만 마음은 쓰이네. 운영이가 사람을 긴장시키는 데가 좀 있으니 희우가 조심하고 삼가는 거겠지 싶으면서도 말이네.

수긍이 갔다. 내가 보기에도 희우와 운영은 예의바르게 겉돌았다. 그래서 누이가 운영의 회임을 알려왔을 때도 나는 그 사실을 인정하는 데 꽤 오랜 시간을 들여야 했다.

—여문이라 했는가? 향이 때문에 실성했다는?

—보기엔 멀쩡합니다.

—야속하기도 하고 고맙기도 하고.

—구설수에 휘둘릴 수도 있습니다. 최국에서의 그 긴 시간을 이해하기 어려울 겁니다. 난이가 왜 그랬는지 모르니 더더욱.

—식솔들이 알아서 입단속하겠다고들 했네. 그저 정신 나간 여문이 향이 대신 난이를 붙들고 있었나보다, 그러는 모양이네. 행여 말이 돈대도 걱정할 필요 없지 않는가? 남의 말 오래 안 가네. 게다가 난이가 어찌될지 모르는데 그깟 일이 뭐 대수겠는가.

누이는 초연해 보였다. 그것이 지나쳐 고집스러워 보이기까지 했다. 참을 만하니 참고 있으나 내키지 않으면 참지 않으려 한다, 는 듯한 결의가 초연이라는 방패 뒤에서 몰래 들끓고 있었다.

여문의 네번째 이야기

낯선 사내가 약국 문을 기웃거리고 있었다. 나는 작대기를 고쳐들었다. 물푸레나무를 깎아 만든 작대기는 단단한 듯 부드러워서 간혹 날더러 미쳤다고 놀리는 개구쟁이들을 쫓는 데 아주 요긴했다. 나는 최대한 몸을 사리며 사내의 뒤로 다가가 있는 힘껏 후려쳤다.

—헉!

허리가 뒤로 꺾인 그가 몸을 앞으로 접으면서 고꾸라졌다.

—누구냐?

잠시 꿈틀대던 사내가 머뭇머뭇 고개를 돌리는데, 난이였다.

난이는 당혹스러움을 숨기지 않았다. 그리고 제가 맞았다는 사실보다는 내가 아직도 약국에 있다는 사실을 더 놀라워했다. 무심코 난이의 등에 손을 댔다. 난이는 피하지 않았다. 나는 아무것도 묻지 않았다. 굳이 말하지 않아도 다 알 수 있었다. 전 좌의정 김익루의 집안과 한성판부사 허휘 집안의 혼사는 이미 북촌에 파다했다.

다음날, 떠난다던 난이가 제 어미 방에서 나오지 않았다. 기척도 없었다. 몸이 떨렸다. 향이처럼, 또 그렇게 될 수는 없는 일이었다. 문고리를 잡은 손에 힘이 들어갔다. 뚝, 고리가 떨어졌다. 하룻밤 사이에 눈에 띄게 수쇄해진 난이가 마른 눈으로 말했다.

—아무에게도…… 나 여기 있는 거, 아무한테도 말하면 안 돼요.

나의 생활은 노비와 다를 것이 없었다. 주인과 같이 살든 따로 살든 신산하기 그지없는 그네들의 삶이 곧 내 것이었다. 어찌되었든 일이 필요했고, 다행히 나를 부르는 곳은 끊임없이 나와주었다. 나는 땔감 조달에서부터 교꾼 노릇까지 그때그때 맡겨지는 온갖 잡일을 가리지 않았다. 그리고 그렇게 해서 돈이 모이면 하나씩 둘씩 향이의 물건을 사모았다. 색색의 옷감에서부터 연지와 분, 머릿기름 같은 화장품에 거울, 비녀, 노리개 같은 장신구까지, 신발을 제외한 거의 모든 것들이었다. 단골 방물장수도 있었다.

노파 앵두네는 배슬거리는 걸음새에 반해 기운이 장사라 이고 지며 다니는 것들이 많았다. 그녀가 합죽한 입으로 웅얼거리며 권하는 것들을 나는 마다하지 않고 구입했다. 처음에는 물정 모르는 사내라고 은근히 무시하면서 장삿속을 드러내기도 했지만, 집사람이 죽고 없다는 걸 알고부터는 마치 혼자 남은 사위를 바라보는 장모의 마음으로 나를 대해주었다.

나는 농마다 가득한 향이의 물건들이 임자를 만난 것 같아 흐뭇했다. 그게 무어든 난이가 원하는 건 다 마련해주고 싶었다. 하지만 내내 앓기만 하는 난이에게 그것들은 별 소용이 없었다.

— 데려다주겠어요?

좀 나았다고 안색이 빨긋해진 난이가 여주까지의 동행을 부탁했다. 난이는 더이상 내 앞에서 낯을 가리지 않았다.

— 아무렴.

하지만 우리는 도성은커녕 북촌조차 벗어나지 못했다. 어둠 속에서 난이가 울었다.

— 업자.

등에 달라붙은 난이가 따뜻하고 가벼웠다.

— 내 너만은 지킬 거다. 꼭 지켜낼 거야.

난이는 대답하지 않았다.

— 오라버니! 오라버니!

난이가 또 오라버니를 찾았다. 열이 오를 적마다 난이의 헛소리는 언제나 그를 향했다.

— 난아! 미련한 놈이다. 코앞에 있는 너를 여태도 찾지 못하는 걸 보면 그놈은 필경 등신이야.

하르르, 난이가 웃었다. 꼭 비 맞은 쓴풀처럼.

— 네가 예 있다고……

— 안 돼요. 그러지 마셔요.

— 언제까지……

— 내가 힘들지요?

— 그래서가 아니야.

다시 하르르.

— 난아!

—그게 아님……, 그냥 두셔요.

말은 그렇게 했어도 난이는 그를 기다렸다. 그리고 밤마다 조금씩 더 좌절하면서 서서히 땅속으로 까라져들어갔다. 그를 기다린 건 나도 마찬가지였다. 제발 나처럼은 아니 되기를, 속으로 빌고 또 빌었다. 하지만 시간이 너무 지체되고 있었다. 난이가 죽을지도 몰랐다. 나는 금산에 다녀오기로 했다.

보름쯤 지나서였다. 쾅쾅쾅. 난이가 가고 없는 빈방의 무게가 나를 밤낮없이 잠으로만 밀어넣던 차였다. 쾅. 예상했던 방문이었다. 쾅쾅. 나는 문짝이 흔들리는 소리를 기꺼운 마음으로 들었다. 쾅쾅쾅. 나의 문단속은 철저했다. 게다가 무겁고 단단한 문이었다. 열어주지 않으면 부수어야 할 것이나 그러기엔 아까운 문이었다. 쾅쾅. 나장들은 오래 기다려주지 않았다. 빗장을 걷어내고 문을 여는 사이에도 쾅쾅쾅. 검정색 고깔이 드높았다. 오라를 들이미는 그들이 반가웠다. 드디어 나에게도 기회가 온 것이었다.

나는 오십 대를 맞지 않고는 풀려날 가망이 없는 것으로 판결이 났다. 죄목은 부녀자 납치였다.

—하나요.

철썩. 향아!

—둘이요.

철썩. 나의 속죄가 구체적으로 시작되고 있었다. 하지만 나는 오십 대를 다 채우지 못했다. 서른다섯 대째를 넘기면서 정신을 잃었는데, 혹 있을지 모를 불상사를 대비해 청사에 대령하고 있던 의원이 한 대만 더 쳐도 송장을 치울 거라며 극구 말린 덕이었다.

장독은 지독했다. 맞은 부위에 피가 몰리다보면 결국 심장에 피가 모자라 죽게 되는 경우가 다반사라고 했다. 의원은 마비가 올 수도 있다며 형들을 잔뜩 겁주고 떠났다. 하지만 나는 만족스러웠다. 난이를 지켜낸 것이었다.

엎드린 채 끙끙 앓는 내 곁에서 형들이 돌아가며 누군가를 욕했다. 집안까지 들먹이며 비난하는데 말이 독했다. 그 사이사이 반복해서 들리는 이름이 양지였다. 양지라, 양지…… 참지 못하고 형들에게 물었다.

—양지가 대체 누구요?

기현의 일곱번째 이야기

'부녀자 납치가 얼마나 중한 죄인지 상부에 고하여 엄벌에 처해 경계의 본보기로 삼고자 하였으나 정상을 참작하여 장형 팔십 대에 처한다.'

판결문에서 지엄하게 언급한 '참작된 정상'이란 두 가지를 가리켰다. 피해자의 고발이 없었다는 점, 그리고 죄인이 순순히 자백하고 진심으로 반성했다는 점. 하나 관에서 아무리 배려했다 한들 장형杖刑 팔십 대가, 그게 어디 가벼운 벌이겠는가. 형틀에서 죽으라는 소리였다. 졸지에 범죄자가 된 여문의 본가와 피해자라는 사실이 괴롭기만 한 묘연 누이의 시댁에서는 말 그대로 난리가 났다. 어마어마해서 모두를 아연실색게 했던 팔십이란 숫자는 누이의 집안에서 끈질기게 구명을 호소하고 선처를 부탁해 이내 육십으로 감해졌다가, 여문이 제정신이 아니라는 정황과 주변의 증언에 의해 다시 열이 줄어 오십이 되었다.

오십이면 태형笞刑이니 무거운 장형은 간신히 벗어난 셈이었다. 하지만 보다 덜한 형을 선고받고도 스무 대쯤 볼기를 맞고 나면 대번에 사는 일이 무의미해지고 자신의 존재가 하찮아지게 마련이니 오십은 말할 것도 없었다. 난이를 사 년 동안 지성으로 숨긴 죄로 여문은 그렇게 피투성이가 되었다.

해야 하는 말은 삼가고 가리는 사람들이 정작 하지 않아도 되는 말을 두고는 넉넉한 인심을 보여주었다. 보릿고개를 넘을 적엔 피죽 한 그릇만 쑤어도 동네 개들이 죄다 몰려든다더니 그리 단속을 했어도 부풀려진 소문들은 꼬리에 꼬리를 물고 꼬였다. 그 소문의 중심단어는 '가두다' 였다. 하지만 누구도 나서서 해명할 수 없었다. 묘연 누이 쪽은 두말할 것도 없거니와 여문의 가족들은 전후사정조차 알지 못했다. 더군다나 여문이 죄를 인정했으니 그것만으로도 모든 조건은 충족된 셈이었다. 여문도 별수 없기는 했다. 가둔 것이 아니라는 것을 증명하려면 무엇보다도 난이의 증언이 필요했다. 그럼 난이는 집으로 돌아갈 수 없었다는 말을 해야 하겠지만, 그것만 가지고는 사람들을 납득시킬 수 없었다. 그렇다고 해서 오누이의 애끓는 상사를 만천하에 공개할 수도 없는 노릇이었다. 여문 혼자 감당할 수밖에 없었고, 여문은 기꺼이 감당해주었다.

여문의 형들이 율관이다보니 그들이 소속된 형조는 물론이거니와 병조 쪽에도 면이 터 있게 마련이었다. 그렇게 해서 건너 건너 흘러나온 말에 의하면, 난이의 병세를 살피기 위해 내가 급히 수소문해 들였던 그 용하다는 의원이 하필 여문의 전처인 양지의 친정, 곽씨 집안의 사람이었다. 바로 그가 악의적인 소문의 진원이었다. 언제나 그랬다. 누군가를 간절히 찾아헤맬 땐 그리도 넓은 척하던 세상이, 만나서 좋을 것이 없는 사람들에게만은 여실하게 좁은 티를 냈다.

희우가 최국에서 난이 곁을 붙박이로 지킨 지 엿새 만에 난이가 겨우 움직일 만해졌다는 전갈이 왔다. 그렇잖아도 눈치껏 서두르는 가마꾼들에게 묘연 누이가 무리하게 성화를 냈다. 하지만 가마는 한나절 만에 꼼꼼하게 여며놓은 보퉁이만 싣고 돌아왔다. 필순이 서둘러 입을 열었다. 가마가 눕기엔 좁고 기대앉기엔 부드럽지 못하니 말에 태워 부축해오겠다는 희우의 전언이었다.

—그럼, 어두워져야겠구나.

—네. 저……, 마님! 송구합니다만 마음을 좀 늦추시는 게…… 물을 따끈하게 해서 올립지요.

제 아이 어르는 듯한 필순의 말투가 푸근했다.

밤은 더디게 내려왔다. 쉬이 쏟아지지 않고 산중턱에서 찰랑대면서 옆으로만 번졌다.

—아직 더 있어야겠지?

초조한 마음들이 개별적으로 대문 근처를 서성대는 동안 귀퉁이마다 지롱紙籠과 대오리 등롱燈籠이 골고루 걸렸다. 안팎으로 환한 집이 낯선 듯 삽사리가 짖었다.

모습보다 소리가 먼저였다. 따그르 따그르, 말이 발을 내디딜 때마다 자갈 부딪는 소리가 났다. 그리고 검은 종이 한가운데가 불기운에 도르르 말리며 뚫리듯 어둠 속에서 아이들이 조금씩 번져나왔다. 말 위에 모로 앉은 난이가 희우의 품에 기댄 채 잠들어 있었다.

—아가……

무언가가 목소리를 갑자기 잡아채기라도 한 것처럼 누이의 목소리가 다시 입 안으로 끌려들어갔다. 그래서 누이와 떨어져 있던 식솔들은 그 소리를 작은 비명으로 알아들었다.

묘연의 아홉번째 이야기

어수선한 계절을 정리하듯이 예년에 비해 일찍 찾아온 가을이 빠르게 깊어지고 있었다. 가지를 막 떠나온 나뭇잎들이 무거운 공기 속을 팔랑거리며 날다가 떨어졌고, 그럴수록 나무들의 골격은 점점 적나라해졌다. 치밀해진 시간이 나무를 파고들어 자상刺傷을 남겼다. 촘촘하고 선명한 그 흉터는 머지않아 나무의 연륜이 될 것이었다.

최국에서 돌아와 이태에 걸친 긴 시간 동안, 비록 속도는 더뎠어도 완전히 회복해준 난이가 나는 고마웠다. 하지만 모든 것이 모자라기만 했다. 말을 하려다 말았고, 언제나 먹다 말았으며, 늘 웃다 말았다. 나는 겹겹이 드리워진 그늘에 파묻혀 자수에만 몰두하는 난이가 애처로워 죽을 지경이었다. 의원은 따뜻한 햇살만큼 좋은 약이 없다고 했지만, 그렇다고 난이를 안채로 들이밀 수는 없었다. 그저 시간이 흘러 아픔이 저물기를 바랄 뿐이었다.

새삼 난이에게 부쩍 관심이 많아진 남편이 부지런히 혼처를 물색했다. 하지만 소문의 중심에 있었고 많이 아팠던데다 스물다섯의 과년한 규수였다. 마땅한 곳이 나타나지 않았다. 당연한 일이었고 나는 그 당연함이 기꺼웠다. 차라리 내 곁에 두리라. 하지만 남편은 드러내놓고 조바심을 냈고 극성스러울 만큼 장안을 뒤졌다. 나는 그런 남편이 불안했다. 결국 남편은 성공했고 희색이 만연한 얼굴로 내게 혼처를 내밀었다.

복잡한 집안이었다. 군사기구인 어영청의 종이품직 대장을 지낸 이 병문은 망령에 노환까지 들어 오늘내일하는 일흔일곱의 노인이었다. 젊어서는 정력을 주체하지 못했는지 부인이 셋에 자식도 열셋이나 되었다. 이병문보다 두 살 연상으로 삼남 삼녀를 둔 조강지처 윤씨가 집안일에서 손을 뗀 지는 벌써 오래 전이었고 일남 이녀를 둔 둘째부인은 몇 년 전에 죽었으니, 집안의 실권은 사형제를 둔 셋째부인 한씨의 손에 좌지우지되고 있었다. 물론 적장자가 엄연히 존재했지만 무관으로 변방으로만 돌던 터였다. 그런데 죽은 둘째부인이 남긴 외아들 인하가 선천적으로 몸이 약하여 죽을 고비를 여러 번 넘기느라 서른이 넘도록 장가를 가지 못하고 있었다. 오랜 수발로 몸은 어지간해졌지만 집안에서 거두기가 진력난 한씨가 짝을 지어 분가시킬 작정에 적극적으로 자리를 알아보던 중이었다. 그것도 요양을 구실 삼아 죽은 둘째부인의 친정이 있는 평양으로 내쫓다시피 할 판이었다.

나는 초풍했다.

— 저걸 잃어버렸다가 찾아온 게 언젠데 평양이라니요. 나를 얼마나 우습게 봤으면 그런 소릴 그리도 쉽게 하십니까? 차라리 날더러 죽으라 하시지요. 난이가 그렇게 싫으십니까? 그 멀리까지 쫓아내야 속이 시원하시겠습니까? 처녀귀신이 되면 어떻습니까? 시집 안 가면 큰일 난답디까? 나라에서 당신까지 잡아가기라도 한답디까? 잡혀가면 또 어떻습니까? 그만한 경험이야 사는 일에 약이 될 것을. 끝내 좋은 짝 못 만나면 늙어 죽도록 내가 데리고 살면 됩니다. 그러다 내가 먼저 죽으면 희우가 보살펴주면 되고. 대체 아이를 어디에 찍어붙이시는 겝니까? 평양? 말도 안 되는 소리! 절대 아니 될 일. 알아들으시었습니까? 정히 우리 꼴이 보기 싫으면 당신이 이 집을 나가시는 편이 더 낫지 싶습니다.

눈에 보이는 게 없었다. 무서운 것도 없었다. 남편이 수그러들었다.

문제는 다른 데서 불거졌다. 내가 겨우 안정을 찾을 즈음, 어디서 소식을 들었는지 난이가 안고나섰다.

—마님! 그리로 가겠습니다. 보내, 주셔요.

—가긴 어딜 가. 예서 평양이 어딘 줄이나 알고! 거기가 어디라고 간다는 게야?

—그냥…… 보내주셔요.

—제 어미 꼴 나려고…… 하연아, 저 불쌍한 걸 어쩌니. 무슨 좋은 팔자라고, 그게 뭐 좋은 팔자라고, 그걸 대물림해……

결국 나는 제 부모와 향이의 진실을 난이에게 털어놓았다. 난이가 길고 깊게 울었다. 그 울음소리를 들으면서 나는 난이가 마음을 거둔 줄로 알았다. 하지만 애초의 내 의도와는 다르게 난이는 더 단호해졌다. 희우는 더했다. 집안이 그렇게나 뒤숭숭 돌아가고 있는데도 설득은커녕 난이를 들여다보려고도 하지 않았다.

혼인날을 잡고 이틀 후, 신랑이 죽었다. 부실한 몸이 태어나 처음 겪는 과도한 심적 긴장감을 이기지 못했던 모양이라 했다. 나는 반가웠다. 소박맞은 셈 치고 눌러앉으면 될 일이었다. 아니, 아예 없던 혼사로 하면 될 일이었다. 하나 말도 안 되게도 정혼은 정혼이어서 난이가 지켜야 하는 도리라는 게 있었다. 나는 허울뿐인 사돈에게 사십구재까지만 난이를 데리고 있다가 소박을 내달라 은밀히 청을 넣었다. 하지만 난이는 돌아오지 않았다.

묘연의 열번째 이야기

지난해 겨울 평안도 지역에서 홍아무개가 주모했던 민란이 그 세를 더하지 못하고 올봄 관군에 의해 진압되었다. 체포된 자의 수가 무려

삼천에 육박했고, 그중 아녀자와 열 살 아래 아이를 제외하고 즉결처형된 사람만 해도 거의 이천에 이르렀다. 엄청난 규모의 반란이었다. 도성이라고 조용할 리 없었다. 압송돼 참수당한 우두머리들의 머리가 보란 듯이 효수된 아래로 그들의 죄목을 적은 방이 덕지덕지 붙었다. 한번 흉흉해진 민심은 쉽사리 안정을 찾지 못했다. 크고 작은 민란이 산발적으로 계속되면서 혹시나 사건에 연루될까 전전긍긍하던 인심은, 발 없는 말들이 한 번씩 돌 적마다 더 뒤숭숭해졌다.

그 와중에 남편 태겸이 대사간大司諫을 제수받았다. 임금으로부터 뜻밖의 부름을 받고 입궐했다가 그 자리에서 받잡은 성은이었다. 외척에 의한 세도정치의 틈바구니에서 어렵게 자신을 부른 군주였고, 무려 열두 해 만의 벼슬이었다. 위리안치圍籬安置만 아니다뿐이지 거의 유배와도 같던 생활의 막바지 반전이었다. 게다가 대사간이었다. 대사간이면 사간원의 수장이다. 사간원이 어떤 곳이던가. 군주의 잘못을 대놓고 지적할 수 있는 간쟁과 신료에 대한 탄핵은 물론이거니와 의정부, 육조와 함께 법률 제정에 대한 논의에도 참여하며, 오품 이하 관료의 인사 임명이나 법의 개폐 등을 심사하고 동의하는, 일명 서경권署經權을 행사하는 간관들의 산실 아니던가. 정삼품으로 전직 참찬에 비하면 강등이랄 수 있겠지만 입바른 소리를 업으로 삼아야 하는 자리가 맡겨졌다는 사실이 그 흠을 무마하고도 남았다. 남편은 감격했다.

퇴청 후, 희우를 불러 궐내 사정에 대해 이러저러한 이야기를 하는 동안에도 업무 첫날의 흥분이 가시지 않은 듯 남편의 말은 식지 않았다.

— 선정신先正臣 이황李滉은 외척이 어진 것은 나라의 복이 되지만 만약 어질지 못하면 나라의 화가 되는 것을 알 만하다고 했다. 세속이 그릇되고 각박해서 어진 자는 항상 적게 되니, 지금의 외척 역시 어찌 낱낱이 다 어질기를 보장하겠느냐? 내 그들의 덕이 두광국竇廣國이나 음식陰

識에 이르기를 기대하는 것은 아니다. 희우 너도 알다시피 두광국은 전한 문제의 비 두황후의 동생으로 벼슬을 사양하였고, 음식은 후한 광무제의 비인 광렬황후의 이복오빠로 또한 시중 자리를 사양하였다. 그와 같지는 못하더라도 조정 일에 간여하면서 군덕君德에 흠을 입혀서는 아니 되는 것을. 현인은 높아지고 외척은 낮아지는 것이 지선至善 가운데 큰 규범인데도 그대로 지켜지지 않으니 나라의 앞날이 걱정이다.

희우는 진심으로 귀담아듣고 있었다. 부자지간에 처음으로 형성되는 공감대였다.

—내 너 또한 이대로 두지는 않을 것이다. 네 경력이 일천하기도 하거니와 당상이 되려면 반드시 필요하기도 하니, 우선은 지방으로 발령이 날 것이다. 그리 알고 착실하게 준비해두거라. 그러고 보니 아까 오후에 평안감영에서 장계가 올라왔더구나. 그렇잖아도 민란이다 뭐다 해서 한동안 소란스러웠는데 이번엔 의주부에 사술로 꽃찬지 뭔지를 만들어 판다는 계집까지 등장했다니, 으흠, 흠, 말세다.

쾅. 머릿속에서 무언가 폭발했다. 나를 바라보는 희우의 얼굴 또한 얼음장이었다. 만 가지 감정과 생각들이 서로를 향해 얽혀들었다.

그날 밤, 비 들이치는 소숙헌 정자에서 희우가 선 채로 밤을 새웠다. 군데군데 낙엽을 몰아놓은 것이 마치 봉분처럼 보이는 작은 둔덕을 감국 꽃잎들이 노랗게 뒤덮고 있었다.

—박집사! 감당할 수 있겠는가? 자네 나이 일흔하고도 여섯일세.

—아직은 쓸 만합니다, 마님!

—큰 강과 큰 재를 여덟 개씩이나 넘어야 한다는 천릿길, 험한 여정일세. 아무래도 무리네.

—제가 가는 것이 아기씨에게도 편안합니다.

— 그야 그렇지만……

— 마님! 소인이 갑니다.

— 박집사 뜻이 정히 그렇다면…… 그럼 충개를 데려가게. 아이가 영리하니 여러모로 도움이 되지 않겠는가?

— 달구 처 해산도 가깝고 모지리도 다리가 부러졌는데 일손 하나가 또 빠져나가면……

— 걱정 말고 데려가게.

— 예. 달게 받잡고 다녀오겠습니다.

— 노파심에 하는 소리네만, 말을 너무 재촉하지 말게. 그러다 낙마라도 하면 노구에 큰일나네.

— 심려치 마십시오.

기현의 여덟번째 이야기

사건을 캐고 사연을 수소문하는 동안 수많은 조각들이 떨어져나왔다. 그것들을 꿰어맞추면서 나는, 사람의 눈과 귀, 무엇보다도 입의 오류를 실감했다. 기억력과 정서, 가치관의 차이에 따라 말은 조금씩 다르게 옮겨왔고 중점을 둔 부분도 제각각이어서 그 사이에서 나는 갈팡질팡하기도 했다. 그리고 그 모든 말의 앞에는 '그 자리에 있던 사람한테 들었는데……'가 제목처럼 붙어 있었다.

의주는 청나라를 상대로 무역활동을 하는 만상灣商의 거점이다. 장소가 장소인지라 여관이며 밥집, 술집이 성할 수밖에 없다. 특히나 주야로 접대가 이루어지는 술집의 경우엔 유행에 대한 주도권과 영역에 대한 기득권을 놓고 수면 위아래로 경쟁이 치열했다. 그런데 그네들로 하여금 민감한 관계를 잠시 접어두고 모처럼 맘을 맞추게 한 일이 있었으니, 찻집 고소건이었다.

茶房. 혹자는 다방으로 읽고 혹자는 차방으로 읽는 찻집이 의주 변두리에 들어온 시기에 대해선 저마다 말들이 달랐다. 무엇으로 읽든 아무렴 어떠하겠느냐며 맑게 웃는 주인장에게 누구는 오 년도 훨씬 전이 아니냐 했고, 누구는 이삼 년밖에 더 됐느냐고 따져물었다. 하지만 찻집이 문제가 되기 시작한 시점이 한 해 전쯤이라는 데는 다들 이견이 없었다.

처음엔 다들 호기심에 문턱을 넘었다. 돈푼께나 만진다는 상인들마저 배부른 밥도 아니고, 업무상 필요한 술도 아닌, 고작 차 한잔 마시겠다고 밖에까지 나가 아까운 돈을 쓴다는 것을 전혀 납득하지 못했다. 단지, 대체 그 차의 정체가 무엇인지에 대한 갑론을박에 끼어들기 위해 걸음들을 했다.

찻집이라고 해서 아무 차나 다 파는 건 아니었다. 꽃차, 꽃잎차, 즉 화차花茶 전문이었다. 주인이 키우지 않는 꽃은 세상에 없는 꽃으로 쳐도 될 만큼 온갖 종류의 꽃이 핀 너른 뒤뜰은, 그걸 보게 해준 것 하나만으로도 충분히 찻값을 했다. 간혹 시를 짓겠다, 그림으로 남기고 싶다, 소리 한 자락 뽑고 싶다, 청하는 예인들도 심심찮게 등장했다. 한 선비는 태어나 처음으로 흐무러진다는 말이 뭘 두고 하는 소린지 알았다며 무릉도원이 따로 없다고 극찬을 했다.

하지만 정작 차에 대해서는 인사가 후하지 않았다. 향이 깔끔하고 뒷맛이 개운하기는 해도 굳이 제 돈 들여 마실 건 못 된다는 게 세간의 평이었다. 하지만 알게 모르게 조금씩 애차가가 늘어나고 있었던지, 결국 뭇사람들의 이목을 집중시킨 일이 터지고야 말았다.

한 사내가 조석으로 유난을 떨며 찻집을 드나든 모양이었다. 본인 말로는 한다 하는 여각의 행수라고 했지만, 훗날 드러난 바로는 여각에서 중요한 일을 담당하고 있기는 해도 거기까지는 아닌 인물이었다. 어찌 되었든 그 사내의 잦은 출입을 찻집에서조차 부담스러워하던 차에, 사내의 안식구 되는 이가 남편의 그런 행동의 원인이 차가 아닌 주인 여자에게 있다고 짐작하고는 찻집으로 쳐들어가 화냥년이 따로 없다는 둥, 멀쩡한 남의 집구석 망조 들게 하는 원흉이라는 둥 막말을 해가며 난동을 부렸다. 그것만 해도 충분히 소란스러웠는데, 그 일로 출입을 금지당한 사내가 찻집 대문 앞에다 돈을 뿌리며 차를 팔라고 아우성치다 분에 못 이겨 집으로 돌아가 제 마누라를 두들겨패고야 만 것이다. 그게 약 한 해 전의 일이었다. 그후부터 찻집이 사람들의 입에 오르내리기 시작했다. 아닌 게 아니라 중독성이 있기는 한 모양이었다.

—저놈의 꽃찬지 화찬지를 또 마시는 날엔 내가 성을 간다. 같은 값이면 술을 마셔야지, 사내대장부가 좀스럽게 꽃잎 몇 개 띄워놓고, 대체 뭐 하는 짓인지 모르겠거든.

그러면서도 날이 지나고 달이 바뀌면 어김없이 찾아들어 차를 골랐다.

그 이후부터 멀건 차 한 잔이 어찌 술에 비할 바가 되겠느냐며 두고 보자던 태도를 버리고 술집들이 입을 모으기 시작했다. 조금씩 영향을 받기 시작하는 매상에 신경이 쓰이던 참이었다. 한 기방에선 아예 자신들의 영업장으로 찻집 주인을 영입하려는 시도까지 해보았다. 고정적인 차의 수요자까지 흡수할 수 있다는 이점과 그녀의 출중한 외모 덕을 누려보겠다는 계산이었다. 물론 거절이었다. 그러자 다른 술집과 연대해, 사술로 중독성 강한 마실거리를 만들어 민심을 미혹시킨다고 관에 고발했다.

처음에 관은 대수롭지 않게 여겼다. 이러저러한 민란으로 골치 아프던 차이기도 했다. 그만한 일에 낭비할 힘이 없다며 일관되게 무시했지만 결정적인 의견이 제시되면서 그만 사정이 달라졌다. 그 의견이란, 아마도 민란을 주도했던 간악한 무리들과 한 패거리임에 분명하다, 그렇지 않은 다음에야 저리 민심을 홀릴 수 없지 않느냐, 였다.

찻집 주인이 오라에 묶인 채로 관에 끌려들어갔다. 하지만 정작 취조에 들어가니 딱히 건질 만한 게 하나도 나오지 않았다. 순진해 보이는데다 몸가짐도 단정한 아녀자였다. 정혼한 상태에서 사별해 혼례는 올리지 못했지만 미망인으로서의 예를 갖춰 살고 있으며, 재주가 그것밖에 없어 다만 생계를 위해 차를 만들어 팔 뿐이라는 차분한 변론이 이어졌다. 부윤은 곤혹스러웠다. 역당과의 관계를 밝혀 공을 세우고 싶었으나 사술을 행하는 요망한 계집이라 하기에는 품위가 있어 보였다. 그렇다고 방면하기에도 꺼림칙했다. 혹시나 하는 의혹이 있기도 했고, 찻집에 대한 고변 또한 줄을 이었던 탓이었다. 그래서 우선은 그 사정을 조목조목 적어 감영으로 보내 처분을 맡기는 쪽으로 결정을 내렸다. 소문은 빨라서 한동안 도성에서도 의주 찻집 여자의 주술이네, 화기花氣를 탄 요사스런 술법이네, 말들이 돌았다. 더러 쫓겨난 궁녀가 아니겠냐고 짐작하는 이들도 있었다.

평안관찰사 엄해우의 글은 담담했다.

—폭도들이 날뛰는 참람한 이 시기에 사특한 자가 있어 민심을 우혹한다 하니 어찌 그 죄를 엄히 묻지 않을 수가 있겠는가. 의주부윤 박경도는 속히 감영으로 피고를 압송하라. 하나 아녀자의 몸이고 죄가 분명하게 입증되지 않은 만큼 압송을 하되 포박하지 않은 자유로운 몸으로 역마를 이용하라. 나 또한 재조사에 공평무사함으로 임할 것이다. 민란으로 인해 발생하는 억울함이 지금까지만으로도 과하다. 이만한 일로 성상께 누가 된다면 그 또한 불충이다.

하지만 박경도는 관찰사처럼 담담할 수 없었다. 다른 것도 아니고 민란과의 관계가 걸린 문제였다. 혹여 피고가 정말로 역당과 관련이 있고 그래서 압송길에 무슨 일이라도 일어난다면, 그것은 자신의 경력에 치명타가 될 문제였다. 그는 짜증이 났다.

—역마는 무슨. 포박을 단단히 해 수레에 실어보내야 할 것을. 관찰사의 처사 또한 과하다.

태우는 것이 아니라 싣는 일이었다. 죄인은 사람에 들지 못했다. 듣고 있던 이서가 부윤을 달랬다.

—쉽지 않은 일입니다. 아직은 피고의 신분이니 우선은 그것이 문제이고, 의주부 사상 아녀자 압송이 처음 있는 일이니 수레 안의 피고를 어찌 가리고 다루어야 하는가 하는 것도 문제이고, 한창 추수철이니 수레를 끌고 갈 소도 문제이고, 걸리는 것이 많습니다. 차라리 역마가 낫습니다.

—그도 그렇구나.

잠시 수그러들던 부윤이 버럭, 화를 냈다.

—죄인은 편하게 말을 타고 내 부하는 걷는 것이 도대체 무슨 경우란 말이냐.

평양감영까지 하루 이틀 길이 아니었다. 하지만 어디서 무슨 일이 터질지 모르는 상황에서 고작 피고의 이송을 위해 말을 세 마리나 부리는 것은 무리였다. 그에 대한 역정이 애먼 곳으로 튀었다. 부윤이 명했다.

—만사 불여튼튼이다. 여점旅店에 묵을 때 혹여 다른 객이 있거든, 쫓아라.

그때였다.

—영감, 긴히 드릴 말씀이 있습니다.

이근하였다. 병영에서 굳은살이 박일 대로 박인 장골의 무관인 그는 평안도 병마절도사 휘하에서 종군하던 만호萬戶로 의주를 위협하던 민란 진압에 차출되어온 터였다.

—말하라.

—제게 인하라고 불쌍한 이복아우가 있사온데 안타깝게도 수년 전에 병사했습니다. 그리고 그때 홀로된 제수가 아우의 외가로 인사를 갔다가 행방불명되었습니다. 그 일로 제 노모께서 낙심이 크셨사온데, 아무래도 저 여인이 그 일과 연관이 있는 듯하니 부디 나서서 확인하게 해주셨으면 합니다.

그 말을 들은 피고가 엎드려 울었다.

다음날, 몇몇 점주들이 고소인 자격으로 관아에 출두해 조사를 받았다. 그리고 이틀 후, 부윤이 새로이 하명했다.

—피고를 문초함에 무리가 있었음을 시인한다. 즉시로 피고를 무죄 방면하고, 사사로운 감정으로 최씨를 무고한 점주들에게 각각 열흘씩의 영업 정지를 명한다. 또한 민란에 대한 관의 어려움을 이용하여 이익을 보려고 한 죄 심히 간특하니 그에 대하여는 각각 면포 스물한 척과 전문錢文 이 냥 일 전의 속전으로 그 정신적인 피해를 배상토록 하라.

피고가 타고 가기로 되어 있던 말에 사령이 올랐다. 감영으로 새로운 보고서를 전하기 위해서였다.

나는 아직 모르겠다. 이리저리 맞추는 동안 너덜너덜해진 사실이 과연 진실로서의 가치를 가질 수 있을 것인지.

글피가 상강霜降인데 벌써 첫눈이 내렸다. 사실 눈이랄 것도 없는 싸라기 같은 눈발이 반나절 흩날렸을 뿐이지만 하루 만에 닥친 추위는 제법 된 축에 속했다. 민심이 적잖이 동요했다. 민란 때 죽은 원혼들의 한이라며 눈 맞는 것조차 꺼려했다. 하지만 그들은 곧 잊을 것이었다. 가을걷이로 조선땅 천지가 망망한 때였다. 부뚜막의 부지깽이까지 일한다고 덤빌 만큼 드바쁘다는 절기이니 그들의 심신은 오로지 땅으로만 향할 뿐이었다.

—서리 피한다고 부지런히 고추와 깻잎을 딴 것이 눈까지 피한 셈이 되었습니다. 그제 마저 캔 고구마도 다행이고 말이지요. 현각께서 고생이 많으시었습니다, 허허허.

도혜 스님은 하루 종일 들떠 있었다. 스님은 눈을 좋아했다.

—사가에 다녀오겠습니다.

—대사간 영감께 무슨 일이라도 있으시답니까?

—아닙니다. 인달방……입니다.

—그것 참 반가운 소식입니다. 다녀오십시오. 반가워하실 겝니다. 그럴 때가 지나지 않았습니까?

출가 후 처음이었다.

—누비장삼을 준비해가십시오. 젊다고 호기 부리다간 고뿔 걸립니다. 이 늙은이, 병수발 같은 고된 일은 고만 사양할랍니다.

내 나이 쉰 고개 중턱에 걸려 있었지만 도혜 스님에게 나는 아직도 젊은이였다.

이슬차의 녹둣빛이 부드러웠다. 이슬차는 국화의 어린잎이 이슬을 함빡 머금었을 때 솔솔 따서 만든 차로 도혜 스님과 내가 만들어 부르는 이름이었다. 절벽 아랫녘 볕 드는 자리에 심어둔 국화는 제 뿌리가 닿은 땅의 기운을 닮아서인지 잎이 연하고 순했다.

—암자 앞뜰에 핀 것이 무엇이라 하셨지요? 들어도 잊습니다.

찻잎을 조심스레 건져내던 도혜 스님이 물었다. 이맘때마다 반복되는 질문이었다.

—참취입니다.

—아! 그 참취란 녀석이 원통전 뒤에도 있는 걸 보았습니다.

—그건 쑥부쟁이라고 합니다.

—다른 것이었습니까? 용하십니다. 현감께선 그 닮은 걸 어찌 구분하십니까?

—따로 보셔서 그러신 거지요. 같이 놓고 보면 다릅니다.

어차피 한속이었다. 취든 쑥부쟁이든 털머위든 구절초든. 하나 그런 것이 어디 세상에 꽃뿐이겠는가?

—대사간 영감의 자제께서는 어디로 가신답니까?

—함양현감으로 제수받았다고 합니다.

—허! 멀리도 보내십니다.

그리 멀 것도 없었다. 어차피 때가 되면 돌아올 육신이었다. 하지만 마음은 아니었다.

내간체 글쓰기의 새로운 미학 | 김윤식(문학평론가, 서울대 명예교수)

근자 이 나라 소설판의 물꼬의 하나가 역사물로 트여가는 듯한 조짐이 여기저기서 보인다. 여러 가지 이유로 이 현상이 분석될 수 있겠으나 큰 틀에서 보면 현실의 불투명성에 대한 모종의 대응물 찾기라는 측면에서 설명될 수 있다. 현실의 불투명성이라 했거니와, 매우 막연한 표현이긴 해도 이 속엔 여러 가지 층위가 전제된다. 분명하다고 알려진 역사적 사실이 현실의 불투명성을 위로하거나 모종의 방향성을 제시함으로써 심리적 균형감각을 제공한다 해도 또 거기에는 여러 층위가 있을 수 있다. 거대한 역사 단위의 층위도 있겠고 통한과 안타까움의 층위도 있을 수 있다. 이들 층위가 나름대로의 치유력을 발휘할 때 아마도 그 심리적 기제는 마조히즘과 사디즘의 사정거리에서 맴도는 경우이기 쉽다. 이런 것이 순진성이거나 죄없는 자기기만이라 느끼는 시기도 있고 그런 느낌을 비판하는 사람도 있을 수 있다. 그러나 어느 편이든 그 표현형식에는 매사가 그렇듯 일정한 권태랄까 저항감이 오게 마련이다. 새로운 표현형식의 발견이 요망되는 것은 이 때문이다. 『달을 먹다』는 기성의 역사물에 대한 심급(審級), 곧 '당대의 전제에 대한 대립으로서의 의의'를 갖고 있기에 그러하다.

'내심(內心)'*이란 새삼 무엇인가. 글자 그대로 '속마음'이란 뜻이리라. 그러나 동시에 그것은 내간(內簡)을 가리킴이기도 하다. 그렇다면 '내간'이란 새삼 무엇이뇨. 글자 그대로 여자끼리 주고받는 편지를 이름이다. 이 나라 고전문학을 배운 사람이라면 또 알고 있다. 여자끼리 쓴 편지는 물론, 남자가 여자에게 보낸 편지도 이 범주에 든다는 사실을. 또 알고 있다. 내간의 고전으로 『우념재수서』(이봉한), 『한산유찰』(이산중의 부인 양주 조씨), 『봉서』(혜경궁 홍씨) 등이 있음도. 이에 그치지 않는다. 내간체라는 문체가 대화체, 역어체와 함께 표현체의 삼대 기둥의 하나를 이루고 있음도. 또한 『한중록』 『인현왕후전』 『계축일기』 등 궁중 또는 여염에서 부녀자끼리 쓴 이 내간체가 기품을 거느린 세련미를 이루고 있음도.

이러한 층위의 인식에서 『달을 먹다』의 작가는 민첩했다. 내간체를 낳은 영정(英正)시대를 배경으로 했음이 그 첫번째요, 가장 다루기 까다로운 남녀의 사랑을 다루었음이 그 두번째이며, 그 사랑의 방식의 대담함이 그 세번째이다. 계층적 폐쇄사회 속의 근친상간스런 모티프. 이로써 작가는 소설적 바둑판을 짰다. 그 기보(棋譜)는 최상류층에서 중류층, 하층에 걸쳐 전략적으로 짜여졌다. 그러나 저마다의 편지형식으로 짜였기에 클라이맥스를 향해 응집되는 종래의 비극적 역사물이 추구하는 건축미와는 크게 다르게 되고 말았다. 밋밋한 촘촘함의 미학이라고나 할까. 이 미학은 건축미와 대비될 때 비로소 그 빛을 발하리라.

---

* 『달을 먹다』는 '내심(內心)'이라는 제목으로 응모한 작품이다.

삼대에 걸친 욕망과 사랑의 퍼즐 맞추기 | 박완서(소설가)

『달을 먹다』를 나는 아마 세 번도 더 읽었을 것이다. 내리 세 번을 정독했다는 뜻이 아니라 읽다가 줄거리를 놓쳐서 되돌아가기를 거듭했다는 소리이다. 참으로 읽기 힘든 소설이지만 난해한 소설이었다는 뜻은 아니다. 작가가 이 이야기의 연대를 밝히고 있지는 않지만 여러 정황으로 봐서 정조, 순조 연간이란 걸 짐작하기는 어렵지 않다. 그렇다고 억지로 그 시대의 문체나 어투를 복원하려고 애쓴 것 같지는 않으면서도 지금의 언어감각에 거슬리지도 않을 정도로 적당히 고풍스럽고 점잖은 문장이 지난 시대 이야기라는 걸 짐작하게 해준다. 그 점이 이 작가가 기초가 든든할 거라는 믿음이 되어 작품을 끝까지 읽지 않을 수 없도록 만들고 있다.

그 시대의 최고 양반 가문 두 집과 약국, 역관 등 중인계급 두 집 간의 악령에 사로잡힌 것처럼 제어할 수 없는 욕망, 근친상간에 관한 이야기 같은데 이렇게 줄거리만 말하면 흥미진진할 듯싶지만 실제로 읽어보면 전혀 그렇지 않다. 독자가 읽기 쉽게 하려고 그랬을까, 쓰기 수월하려고 그랬을까. 이 작가는 이 네 가문의 삼대에 걸친 몇십 년간의 장장한 이야기를 몇몇 주요인물들의 각각 시점을 달리한 짤막한 서술로 토막토막 조각내고 있다. 작가가 보여주고자 하는 큰 그림을 총체적으로 보려면 독자는 마치 퍼즐조각을 맞추듯이 스스로 꿰맞추지 않으면 안 된다. 작가가 이렇게까지 불친절해도 되는 걸까 싶게 그 조각 맞추기가 쉽지 않다. 가문과 혈통으로 얽히고설킨 복잡한 관계를 이해하려면 몇몇 가문의 적통과 서얼의 가계도를 그려놓고 줄을 그어가며 읽어야 한다. 그러다가도 그 줄을 놓치거나 꼬이기라도 할라치면 다시 되돌아가야 한다. 어렵사리 꿰맞춰서 겨우 한 화판 속에 퍼즐조각을 빈틈없이 집어넣고 나서도 완성의 기쁨이 별로 없는 것이 이 작품의 가장 큰 단점이다. 무슨 그림인지 모르겠는 거, 곧 작가가 왜 이런 글을 썼을까, 그 작의(作意)가 와 닿지 않았다.

인간들의 복잡다단한 관계를 줄을 그어가며 이해하는 것은 독자의 몫이라 해도 그 관계망에 피를 통하게 해서 작품 전체를 살아 있는 유기체로 만드는 것은 작가의 몫이 아닐까.

혹평은 이만 접고 좋은 점도 많은 작가라고 생각한다. 당대의 온갖 사물, 짐승, 꽃과 약제, 기후, 풍습 등을 묘사하는 데 탁월하다. 박물지를 보는 것 같을 때도 있고 타계한 최명희 작가를 연상시킬 때도 있다. 그러나 그것도 이 작가의 억제해야 할 장점일지 모르겠다. 왜냐하면 이 작가는 인물도 사물화시키는 경향이 있다. 인물들이 구체적인 언동으로 성격을 표출하고 운명을 암시하는 게 아니라 작가가 미리 나서서 설명함으로써 인물들이 꼼짝달싹 못하도록 규정해놓고 있다. 인간도 정물화처럼 묘사해 박제화시키는 건, 앞으로 이 작가가 극복하지 않으면 안 될 문제점이라고 생각한다.

신분과 시대의 벽에 갇힌 인물들이 보여주는 파토스의 파괴성

| 이승우(소설가)

『달을 먹다』는 신분과 시대라는 벽에 갇힌 인물들을 내세워 파토스의 파괴성을 잘 그려낸 소설이다. 근친간의 사랑이라는 낡은 테마는, 공들여 설치한 배경과 흥분하지 않은 서술 덕택에 식상한 핏줄 이야기로 미끄러지지 않고 고전적인 비극미를 획득한다. 역사는 최소화되고, 풍속이 인물들의 의식 속에 침투하여 운명을 만들어내는 대목이 흥미

롭다. 국화주를 담그는 부분이나 침향, 꽃차에 대한 묘사는, 필시 어떤 자료를 참고했을 터인데, 작가의 문장으로 번역되어 아름답게 그려졌다. 삼대에 걸친 인물들이 복잡하게 얽혀 있는데도 그 관계 맺는 지점을 섬세하게 꾸며 억지스러움이 느껴지지 않게 한 것도 좋았다. 무엇보다도 이 소설의 매력은 극적인 효과를 겨냥한 과장기나 포즈에 대한 유혹으로부터 초연한 서술의 품위이다. 여러 명의 일인칭 화자들은 서로 떠넘기고 떠안으며 이야기를 보충하고 완성해가는데, 시종 사건과 일정한 거리를 유지하는 이들의 담담하고 초연한 목소리에 의해 이 들끓는, 뜨거운 애욕의 이야기는 어느 순간 서늘해지고 마침내 삶과 인간을 사색하는 쪽으로 나아간다.

화자가 바뀌었는데도 목소리의 변화가 뒤따르지 않은 점, 소설 속의 몇 가지 중요한 사건, 이를테면 향이의 죽음과 하연의 자살, 여문이 열병 같은 사랑에 빠지는 계기 같은 것이 구체적으로 표현되지 않은 아쉬움, 그리고 공부해서 쓴 작품에 대한, 이후의 작가의 행보까지를 포함한 우려에도 불구하고 나는 운명과 시대를 상대로 목숨을 걸고 싸우는 『달을 먹다』의 독특한 인물들이 독자들과 만나면 좋을 것 같다는 생각을 했다. 이 작품을 당선작으로 민 이유이다.

때로는 서정적으로 때로는 아이러니하게 그려 보인 인간 실존의 단면들

| 남진우(문학평론가, 명지대 문예창작과 교수)

금년도 문학동네소설상 최종심 대상작이 된 두 작품 가운데 한 편은 작품으로서의 기초공사가 부실한 수준이었다. 따라서 최종 평가는 나머지 한 작품 『달을 먹다』를 당선작으로 선정할 것인가, 말 것인가

에 모아졌다. 『달을 먹다』는 역사소설의 외관을 취하고 있지만 우리가 일반적으로 기대하고 있는 역사소설의 문법에서 한참 벗어나 있다. 이 작품에서 시대적 배경은 그다지 중요한 역할을 하고 있지 않다. 소설은 시종일관 정념형 인간이라 부를 수 있는 등장인물들의 독특한 내면 상태를 암시적으로 드러내는 데 주력하고 있다. 엄격한 법도와 완강한 신분질서가 작동하고 있는 그 시절에도 이처럼 사랑에 죽고 사는, 금지된 사랑에 눈멀어 위험한 죽음충동에 몸을 맡기는 인간 군상이 있었다는 것이다. 소설은 삼대에 걸친 근친상간의 합종연횡을 따라가며 인간 실존의 어찌해볼 수 없음을, 때로는 서정적으로 때로는 아이러니하게 부각시킨다. 인간의 운명을 지배하는 것은 무슨 거대한 폭풍이나 파도가 아니라 잔물결의 끊임없는 일렁임일 수도 있다는 깨달음을 안겨주는 소설이다. 수상을 축하하며 정진을 당부하고 싶다.

각기 다른 인물들의 시선이 만들어내는 다채로운 아이러니
| 서영채(문학평론가, 한신대 문예창작과 교수)

『달을 먹다』는 정조시대를 배경으로 다양한 인간 군상의 연애와 결혼에 대한 이야기를 담고 있는 작품이다. 전체가 네 토막으로 나뉘어져 있고, 각 토막마다 여러 명의 화자가 등장하여 이야기를 풀어나가는 형식이라, 처음에는 잘 읽히지가 않았다. 시점이 다양한데다 등장인물이 많아 이야기의 줄거리를 잡아가기가 힘들었던 탓이다. 하지만, 중반으로 접어들어 서사의 가닥이 잡히면서부터는 이런 플롯이 지니고 있는 장점들이 제 모습을 드러내기 시작했다. 동일한 사건을 두고 서로 다른 화자들의 교차하는 시선이 만들어내는 다채로운 아이러니를 즐길 수 있게 되었다. 자연스럽게 읽는 속도도 느려졌고, 그러면서 이 소설이 지니고 있는 정서의 흐름과 호흡을 맞출 수 있게 되었고, 중반부를 넘어서면서부터는 완벽하게 몰입해 있는 나 자신을 발견하게 되었다. 그러다 문득 주변을 둘러보니 조선시대 사람들의 감정생활이라는 매우 이색적이고 독특한 세계가 펼쳐져 있었다. 그것이 『달을 먹다』의 세계였다.

『달을 먹다』는 역사소설의 대대적인 유행 속에서도 또하나 새로운 유형의 역사담을 만들어내고 있다는 점에서 매우 인상적이었다. 사대부와 중인, 서얼 집안들의 내력과 생활사가 다채롭게 펼쳐져 있어 흥미로웠고, 그들이 사랑하고 결혼하고 자식 키우는 이야기 속에 자리잡고 있는 치명적인 사랑의 열정과 운명의 모습들도 그 자체로 경탄스러웠다. 더욱이 조선시대의 생활사라는 풍요로운 디테일과 열정적 사랑이라는 초시간적인 서사소가 함께 어우러지며 빚어내는 서사의 교향은, 그 속에서 움직이고 있는 다양한 인물들의 매력적인 표정과 함께 가슴을 뻐근하게 만드는 느낌으로 묵직하게 다가왔다. 이야기를 한 편의 소설로 다듬어내는 작가의 솜씨에 거칠고 투박한 면도 없지 않아 잠시 망설이기도 했지만, 그래도 이런 정도라면 작단의 새로운 개성으로 소개하는 데 손색이 없을 듯하여 김진규씨의 『달을 먹다』를 당선작으로 미는 데 한 표를 던졌다. 김진규씨의 개성이 한국소설의 새로운 매력으로 꽃피우기를 바란다.

'숙명적 사랑의 영웅' 들이 빚어내는 웅장한 삶의 서사

| 신수정(문학평론가, 명지대 문예창작과 교수)

최근 들어 여러 번 문학동네소설상 심사에 참여하게 됐다. 그 과정에서 『고래』를 만나기도 했고 『캐비닛』을 먼저 읽는 행운을 누리기도 했다. 그런데 심사를 하면 할수록 응모작과 심사자 사이에는 어떤 운명 같은 게 있다는 생각을 하게 된다. 한 박스 분량의 응모작들을 읽느라 살짝 정신이 혼미해서 그런 생각을 했을 수도 있다. 그러나 갈수록 작품 고르기가 두렵게 여겨지는 것은 사실이다. 내가 아닌 다른 누구라면 충분히 공감했을 어떤 작품들이 오로지 나로 인해 조망의 기회를 놓치게 되는 것은 아닐까 지레 겁이 나기도 한다. 그래서였을까. 실은 이번 소설상 심사가 그리 흥겨웠던 것은 아니다. 그럼에도 불구하고 바깥과 단절되어 천 매 이상의 원고를 쓸 수밖에 없었던 응모자들의 열망을 저버릴 수 없어 비슷비슷한 작품들을 차마 손에서 떨쳐내지 못하고 끝까지 읽어가다보니 심사는 더디고 성과는 미미하고 그랬다. 어쨌거나 이 모든 과정을 거치고 결국 『달을 먹다』를 만났다. 만날 인연은 만나게 되어 있는 모양이다.

처음부터 수상작을 뽑는다면 『달을 먹다』였다. 문제는 이렇다 할 경쟁작이 없다보니 이 작품을 그대로 수상작으로 뽑아도 되는 것인지 확신하기가 쉽지 않았다는 점이다. 예심에서 올라온 작품을 한 번 읽고 본심 여부를 결정한 뒤, 본심을 위해서 다시 여러 번에 걸쳐 이 작품을 읽었다. 『달을 먹다』는 이렇게 여러 번 읽지 않으면 그 가닥을 짐작하기 곤란한 다양한 가문의 여러 대에 걸친 이야기들이, 겨울부터 그 다음해 가을에 이르는 일 년이라는 시간 속에 기묘하게 얽혀 있다. 외견상 영·정조기를 배경으로 한 역사소설의 형태를 취하고 있지만, 응모자가 적어놓고 있는 대로 그것이 중요한 것은 아니다. 필요한 시간만 빌려왔을 뿐, 역사적 시간, 즉 구체적인 디테일이 주인인 것은 아니었다. 그렇다면 이 작품은 무엇인가? 나에겐 이 작품이 조선시대 여인네들의 내간체 문장을 실험하는 시대 로맨스물로 비쳐졌다. 이 작품에 등장하는 인물치고 그만의 독특한 아우라와 캐릭터를 지니고 있지 않은 사람이 없을 뿐만 아니라 이들 모두 어긋난 사랑으로 인해 평생을 고통받으며 살다 죽는 것으로 되어 있다. 이런 인물들을 어떻게 소설 속 인물들이라고 할 수 있겠는가. 표면적으로 작품의 중심서사를 형성하고 있는 사대부 가문의 아들 류호와 그의 딸 묘연은 말할 것도 없고, 역관 출신 중인의 딸 설희와 최약국, 그리고 그의 부인인 후인 같은 사람들 역시 제각각의 비장한 사연과 숙명적 업보로 인해 고통받는다. 최약국과 후인 사이에서 절름발이로 태어나 비련의 사랑 속에 죽어간 향이, 난이 이복자매는 더 말할 것도 없다. 이 세계는 기본적으로 로맨스의 세계다. 로맨스는 영웅무협의 세계다. 그들은 제각각 자신의 운명 속에서 비범한 재능을 뽐내고 겨루다가, 사랑하다가 부끄럽지 않게 죽는다. 그러고 보니 알겠다. 이 작품은 왕가위 감독이 김용의 무협지를 '동사서독' 혹은 '시간의 재'라는 이름의 아름다운 무협 로맨스물로 만든 것과 거의 유사한 일을 했다. 왕가위가 배우들에게 부여한 것은 긴 머리와 아름다운 의복이었다. 이 작품은 소설 속 인물들에게 침향이나 술, 차와 같은 미시적인 생활세계의 우아한 디테일들과 숙명적 업보를 부여했다. 이 디테일과 운명적 윤회만이 진정 이 작품이 공들여 묘사하고 있는 소위 '역사'라고 할 만한 것들이다. 따라서 여기에는 어떤 공적 역사도 없다. 오로지 인간들의 운명을 감싸고 도는 보편적인 삶의 비릿하고 쓸쓸한 운명론만이 있을 뿐이다.

이것을 유행을 따라 퓨전 역사물이라고 할 수도 있겠다. 어쨌든 이 작품은 충분히 익숙하면서도 아주 많이 낯설었다. 소설상의 이름으로 이 작품을 세간에 내보내기까지 약간의 결심이 필요했던 것은 그 때문이었다. 일단 이 작품에 다가가기 위해선 우리에게 익숙한 역사소설의 관습으로부터 잠시 자유로울 필요가 있었다. 나는 그렇게 하기로 했다. 이 작품이 보여주는 인간관계의 숨막히는 비통함과 쓸쓸함, 손에 잡힐 듯 자세하게 묘사된 몇몇 인물들의 잔인한 현실성, 예컨대 묘연의 아버지 류호(그는 치마만 둘러입히면 바로 색기가 줄줄 흘러내리는 기생이라고 해도 믿을 정도로 예쁜 남자이자 침향 전문가의 연정의 대상이었으며 결국엔 역관의 과부와 사통하다가 복상사한다)나 최약국(고아로 태어난 그는 일찍이 약초 다루는 일을 배운 다음 약사로 안정된 삶을 유지한다. 문제는 그의 사랑이다. 그는 사랑하는 아내 후인에게 매정하고 인색한 남편 노릇을 한다. 그러나 후인이 그의 후배 약사와 함께 집을 나간 이후 그는 자신의 가슴에 아내의 이름을 한 땀 한 땀 새기며 그녀에 대한 사랑을 서원한다. 전처에 대한 이 사랑은 당연히 후처로 들어온 하연을 골병들게 하고 딸을 외롭게 한다. 그 탓인지 그는 목이 졸려 살해당한다) 등과 같은 인물들이 빚어내는 묘한 아우라를 쉽게 뇌리에서 지울 수 없었기 때문이다. 그들 '숙명적 사랑의 영웅' 들이 빚어내는 웅장한 삶의 서사는 우리가 알고 있는 역사의 바깥을 떠도는 원형적인 이야기로 읽어도 좋을 듯했다. 만약 우리 소설들이 이런 종류의 이종(hybrid)을 기꺼이 소설로 받아들일 수 있다면, 『달을 먹다』는 소설상의 영예에 빛나도 좋을 것으로 여겨졌다. 우리라고 〈동사서독〉을 소설로 만나는 기쁨을 가지지 말란 법은 없을 것이다. 인간의 사랑이란 모두가 시간 속의 재일 뿐이다. 이 소설이 그 사실을 다시 한번 확인시켜주었다. 수상을 축하한다.

고요하고 낯선 화단

김언수(소설가)

이 소설을 읽고 내가 처음 한 일은 동네 이발소로 머리를 깎으러 간 것이었다. 갑자기 단정한 사람이 되고 싶어졌다. '그래, 아주 단정한 모습으로 만나러 가는 거야.' 이발소를 향해 걸어가면서 나는 나에게 다짐하듯 말했다. 그러니 이 소설은 내게 이발 충동을 불러일으킨 최초의 소설인 셈이다.

"어떻게 깎아드릴까요?" 시골 이발사가 물었다.

"최대한 단정하게 보이도록 깎아주세요." 내가 말했다.

"짧게 깎아달라는 말씀인가요?"

"네? 그게 그런 뜻인가요?"

"그럼요." 시골 이발사가 당연하다는 듯 말했다.

"네, 그럼, 그렇게."

이발이 끝났을 때 나는 하사관 스타일의 군인이 되어 있었다. '아니 아저씨. 그래도 이 스타일은 정말, 너무해요' 항변이라도 하고 싶었지만 시골 이발사가 "아주 단정하죠?" 하고 흡족한 듯 물었기에 그냥 꾸벅 인사를 하고 이발소를 나왔다. '이게 단정한 게 맞을 거야. 내가 단정함에 대해서 뭘 안다고.' 스스로 위안을 하면서.

인생 자체가 단정치 못한 내가, 게다가 단정하게 살아보자는 결심도 해본 적이 없는 내가, 왜 갑자기 단정해지고 싶어졌을까. 그것은 아마 이 소설의 작가가 가지고 있을 저수지 바닥 같은 적요가 두려웠기 때문일 거다. 저수지 바닥. 그것이 소설을 읽으면서 내가 그린 작가의 이미지였다. 그것은 또한 소설 속에 나오는 '너무 말이 없기로 작정한' 묘연과 닮아 있다. 사대부가의 며느리로 한평생을 살면서 그 누구에게도 심중을 토해놓지 않았던 그토록 무서운 침묵. 나는 속내를 드러내지 않는 조용한 사람들이 항상 두려웠다. 인터뷰어로서 나의 임무는 한 번도 동요한 적 없는 고요한 저수지 바닥을 흔들어 부유하는 갖가지 먼지들과 그 동안 쌓였던 퇴적물들을 일일이 확인하는 것일 텐데 도무지 자신이 없었다. 게다가 헤어스타일마저 하사관이다. 아이, 정말.

문학동네 회의실로 들어선 그녀의 얼굴은 중학생 딸을 가진 엄마라는 사실이 도무지 믿기지 않을 만큼 동안이었다. 그러나 내가 상상했던 것처럼 단단해 보였고 아랫입술을 살짝 깨문 모습은 단호해 보이기까지 했다. 인터뷰를 위해 문학동네 회의실에 단둘만 남았을 때 나는 약간 떨고 있었다. 아마 그녀도 약간은 떨고 있었을지도 모른다. 나는 몇 개의 싱거운 농담과 건조한 질문을 던졌고 그녀는 단답형의 몇 마디 말을 내뱉었다. 서먹서먹한 기분이 들었다. 결국 나는 그녀에게 최대한 양해를 구하고 맥주 두 캔을 마셨다. 그리고 겉으로는 씩씩해 보이지만 사실 기분장애환자여서 낯선 사람을 만나면 굉장히 떤다는 사실을 고백했다. 그러자 그녀는 처음으로 경계를 풀고 나를 향해 따뜻하게 웃어주면서 자신에게 우울증 병력이 있었다는 사실을 고백했다. 그녀가 나에게 보여준 웃음이 고마웠다. 문을 열고 상대방을 따뜻하게 받아주는 그런 웃음이 나는 항상 고맙다.

“지금은 많이 좋아졌어요. 예전엔 우울증으로 아주 힘든 시절들이 있었죠.”

—혹시 앤드류 솔로몬의 『한낮의 우울』이라는 책 읽어보셨어요? 저는 그 책에서 도움을 많이 받았거든요.

“어머! 『한낮의 우울』은 제 바이블이에요. 그처럼 많은 줄을 그어가며 읽은 책은 여태 없었어요. 거의 외우도록 읽었죠. 그리고 우울증으로 힘들어하는 사람들을 보면 그 책을 꼭 추천했어요.”

나도 그랬다. 나도 그 책을 몇 번이나 읽었고 지금까지 정서적으로 위험해 보이는(?) 네 명의 사람에게 그 책을 선물했다. 그 책은 내게 책이라는 것이 의학적인 측면에서 약이 될 수도 있다는 것을 알려준 최초의 책이었다.

“책 속에서 우울증으로 아파하는 사람들의 사연들을 읽으면서 정말 많이 울었어요. 어떻게 내 맘을 이렇게 잘 표현할까. 어떻게 내 맘과 이렇게 똑같을까. 지구 반대편에서 누군가 나와 같은 이유로 아파하고 있다는 사실이, 나만 아픈 게 아니라는 사실이 큰 위안이 되었어요.”

—혹시 겪으셨던 우울증 삽화 중에 하나만 들려주실 수 있나요?

“한동안 미친 듯이 전자오락실을 드나들었어요. 거기서 테트리스니, 1945니, 갤러그니, 틀린그림찾기니, 보글보글이니 하는 게임들을 했어요. 그중에선 틀린그림찾기가 제일 재미있어요. 동전들이 순식간에 사라져버리죠. (웃음) 이상하게도 정신을 빼놓을 만큼 시끄러운 그곳이 아주 편안했어요. 한 일 년 정도 그랬던 것 같아요. 물론 지금은 돈 주면서 가라고 해도 못 가겠지만.”

앤드류 솔로몬에 따르면 우울은 사랑의 결여 상태다. 우울증은 자신과 타인과 일과 생활에서 사랑이 사라져버린 삶이며, 그 무엇에서도 기쁨을 얻지 못하는 무의미함과 황폐함으로 가득 찬 쓸쓸한 내면이다. 그리고 건강한 삶을 회복할 에너지를 상실한 상태를 뜻한다. 그들에게 남아 있는 것은 끝없이 반복되는 생활에 대한 무의미한 감정과 외로움이다. 그러므로 우울증 환자에게 본질적으로 필요한 것은 프로작이나 리튬 같은 약이 아니라 황폐해진 내면을 다독거려줄 사랑이다.

그런데 우울증 환자들이 느끼는 가장 큰 공포는 누군가에게 거부당할지도 모른다는 두려움이다. 그 두려움은 사실 굉장하다. 그들은 열렬하게 외롭지만 사람들에게 선뜻 다가서지 못한다. 뜨겁게 사랑을 갈구하면서 동시에 사랑으로부터 맹렬하게 도망가는 것. 이 모순적인 삶을 그들은 견뎌야 한다. 그래서 어떤 사람은 고슴도치처럼 웅크리고 살아가고, 어떤 사람은 광대가 되어 살며, 어떤 사람은 광인이 되어 떠돈다. 그러나 침묵하는 자는 이해받을 수 없고 광대는 오해받으며 광인은 배제되므로, 이 소설 속에서 얽히고설킨 많은 관계들처럼 문 앞에서의 머뭇거림은 죽음까지 지속되고 오해는 영원히 풀리지 않는다. 중증 우울증 환자였던 버지니아 울프의 소설 속 인물들이 우울증에 감염되어 있듯이 그녀의 소설 속 인물들도 그렇다. 침묵하는 묘연과 김희우에게서, 사람들의 온갖 비웃음과 모멸 속에 광대로 살아가는 류호에게서, 광인으로 떠도는 여문과 향이에게서 나는 우울이라는 비극적인 병을 본다. 그래서 아마 작가는 이 소설의 인물들 중에 누구와 닮은 것 같냐는 나의 질문에 모두와 조금씩 닮아 있다고 말했던 것일지도 모른다.

"원래 이 소설을 쓸 때 제목은 '푼'이었어요. 푼은 아주 적은 양을 의미하는 거잖아요. 저는 우리가 다른 사람들을 항상 푼 단위만큼밖에 이해하지 못하고 살아간다고 생각해요. 그래서 우리는 오해와 더불어 살아갈 수밖에 없는 거고 항상 외로운 거죠. 소설 속에서 향이는 여문이 자신을 사랑하는지를 모르죠. 여문은 향이가 자신을 애타게 기다리고 있다는 것을 모릅니다. 담벼락 하나를 사이에 두고 둘은 그렇게 모르는 채로 죽어갑니다."

—속내를 잘 안 드러내는 스타일이시죠?

"네, 말이 별로 없는 편이에요."

—그럼 인터뷰 어떻게 하죠? (웃음)

"사실 저는 말을 잘 못하는 편이라 상대방에게 아무리 화가 나도 할 말을 또박또박 다 하지 못하고 대충 얼버무리는 타입이에요. 답답함이 습관이 되어 있죠. 그런데 편지를 쓰거나 글을 쓰면 이상하게 내용이 점점 독해져요. 걱정입니다."

—저랑 정반대군요. 저는 글을 쓰면 유순해지는데 말을 하면 독설이 되거든요.

—문학동네소설상으로 갑자기 짠! 하고 나타나셔서 작가에 대해 아는 게 없습니다. 독자들은 작가가 어디서 태어났는지, 또 뭐 하고 살았는지 이런 걸 더 궁금해하더라고요. 사실은 소설을 읽다보니까 제가 더 궁금해진 거지만.

"경기도 오산이라는 곳에서 태어났어요. 아주 시골이었죠."

—소설을 보면 한옥에서 자랐을 것 같은데요?

"소설에 나오는 것처럼 엄청난 한옥은 절대 아니고요. (웃음) 아주 작은 한옥이었어요. 지붕도 낮고, 덩달아 담도 낮고, 작은 뜰이 있는 시골 한옥이었죠. 문을 열면 바로 흙길이 있고, 그 앞에 논이 있는 그런 집 말이에요. 집 주위로 국화가 아주 많아서 사람들이 우리집을

'국화집' 이라고 불렀대요. 그런데 어쩐지 제가 자라면서부터는 그 많던 국화들이 다 사라지고 그 자리에 채송화며 나팔꽃 같은 풀꽃들이 자라기 시작했어요."

—소설에 보면 발뒤꿈치로 밟아 누룩을 만들고 명주천으로 닦은 풀잎에 이슬을 모아서 만든 국화주가 나오던데 정말 한잔 얻어먹고 싶은 술이었어요. 그런데 이런 게 다 연유가 있는 거군요.

"그런데 저는 사실 술을 못 마셔요. 국화주를 담가본 적도 없고요."

—엥?

"대신 국화주 빛깔은 아주 좋아해요. 사실 국화과의 꽃들이 굉장히 다양하거든요. 특히나 가을엔 웬만하면 국화라고 해도 아주 틀리지 않을 정도니까요. 그러니 당연히 국화주 담그는 방법도 한두 가지가 아니겠지만 한 번도 담가본 적은 없어요."

—대가족이었을 것 같은데 가족관계는?

"이남 사녀 중에 막내인데 굉장히 늦둥이에요. 아버지가 쉰 살에 저를 낳았어요. 바로 위의 언니하고 아홉 살 차이가 나고요. 아버지가 저를 데리고 다니면 시골 어른들이 손녀냐고 항상 물어볼 정도였죠. 아버지는 공무원이셨는데, 몸이 아프셔서 일찍 퇴임을 했어요. 그후로 아버지는 대서소를 하시면서 소일하셨어요. 아버지가 글씨를 아주 잘 쓰셨거든요. 붓글씨도 잘 쓰시고 펜글씨도 잘 쓰셨죠. 어쨌든 그때부터 가족의 생계는 언니, 오빠들이 책임지게 되었어요."

—소설을 보면 아버지에 대해 애증이 있었을 것 같은데요?

"아버지로 인해 항상 그늘이 있었어요. 어린 마음에 늙고 아픈 아버지가 속상했거든요. '효' 라는 것이 원래 타고나는 건가봐요. 그런 면에서 저는 참 못된 딸이었죠."

—이 소설 속에는 '너는 나로 인해 죽는다' 라는 부채의식이 많은 인물에게서 보입니다. 솔직히 저는 이런 위험한 부채의식을 가진 사람을 별로 만나본 적이 없어요. 보통은 '너 때문에 내가 못 산다' 라는 식 아닌가요?

"아무래도 가족사에서 출발한 것이겠죠. 엄마는 마흔에 저를 낳으시고 산후조리를 제대로 못 하셨어요. 그래서 늘 아프셨죠. 엄마가 아프실 때마다 혹시 나를 낳아서 엄마가 아프게 된 것은 아닐까, 하고 생각했어요. 저희 언니와 오빠 들은 아주 똑똑한 사람들이었는데 가족의 생계를 책임지느라 일찍 일을 시작했어요. 집에서 저 혼자 누린 호사가 얼마나 큰지 몰라요. 게다가 언니, 오빠 들이 돌아가면서 한 번씩 제 학비를 내야 했어요. 거의 저를 키우다시피 했죠. 저는 사는 게 늘 미안했어요. 엄마가 아픈 것도 미안하고, 언니, 오빠 들이 고생하는 것도 미안하고, 공부를 못하는 것도 미안하고, 약하고 비리비리한 것도 미안하고, 상업고등학교에 가지 않고 멀리 수원까지 가서 인문계 고등학교를 다닌 것도 미안하고, 대학을 졸업했으면 일도 좀 하고 그랬으면 좋았을 텐데 졸업하자마자 바로 결혼한 것도 미안하고, 그리고 결혼한 다음해에 바로 애기 낳고 그뒤부터는 육아에 신경쓴다고, 참……"

—한국외대 이란어과를 나오셨는데, 이란어과를 나온 소설가를 한 번도 본 적이 없어서 그런지 굉장히 낯선 느낌이 들었어요. 왜 이란어를 전공할 생각을 하셨는지.

"지금 생각해보면 떠밀려 들어간 느낌이 들어요. 선지원후시험 제도의 희생양이랄까. 붙고도 남는다, 하는 곳에만 원서를 낼 수 있었으니까요. 안 그러면 담임선생님이 원서를 안 써주셨거든요."

—그럼 원래는 무슨 과를 가고 싶었나요?

"꼭 가고 싶었다기보다는 그냥 호기심에 문예창작과를 알아보기는 했어요. 하지만 이런 거 저런 거 따질 형편이 아니었으니까요. 그래도 대학 시절은 새로운 세계를 발견한 시간이었어요. 사실 이슬람세계가 굉장히 매력적이거든요."

—소설은 언제부터 쓰기 시작하셨죠?

"작년 10월부터요."

—네? 그전에는 쓰신 적이 없고요?

"네. 그전에는 단편소설도 시도 써본 적이 없어요."

—이런 얘기 들을 때마다 참 억울하다는 느낌이 들어요. 보통 우리 같은 사람들은 한 십 년 우울한 문학청년 시절 보내고, 신춘문예 때문에 또 몇 년 우울한 크리스마스 보내고, 그러면서 잔뜩 패배의식에 절어 있다가 겨우 나오거든요. 그런데 선생님처럼 어느 날 갑자기 필받아서 한 방에 나오시면…… (웃음)

"우울한 크리스마스요?"

—신춘문예 당선통보가 보통 크리스마스 전에 나거든요.

"어릴 때부터 작가가 되고 싶다는 막연한 생각은 있었어요. 그런데 글을 잘 못 썼어요. 중고등학교 때도 별 소질이 없었어요. 작가들을 보면 벌써 중고등학교 때 두각을 나타내잖아요. 그게 아니라도 백일장에서 상을 타오거나 하다못해 국어선생님에게 칭찬을 받거나. 그런데 어찌된 영문인지 저는 그런 것도 없었어요. 어쩌다가 선생님에게 글을 내면 빨간 펜으로 줄만 잔뜩 그어져서 돌아오곤 했죠. 어릴 때 저희 집 다락에 책이 아주 많았어요. 깨알 같은 작은 글씨에 세로줄로 활판인쇄되어 있는 책들이었는데 법전에서부터 난중일기니 조선왕비열전에 이르기까지 장르를 불문한 책들이었죠. 나중에 이사를 할 때 보니까

종이가 부스러질 정도로 낡은 책들이었는데, 구석에 앉아 그 책들을 이해도 못 하면서 아주 재미있게 읽었어요. 읽으면서 나도 작가가 되면 좋겠다, 하고 생각했죠. 하지만 글쓰기에는 별로 소질이 없는 것 같아서……"

—그럼 작년 10월에 도대체 무슨 일이 일어난 거죠? 왜 갑자기 소설을, 그것도 단편도 아니고 장편을?

"단편을 쓸 생각이 아예 없었던 건 아니에요. 근데 도저히 진행이 안 되더군요. 남편이 언젠가 그런 말을 했어요. 제가 매일 책만 붙들고 사니까, 쏟아내지 않고 그렇게 계속 구겨넣기만 하면 미쳐버릴지도 모른다고. 정말 그랬나봐요. 할말이 많아서 단편으로는 부족했다, 뭐 그런. 그리고 갑자기 글을 쓰기 시작한 건, 표면장력의 끝을 보았기 때문인 것 같아요. 한 방울만 더 얹으면 바로 터질 것 같은 위태로움을 제 안에서 느꼈던 거죠."

—저는 틈틈이 쓰는 장편소설에 대해 한 번도 생각해본 적이 없는 것 같아요. 어쩐지 장편소설은 심호흡 한번 크게 하고 휘몰아쳐서 써야 할 것 같은 느낌이 들거든요. 한 아이의 엄마이고 또 주부이니 시간을 내기가 쉽지 않았을 텐데 어떻게 썼을까 궁금했습니다.

"말 그대로 대중없이 써요. 아침에도 쓰고, 밤에도 쓰고, 설거지 끝내고 쓰고, 드라마 보다가도 쓰고, 정말 틈나는 대로 써요. 가끔 컴퓨터를 한 번도 못 켜는 날도 있거든요. 그런 날에는 주로 수첩에다 정리를 해두지요. 아무래도 남편과 딸에게 피해가 좀 있었을 거예요. 대중없이 틈나는 대로 쓴다지만 그 틈을 일부러 만들기도 했으니까요."

—소설에는 조선시대 풍속들이 많이 나오는데 이런 쪽으로 관심이 많으셨던

가봐요?

"예전부터 그런 군내나는 책들을 좋아했어요. 체질이죠. 고등학교를 수원에서 다녔는데 정조가 세운 화성이 내려다보이는 곳이었거든요. 게다가 국사선생님이 얼마나 재미있고 좋으셨는지 역사에 대한 관심이 그때 많이 생겼어요. 그리고 『조선의 뒷골목 풍경』이라는 책 이후로 기죽지 않으면서 읽을 수 있는 역사 관련 책들이 굉장히 많이 쏟아져나왔어요. 그 한 권, 한 권이 다 소설의 자료가 되었지요."

—조선시대를 소설의 시대적 배경으로 설정한 이유가 있다면요?

"우리가 생각하기에 조선시대라 하면 온갖 제약과 규약이 여러모로 가해졌던 시대 아니겠어요? 신분의 차이만 해도 그렇고 후기 쪽으로 접어들면 남녀의 차별도 갈수록 심해지니까요. 그러니 그 시대 사람들은 사회에서 학습된 방식으로 살아야 했겠죠. 당연히 차마 하지 못한 말이며 감히 하지 못한 행동들이 많았겠죠. 그 시대에 비한다면 오늘날은 훨씬 자유로워진 것 같지만 소통이라는 측면에선 별로 나아진 것 같지 않아요. 소통의 부재와 사람과 사람 사이의 관계는 예나 지금이나 별다를 게 없다는 걸 보여주려고 옛 시절을 빌려왔죠. 그래서 사실 처음에 이 소설을 쓸 때는 퓨전을 생각했어요. 시대를 구분하지 않고 넘나들며 양쪽을 다 아우르는 소설을 쓸 계획이었어요. 하지만 어쭙잖은 시도가 되어버렸죠. 한쪽에도 충실하지 못하면서 양쪽을 다 품는다는 건 말이 안 됐으니까요. 그래서 수정하는 데 어마어마한 시간을 들여야 했어요. 이중의 고통이었죠."

—저는 소설을 읽으면서 이 작가는 묘연과 닮았을 것 같다는 생각을 했어요. 묘연에게 특별한 애정을 가지고 있다는 느낌도 자주 받았고요.

"네, 아무래도."

—묘연을 빼고 나면 누구와 가장 많이 닮았는지 여쭤봐도 될까요?

"여기 나오는 인물들 모두와 조금씩 닮아 있겠죠. (웃음) 그런데 굳이 꼽으라면 후인과 설희를 반반씩 닮은 것 같기도 해요. 하지만 제가 한 아이의 엄마이기 때문에 자식을 버리고 사랑을 찾아 떠나는 후인 같은 여자에게 깊게 동의해줄 수는 없었어요. 그래서 후인의 삶을 끝까지 따라갈 수 없었죠."

—누군가는 소설이 그 시대의 도덕과 싸우는 일이라고 하던데요. 그러니까 후인에게 조금 더……

"그런 면에서 제가 좀 소심한가봐요. CCTV를 놓고 시민의 안전과 사생활 보호가 첨예하게 대립하면 저는 안전 쪽에 손을 들어주는 편이거든요. 그 말은 제 인물이 도덕과 금기의 경계에 서 있다면 저는 아마 도덕을 선택할 거라는 뜻이겠죠. 이거 어째 동문서답의 느낌이 오는데요?"

—독자들에게 『달을 먹다』가 의미하는 바를 들려주신다면?

"이해와 오해 사이의 간격이라고 하면 될까요? 사람은 누구나 자신만의 진실을 가지고 살아가죠. 한 가지 사실을 놓고도 입장과 관점에 따라 해석이 달라질 수밖에 없으니까요. 그 누구도 진정으로 다른 사람의 마음이 될 수는 없는 거거든요. 저는 그 진실의 개별성에 대해 말하고 싶었어요."

—영향받은 작가가 있었다면 누구를 꼽고 싶습니까?

"영향은 무수히 받았죠. 그러면서 제 능력에 절망했고요. 어쨌든 제게 충격을 준 작품들은 분명히 있어요. 우리나라 작가들의 경우, 우선은 최명희의 『혼불』이 그랬고, 제 정서를 들었다 놨다 한 작품은 김훈의 『칼의 노래』죠. 복거일의 『비명을 찾아서』는 학창 시절에 구라에 대한 하나의 교과서가 되어주었고, 단편집으로는 이문구의 『나는 너무 오래 서 있거나 걸어왔다』하고 김형경의 『단종은 키가 작다』가 인상 깊었어요. 그리고 외국작품으로는 알바니아 작가인 이스마일 카다레의 『부서진 사월』하고 포리스트 카터의 『내 영혼이 따뜻했던 날들』 그리고 쥘리앙 그라크의 『시르트의 바닷가』를 들고 싶네요. A. J. 크로닌도 말해야 할 것 같기는 한데 그의 소설 내용이 기억이 안 나서……"

—작가들에게는 대체로 소설에 대한 자신만의 정의가 있는 것 같습니다. 자신이 생각하는 소설을 들려주신다면?

"독립운동이라고 말하고 싶네요. 내 안에 쟁여진 무수한 감정들이 글자 한 자 한 자의 등에 업혀 나로부터 독립을 하는…… 그게 잘되면 만세를 부르는 거구요."

—앞으로 어떤 작가가 되고 싶은가요?

"글 잘 쓰는 작가요. (웃음) 영화를 보면 감독들마다 스타일이라는 게 있잖아요. 드라마도 그렇구요. 그 스타일 때문에 마니아도 생기고 안티도 생기고…… 그런 저만의 스타일을 가지고 싶어요. 보편적이고 무난해서 편안하기보다는 무언가를 건드려서 불편하게 만드는 그런 종류의 스타일."

—저는 소설가가 21세기에 별로 어울리지 않는 직업이라고 생각하는데 우리 시대에 소설가는 무엇이라고 생각하시는지요?

"어떻게 받아들여질지 모르겠지만 저는 소설가를 서비스업에 종사하는 노동자의 개념으로 봅니다. 하지만 될 수 있다면 소비자의 호불호에 휘둘리는 수동적인 작가가 아니라 오히려 소비자가 눈치를 봐야 할 정도의 주체성을 가진 작가가 되고 싶어요. 물론 그러려면 그만한 힘을 갖춰야겠죠."

—이 소설 속에서 벌어지는 사랑은 대부분 치명적입니다. 죽거나 불구가 되거나 하는 식이죠. 원래 사랑이 이렇게 무서운 건가요?

"저는 사랑은 치명적이어야 한다고 생각하거든요."

—치명적이지 않으면?

"사랑이 아닌 거죠."

—이렇게 위험한 정서를 가지고 관계를 지속할 수 있을까요? 예를 들어 결혼이라든가.

"그것은 생활이겠죠. 사랑이 우리를 흔들고 간 다음에 남아 있는 것. 자신이 가진 성격대로 살아가야 하는……"

—문학동네소설상을 받으셨는데 기분이 어떠세요?

"조금 무섭네요. 작년에 어떠셨나요?"

—벌벌 떨었죠. 무섭잖아요. 갑자기 세상에 나가는 거.

"그 기분 정말 이해가 될 것 같아요."

인터뷰를 정리하는 며칠 동안 나는 밤마다 그녀의 블로그에 들어가 이것저것을 둘러보고 나왔다. 물론 도둑처럼 살금살금 들어가서 흔적도 없이 나온다. 그녀의 집엔 인형을 껴안고 잠을 자는 왈왈양이라는 앙증맞은 강아지가 있고, 그녀가 키우는 꽃과 새싹채소들이 있고, 전업주부의 하소연과 푸념이 있다. 나는 그곳에서 꽃기린, 제비꽃, 석류

꽃, 능소화 같은 꽃들을 본다. 나는 웰빙과 청결을 삶의 모토로 삼고 있어 더러운 이불에서는 결코 잠을 자지 않고 몸에 좋다면 냄새 지독한 한약도 마다하지 않는 왈왈양의 일기를 읽고, 밥心이라는 폴더 속에서 요리의 실패사들을 읽으면서 '음 저 타이밍에 저걸 집어넣으면 확실히 실패하는군' 하고 놀란 가슴을 쓸어내린다. 그리고 소설에서 건축학까지 두서없이 읽어대는 활자중독자의 독서일기를 읽는다. 블로그 속 그녀의 글들은 센스 만점이다. 그녀는 홈쇼핑에서 만난 상품에게 '솔직하게 말해봐, 내가 너로 인해 적어도 상식적인 인간이 될 수 있는지'를 묻고, 전업주부의 가사노동 임금이 월 백육십칠만원의 가치를 가지고 있다고 잊을 만하면 신문에서 떠들어대는 것에 정부 차원의 음모가 있는 것이 아닐까 갸우뚱거린다. 확실히 그녀의 블로그는 내가 읽은 그녀의 소설과 다르고 내가 만난 그녀와도 다르다. 그래서인지 어째서인지 나는 깔깔거리면서 블로그를 빠져나올 때마다 그녀의 다음 소설은 『365일 반찬 백과의 비극』이나 『웰빙 강아지 왈왈양의 투쟁사』같이 엉뚱하고 기발한 소설일지도 모른다고 혼자 중얼거리곤 한다.

| 수상소감 |

허영의 결말은 참담했다. 84년 가을, 중학교 말년이었던 나는 순전히 국어선생님에게 잘 보이고 싶다는 단순한 목적으로 합창대회 반주자를 지원했다. 하지만 변변찮은 내 실력은 경쟁의 긴장을 다스리지 못했고 결국 몇 소절을 놓치는 대형사고를 치고야 말았다. 숫저운 친구들은 돌을 던지지 않았지만 나는 나 스스로가 파놓은 구덩이에 갇혀 한동안 마음껏 숨을 쉬지 못했다. 그런데 이번엔 정말로 돌을 맞을는지도 모른다.

작가의 꿈은 조악했다. 재주는 하찮았고 인내는 부족했으며 상상력 또한 빈약했다. 그럼에도 정리되지 않은 문자들은 언제나 내 속에서 들끓으며 나를 쑤석였다.

'당신에겐 출력이 필요해, 입력된 만큼. 그러지 않음 미칠 거야!'

결국 그의 말이 내 오만의 근거가 되었다. 하지만, 내게 있어 삶이란 설화(舌禍)의 연속이었다. 했어야 했거나, 하지 말았어야 했거나 하는 말들이 매 순간 나를 몰아세웠다. 침묵과 거짓말은 아무런 도움이 되지 못했다. 입장과 형편의 행간에서 끝내 마음을 다물어 오해로만 끝날 수 밖에 없었던 숱한 관계들. 그 안에서 진실은 개별적일 수밖에 없었다.

그러므로 『달을 먹다』는 모순이다. 허영을 좇아 글자로 변형된 말들이 나는 무섭다. 자학과 자괴가 깊다.

*

불길한 징후가 천지에 가득했다. 그날 하루만 해도 그랬다. 우체국에 가기 직전 그냥 들춰본 원고 한 쪽의 오타가 그랬고, 그래서 다시 프린트한 그 한 장에서 유난히 검게 도드라진 잉크색이 그랬고, 원고를 담을 때 찢어진 봉투가 그랬고, 등기봉투 입을 막을 때 엉겨붙은 셀로판테이프가 그랬고, 써지다 만 검정 펜이 그랬고, 코앞에서 도망간 버스가 그랬고, 그랬고, 그랬고, 또 그랬다. 그래서 나는 원고를 우체국에 버리고 온 셈 치기로 했다. 놀이공원에 새끼 놓고 도망간 엄마의 마음을 흉내내면서, 그렇게 나를 미워하기로 했다.

그러면서도 나는 매달렸다. 69년생 야구선수들이 요즘 참 잘해주고 있다는 인터넷 뉴스에 그랬고, 무언가가 터져주지 않으면 안 될 것 같은 서른아홉이란 내 나이에 그랬고, 음, 그랬다. 발아래서 포효하는 호랑이로부터 튼튼한 동아줄에 묶여 구출되는 친구를, 나는 고작 검정 고무줄 따위에 매달려 바라보는 심정으로, 아슬아슬하게 기다려보기로 했다.

나는 아직 나를 미워하지 않아도 되나보다.

문학동네 장편소설
달을 먹다

1판 1쇄 | 2007년 12월 21일
1판 10쇄 | 2017년 11월 21일

지은이 김진규
펴낸이 염현숙
책임편집 조연주 고경화 권윤진
마케팅 정민호 박보람 우상욱
홍보 김희숙 김상만 이천희
제작 강신은 김동욱 임현식 | 제작처 영신사

펴낸곳 (주)문학동네
출판등록 1993년 10월 22일 제406-2003-000045호
주소 10881 경기도 파주시 회동길 210
전자우편 editor@munhak.com | 대표전화 031)955-8888 | 팩스 031)955-8855
문의전화 031) 955-3576(마케팅) 031) 955-8864(편집)
문학동네카페 http://cafe.naver.com/mhdn

ISBN 978-89-546-0475-8 03810

* 이 도서의 국립중앙도서관 출판예정도서목록(CIP)은 서지정보유통지원시스템 홈페이지(http://seoji.nl.go.kr)와 국가자료공동목록시스템(http://www.nl.go.kr/kolisnet)에서 이용하실 수 있습니다.(CIP제어번호: CIP2007003942)

www.munhak.com

문 학 동 네 작 가 상 수 상 작

제1회 나는 나를 파괴할 권리가 있다 **김영하**

비범하고 충격적인 신예의 탄생을 알린 문제작. 매혹적인 죽음의 미학을 탁월하게 형상화하여 한국문학의 새로운 장을 열었다.

제1회 식빵 굽는 시간 **조경란**

식빵 굽는 냄새와 함께 펼쳐지는 서른을 앞둔 여성의 황량한 내면 엿보기. 미혹으로 가득찬 인간관계의 부조리함을 탄탄하고 세련된 문체로 드러낸다.

제2회 마요네즈 **전혜성**

붕괴해가고 있는 우리 시대 가족의 현주소를 적나라하게 파헤친 문제작. 가족과 모성애, 사랑의 이름으로 희생된 '여자' 어머니에 대한 새로운 발견과 통찰이 빛난다.

제4회 기대어 앉은 오후 **이신조**

삶의 다의적 진실을 꿰뚫어보는 섬세한 감성, 연민과 관용, 정밀한 심리 묘사 등과 같은 여성적 미학으로 현대사회에서 훼손된 영혼들 사이의 교신을 형상화한다.

제5회 모던보이—망하거나 죽지 않고 살 수 있겠니 **이지민**

통념을 깨뜨리는 발상과 거침없고 재치 넘치는 표현으로 삶의 권태를 가로지르는 한바탕 백주의 활극.

제6회 동정 없는 세상 **박현욱**

야하면서도 건전하고 불순하면서도 순수한 젊은 호흡으로 성장 없는 독특한 성장소설, 동정童貞/同情 없는 우리 시대의 뛰어난 우화를 완성해냈다.

제8회 지구영웅전설 **박민규**

과연 우리의 상상력은 어디까지가 온전히 우리의 것인가, 되묻게 만드는 엉뚱하고 기발하고 유쾌한 만화적 상상력과 독특한 구성력이 돋보인다.

제9회 어느덧 일주일 **전수찬**

발랄하고 상쾌한, 연상녀+연하남 커플의 유쾌한 일주일. 생을 쿨하게 바라보는 시선, 물 흐르듯 자연스러운 경쾌한 입담, 인물들에 대한 야릇한 호기심이 읽기의 충동을 유지시킨다.

제10회 악어떼가 나왔다 **안보윤**

날카로운 시선으로 인간 본성의 모순, 우리 사회의 병리적 현상을 풍자하고 조롱해나간다.

제11회 내 머릿속의 개들 **이상운**

희극적인 상황 설정과 풍자적인 어법에서 시대 상황을 관통해 지나가는 힘이 느껴진다. 적당히 과장된 인물들이 벌이는 한바탕의 소란은 우리 시대의 흥미로운 우화가 되어준다.

제12회 달의 바다 **정한아**

인물들이 빚어내는 따뜻함이 생에 대한 냉정한 통찰과 어우러져 균형을 이룬다. 아픔을 부드럽게 감싸는 긍정, 가볍게 뒤통수를 치는 듯한 반전의 경쾌함이 돋보인다.

제14회 아무도 편지하지 않다 **장은진**

여운을 남기는 압축적 구성과 작품 곳곳에 따뜻하게 배어 있는 명징한 유머가 묘한 아픔을 수반하고 있다.

제15회 사라다 햄버튼의 겨울 **김유철**

관계의 가능성이란 그 불가능성을 받아들이는 것에서부터 시작된다는, 이 역설적 진실은 소박하지만 잔잔한 울림을 남긴다.

제16회 죽을 만큼 아프진 않아 **황현진**

삶의 진창을 넘어서고자 애쓰는 한 소년의 고독한 성장기를 과장된 상처 없이, 자기연민 없이, 신선한 리듬이 살아 있는 위트 있는 문장으로 이야기한다.

제18회 시간 있으면 나 좀 좋아해줘 **홍희정**

거침없이 살기에는 너무 거친 이 시대를 자기만의 속도로 살아가는 나이든 소년/소녀들의 자화상. 타인의 고통에 민감하게 반응하고 그것을 따스하게 감싸안는 공감력은 이 소설만의 힘이라 하기에 충분하다.

제20회 그믐, 또는 당신이 세계를 기억하는 방식 **장강명**

고작 패턴으로 존재하는 인간은 어떻게 그 밖으로 나갈 수 있을까? 이 소설은 시간을 한 방향으로, 단 한 번밖에 체험하지 못하는 인간 존재의 한계를 근본적으로 성찰하고 있다.

문학동네 대학소설상 수상작

제1회 코끼리는 안녕, **이종산**

말하지 않은 채로 무엇인가를 강조할 줄 아는 소설. 저 매력적인 대화들은 우리가 아직 잘 모르는 새로운 스타일의 이야기가 시작되고 있는 것이라는 강력한 예감을 갖게 한다.

제1회 아프리카의 뿔 **하상훈**

탁월한 이야기꾼의 자질이 고스란히 드러난 작품. 치밀하게 자료조사를 하여 소설로 빚기까지의 노고와 작가의 공력이 고스란히 느껴진다.

제2회 브라더 케빈 **김수연**

읽는 내내 능청스러운 문장에 속수무책이고, 각 장이 매듭지어질 때마다 작은 감탄이 새어나온다. 매력적인 캐릭터 구축 능력, 자기 세대의 문제를 포착하는 시선 모두 남다르다.

제3회 초록 가죽소파 표류기 **정지향**

이 시대 대학생이 할 법한 고민 대부분을 정교한 플롯과 다양한 에피소드를 통해 매우 설득력 있게 전개한다. 작가가 서사를 장악하고 있기에 가능한 작품이다.

제4회 최선의 삶 **임솔아**

강렬하고 파괴적인 사건과, 그것을 바라보는 무감한 시선이 섬뜩한 충격을 안겨주는 소설. 불합리와 모순, 그리고 분노를 느끼며 경험하는 잔인한 성장의 일면을 지독히 사실적으로 그려낸다.

제5회 환상통 **이희주**

'빠순이'의 시선에서 들려주는 아이돌 팬덤에 대한 생생한 증언과, 그 사랑의 특수성에 대한 섬세한 기록을 만날 수 있게 해준다.